KB120269

개 좀
그만 버려라

개 좀 그만 버려라

초판 1쇄 발행 2024년 7월 1일
개정판 1쇄 발행 2024년 7월 17일

지 은 이 강철수
발 행 인 권선복
편   집 권보송
디 자 인 김소영
전 자 책 서보미
마 케 팅 권보송
발 행 처 도서출판 행복에너지
출판등록 제315-2011-000035호
주   소 (157-010) 서울특별시 강서구 화곡로 232
전   화 0505-613-6133
팩   스 0303-0799-1560
홈페이지 www.happybook.or.kr
이 메 일 ksbdata@daum.net

값 17,500원

ISBN 979-11-93607-43-5 (03810)

Copyright ⓒ 강철수, 2024

* 이 책은 저작권법에 따라 보호받는 저작물이므로 무단전재와 무단복제를 금지하며, 이 책의 내용을 전부 또는 일부를 이용하시려면 반드시 저작권자와 〈도서출판 행복에너지〉의 서면 동의를 받아야 합니다.
* 잘못된 책은 구입하신 곳에서 바꾸어 드립니다.

도서출판 행복에너지는 독자 여러분의 아이디어와 원고 투고를 기다립니다. 책으로 만들기를 원하는 콘텐츠가 있으신 분은 이메일이나 홈페이지를 통해 간단한 기획서와 기획의도, 연락처 등을 보내주십시오. 행복에너지의 문은 언제나 활짝 열려 있습니다.

개 좀 그만 버려라

강철수 지음

개죽음 파리목숨

"아파트에서 개를 키우면 안 됩니다."

그때는 그랬다. 집에 누가 오면 개를 얼른 숨겼다. 멀쩡한 개를 성대 수술을 시킨 집도 있었다. 아주 옛날얘기다.

지금은 층마다 월월 왈왈!

"괜찮아요, 우리 개는 안 물어요"

개밥은 원래 하루 두 번 주는데 지금은 삼시 세끼에, 간식에, 보약까지 먹인다.

개가 킥보드를 타고 서핑하는 것쯤 이제 뉴스도 아니다.

비행기를 타고 뉴욕, 파리, 두바이를 가고 알프스 스키장에서 고글을 끼고 동영상을 찍는다. 엄청 비싼 와인을 홀짝거리는 개도 있다.

개는 도시풍경도 바꾼다.

고층 원룸에 애인도 남편도 아닌 개랑 산다.

개 주인은 웬만큼 몸이 아파도 참는데 개 코가 말랐다고 화들짝 병원으로 달려간다. 4만 원에 분양받은 개 치료비 20만 원을 군말 없이 결제한다. 대한민국 개는 상전, 개 주인은 몸종이다.

개를 때리거나 굶기면 경찰이 달려오고 큰 소리로 욕하고 윽박질러도 이웃이 신고한다.

개들은 굳이 좋은 세상이 오게 해달라고 기도할 필요가 없다. 지금 여기 이 나라가 천국이다.

세상은 쓸데없이 공평해 천국이 있고 지옥도 있다.

비정한 사람들이 개를 버린다. 공원에 버리고 차에 태워 낯선 곳에 버린다. 배를 타고 가 섬에 슬쩍 내려놓고 오기도 한다.

대부분 병들어 죽고 교통사고로 죽는다.

전국의 반려견 1%가 매년 버려진다. 10만 마리다.

광화문 광장에 사람 100명만 모여도 경찰이 긴장하는데 개 10만 마리를 풀어놓는다면 당장 10만 마리 개똥부터 치워야 한다.

개는 차가운 거리로 내몰리는 순간부터 동물애호가들이 붙여준 애틋한 이름 반려견은 없다. 살아 움직이는 쓰레기로 분류된다.

멋모르고 세상에 태어나 이리저리 내몰리다가 처참한 죽음을 맞는 유기견은 벌레와 동격이 되었다.

'개죽음 파리목숨!'

그런데 어느 날 용감한 저항군이 출현했다.

가혹한 유기견 운명을 거부한 개 한 마리가 사람 사회와 맞섰다.

세상으로부터 배운 지혜로 무장을 하고 야박한 인간과 맞짱을 뜨면서 악착같이 살아남았다.

"세상은 넓고 먹을 것은 많다."

"일찍 일어나는 개가 하품을 많이 해도 큰 뼈다귀를 얻는다."

"오늘 열심히 먹어라. 오늘을 지배하는 개가 일생을 지배한다."

강인한 생명력의 잡초도 가뭄에 타죽고, 땅을 갈아엎어도 말라죽는데 그는 냉대와 핍박에 말라 죽지 않았다.

폭풍처럼 밀고 오는 굴삭기를 피해 가며 식민지 독립군처럼 싸웠다.

이것은 개 발바닥으로 써 내려간 눈물과 콧물, 깡의 기록이다.

낭만이 넘치는 떠돌이 유기견의 서사시이기도 하다.

개를 좋아하는 사람들과 물질문명으로부터 외면당한 모든 약자들께 이 이야기를 바친다.

– 개의 언어를 사람 언어로 옮긴 이

목차

Prologue 개죽음 파리목숨　4

흘러가는 개들　8

개 로또　15

산 생명 주고받기　28

받들어총　40

지금 그 사람 이름은 잊었지만　49

개는 배, 개 주인은 항구　56

인공지능 그 뜬구름 아래서　71

노래방의 추억　82

대학생　88

일하는 개들　100

이별 또 이별　109

내 친구 쪼쪼　123

갈빗집 습격사건　128

베사메 무초　136

죽고 나면 못 먹는다　147

개 혁명　157

개를 버리고 밥이 넘어갑니까　171

개 주폭　181

제발 개 좀 그만 버려라　189

쪼쪼의 첫사랑　193

개 눈치　199

탈서울　204

사랑은 아무나 하나　214

저승사자를 만나다　220

사랑의 배신자　231

여의도 여신　236

서울 사수　251

전설의 귀환　260

세상의 개들아　283

Epilogue 그 후 밝혀진 정보들　294

흘러가는 개들

나는 떠돌이 유기견이다.

나는 보통 개와 다른 특별한 재능을 가지고 태어났다.

사람처럼 말을 못 해도 웬만한 말은 다 알아듣는다.

한번 들은 말은 절대로 잊어버리지 않는다. 동물 전문가가 내 학습 능력이 일반 개의 10배나 된다고 했다.

그런 내가 지금 동물보호소에 갇혀있다. 거리를 떠돌다가 붙잡혀 왔기 때문이다.

10일 내로 분양되지 않으면 안락사라는 이름으로 살처분된다.

개는 지나간 일을 모두 기억하지 못해도 드문드문 생각난다. 아주 선명하다.

약 2년 전 서울 근교 방울토마토 마을.

이장님 댁 개가 새끼 8마리를 낳았다. 그중 한 마리가 나였다.

나는 미친 듯이 젖을 빠느라 엄마 얼굴도 모른다. 아빠는 아예 보이지도 않았다.

한 달쯤 후 이장님이 꼬물이들을 이리저리 만지다가 나를 포함 3마리를 폐지 줍는 이웃 할머니께 드렸다.

"청량리 가지고 나가면 용돈 될 거여."

할머니는 우리 3마리를 정성껏 콧잔등을 씻겨 바구니에 담았다. 시장 입구에 자리를 잡고 앉자, 사람들이 "아이구, 강아지들 귀엽네" 했고 할머니는 그때마다 "만 원" 했다.

두 마리가 금방 팔려나갔고 나만 달랑 남았다. 할머니는 점심도 굶고 만 원! 만 원! 했지만 나는 팔리지 않았다.

해가 질 무렵 책가방을 멘 여자아이 하나가 나타났다.

나를 한참 동안 만지더니 분홍색 지갑에서 5천 원을 꺼냈다.

할머니가 안 된다고 하다가 5천 원을 받아 넣고 가져가라고 했다. 아이는 나를 안고 집으로 갔다. 내 첫 주인이었다.

그런데 사람들이 자주 쓰는 불길한 말이 있었다.

"첫사랑은 실패한다."

알고 보니 개도 그랬다.

"첫 주인은 실패한다."

아이가 집에 가니 엄마가 고양이 있는데 무슨 개냐며 펄쩍 뛰었다. 아이가 울면서 애원했지만 엄마는 단호했다.

나는 주인을 만난 지 한 시간 만에 다시 청량리시장으로 가야 했다. 할머니는 벌써 집에 가고 없었다.

다시 울상이 된 아이가 나를 안고 서 있는데 오토바이 한 대가

멈춰 섰다.

택배기사가 그 개 팔 거냐고 물었고 아이가 큰 소리로 "5천 원" 했다. 기사는 두말하지 않고 5천 원을 꺼냈고 나를 짐칸에 태웠다.

아이가 눈물을 글썽이며 "멍멍아 잘 가~" 했지만 오토바이가 너무 빨리 달려서 금방 안 보였다.

택배기사는 독신이었고 나는 창문도 없는 조그만 방에서 그와 함께 살았다.

그는 하루 종일 배달일을 하고 밤늦게 오토바이 소리와 함께 돌아오곤 했다. 사료를 충분히 내놓고 가서 배고픈 적은 없는데 너무 심심하고 답답했다.

'세상은 네모났구나. 하늘은 왜 저렇게 낮을까?' 했는데 주인이 방문을 열고 닫을 때 진짜 하늘이 살짝 보였다. 하늘은 아주 높았고 파랗고 예뻤다.

하지만 주인은 밖에 나가면 큰일 난다고 나를 꼭꼭 가두어 키웠다. 그는 그게 미안한지 매일 나한테 사과했다.

"멍멍아, 오늘도 심심했지? 정말 미안하다.

빨리 넓은 집으로 이사 가야 하는데, 죽어라 오토바이를 타는데 수입이 쥐꼬리다."

나는 쥐를 본 적이 없어 쥐꼬리가 뭔지 몰랐다.

하지만 고양이는 금방 알았다. 주인집 엄청 큰 고양이가 매일 나를 잡아먹을 듯이 쨰려봤다.

어느 날 택배기사가 문을 꽉 닫지 않고 출근했다. 처음 있는 일이었다.

나는 바깥세상 호기심에 눈을 반짝이며 방을 나왔다.

바로 그 순간 기다렸다는 듯이 고양이가 공격해 왔다.

그러나 나도 만만치 않은 강아지였다. 여기서 밀리면 죽는다! 방도 뺏기고 사료도 다 뺏긴다! 나는 죽기 살기로 싸웠다.

하지만 체구부터 벅찬 상대였고 매서운 고양이 발톱이 송곳같이 찔러왔다. 나는 놈의 어퍼컷 두 방에 간단히 나가떨어졌다.

그래도 기를 쓰고 일어나자 내 목을 사정없이 물었다. 나는 그대로 기절해 버렸다.

마당 구석에 뻗어있는 나를 그 집 초등학생 아들이 질질 끌어내다가 동네 공터에 버렸다.

죽었다고 생각했는지 흙도 대충 덮어주고 갔다. 대충 덮어준 덕분에 나는 생매장을 면했고 구덩이에서 살아나왔다.

그래도 머리가 어지러워 '우리 집이 어느 쪽이지?' 헤매고 있는데 골목에 있던 다른 고양이가 또 달려들었다.

나는 싸우지 않고 달아났다. 골목을 잽싸게 튀어나와 아스팔트 큰길로 미친 듯이 달렸다.

숨이 턱에 차서 얼핏 돌아보니 고양이는 안 보이고 자동차

한 대가 나를 쫓아오고 있었다. 동물구조대였다.

그들은 잠자리채 같은 것을 들고 우루루 다가왔다. 세 번째 주인들인가 했는데 아니었다. 그들은 나를 동물보호소라는 곳에 데려다주고 훌쩍 가버렸다.

개를 잡아가면 사람들은 '구조됐다'고 한다. 구조 맞다.

보호소에 가면 씻겨주고 밥도 주기 때문이다.

나도 처음 갔을 때 너무 좋았다.

친구들이 와글바글! 같이 뛰어노느라 심심할 틈이 없었다.

일반주택을 개조한 시설이어서 갇혀있다는 느낌이 전혀 안 드는 가정집 같았다. 게다가 동물보호소는 새 주인을 만나게 해주는 고마운 소개소이기도 했다.

나는 거기서 다섯 명도 더 되는 주인을 만났다. 모두 동물을 사랑하는 착한 나라 사람들이었다. 처음 며칠만.

그들은 나를 "귀엽다", "찌끄만 게 잘 까분다", "아무거나 잘 먹네" 하다가 다시 보호소로 돌려보냈다.

내가 분양과 파양을 반복한 것은 특별히 성격이 까다로워서가 아니다. 다음과 같은 범죄행위 때문이다.

1. 털이 빠지고 개 냄새가 장난이 아니다.
2. 아이 과자를 계속 뺏어 먹는다.
3. 속옷을 빨아 개켜놓으면 그 위에서 자고, 물고 다닌다.

4. 명품 핸드백을 아작냈다.

5. 가족들을 차별해서 꼬리를 친다.

6. 택배 물건을 놓고 갔는데 30분씩 짖는다.

7. 볼수록 못생겼다.

내가 고개를 떨구고 '잘못했습니다! 다시는 안 그럴게요!'

울면서 매달려도 주인들은 얄짤없었다.

파양 보내는 것만으로 끝나지 않고, 못된 개주인들이 창창한

개 앞날에 재를 뿌리는 문자 테러까지 했다.

"기본도 안 된 똥개 중의 똥개!"

"어떻게 그런 개를 분양해? 보호소는 각성하라."

"24시간 먹을 것만 밝히는 개 너나 키우세요."

"차라리 지렁이나 바퀴벌레를 키울래."

그럼에도 불구하고 보호소는 군말 없이 나를 다시 받아주었다.

나는 차라리 보호소가 편했다. 영원히 거기서 살고 싶었다.

나는 너무 큰 착각을 하고 있었다.

어느 날 문득 보니 나랑 놀던 개가 한 마리 두 마리 자고 깨면

사라졌다. 자원봉사 누나가 "좋은 집에 갔다"라고 했지만, 개가

분양되고 안 되고는 보호소에 있는 개들이 더 잘 안다.

내가 고개를 갸웃대던 그날. 구기터널에서 트럭 기사의 신고로 유기견 3형제가 한꺼번에 잡혀 왔다. 덩치가 크고 사나운 '인왕산 삼총사'였는데 얘들이 분양이 잘 안 됐다. 그리고 차례차례 안 보였다.

나는 또 한 번 파양을 당하느라 잘 몰랐는데 코가 유독 예민한 암캐 쭈쭈가 3형제 시체 냄새를 맡았다고 했다. 의사가 이상한 주사를 놓는 것을 창틈으로 살짝 봤다고도 했다.

더 결정타는 개 목욕이었다.

목욕 담당 누나가 늙은 시츄 털을 말리다가 손등으로 눈물을 훔쳤다. 그것을 본 개들이 모두 숨을 죽였다. 그 누나가 그렇게 눈물을 보이면 꼭 그 개가 없어지기 때문이다.

나는 그날 마음을 정했다. 여기 있다가 쥐도 새도 모르게 죽는다!

그날 밤 자정 무렵 나는 방충망을 뜯고 담을 넘어 달아났다. 내가 떠돌이 유기견으로 데뷔한 날이었다.

보호소 공짜 밥을 먹을 때보다 고된 삶이었지만 나는 6개월 동안 한 번도 잡히지 않았다.

많은 유기견들이 나를 미꾸라지 같다고 존경했다. 동물구조대의 촘촘한 포위망을 어떻게 피해 다니느냐 비결을 묻기도 했다.

그런 내가 미꾸라지 이름값을 못 하고 오늘 잡혀 왔다.

개 로또

보호소는 메리, 쫑 같은 이름 대신 번호로 분류된다. 내 목에는 '037 잡종 2살 수캐'라고 쓰여 있다.

내가 소년 시절을 보낸 소박한 보호소에 비해 완전 딴판 시설이다.

입구부터 여기저기가 온통 쇠창살에 독방까지 여러 개 갖춘 동물교도소 같다. 탈출을 꿈꾸는 나에게는 난공불락의 요새다.

개까지 너무 많아 너무 시끄럽다. 시끄럽고 따분한 보호소를 벗어나는 길은 세 가지가 있다.

1. 분양돼서 사람 품에 안겨서 나간다.
2. 쇠창살을 쇠톱으로 자르고 탈옥한다.
3. 안락사 주사를 맞고 보자기에 싸여 나간다.

개가 원하든 원하지 않든 10일 안에 결정된다.

코스 2. 쇠톱으로 자르고…가 불가능하다고 판단한 나는 유일한 생명줄인 코스 1에 희망을 걸었다.

그러나 쉽지 않았다. 매일 변하는 세상처럼 내 몸도 변하고 있었다.

분양을 받겠다는 사람들이 꾸준히 오는데 이상하게 내 쪽은 쳐다도 안 본다. 나는 비로소 눈치챘다. 내 나이 벌써 2살!

거리를 헤매느라 골병도 들었지만 어느새 저만치 가버린 사춘기!

앳된 얼굴 까불이 몸짓은 이미 사라졌다.

"저 개 찌끄만 게 귀엽네. 너 이리 와봐" 시절은 벌써 물 건너갔다.

사람들은 더 작고 어린 개, 더 귀엽고 예쁜 개만 찾는다.

간혹 몸이 불편한 장애견을 데려가는 천사 같은 애견가도 있지만 그렇다고 멀쩡한 내가 갑자기 다리가 아픈 척 허리를 못 쓰는 척할 수는 없었다.

10일은 길다면 긴 날인데 금방 지나갔다.

전번 보호소 누나는 개털을 말려주다가 손등으로 눈물을 훔쳤었다. 그 누나가 그렇게 울면 반드시 그 개가 사라졌다.

그런데 여기 누나는 내 콧잔등을 티슈로 닦아주면서 울지 않고 이상한 말을 했다.

"이런 쯧쯧 불쌍한 녀석! 네 맘 때면 한창 암캐 뒤꽁무니 쫓아다닐 나이인데…. 에이고, 니 팔자나 내 팔자나."

나는 가슴이 덜컥했다. 10일 마감날이 임박했다는 소리다.

저녁밥이 목구멍으로 넘어가지 않았다.

창살을 자를 쇠톱도 없다. 자르고 나간다 해도 밖에 또 문이 있다.

사람들은 백세 인생이다, 과학이 발달해 150살까지 산다고 야단인데 개로 태어나 2년도 못 살고 죽는가.

나랑 같은 방 9마리 개도 모두 분양이 안 되는 안락사 후보들이다.

놈들은 밥만 잘 먹고 잠만 쿨쿨 잘 잔다.

잠 못 이루는 개는 늙은 할머니 개 한 마리랑 나뿐이다. 할머니 개와 나는 같은 날 오전, 오후에 잡혀 왔다. 안락사 주사도 아마 같은 날 맞을 것이다.

그런데 할머니는 이상할 정도로 편안한 얼굴이다. 자신이 안락사 대상인 것을 아직 모르는 것일까? 아니다, 할머니도 알고 있었다.

안절부절못하고 방 안을 왔다 갔다 하는 나를 할머니가 오히려 위로했다.

'주삿바늘 잠시 따끔! 유기견 고생 끝인데 뭘 젊은 놈이 벌벌 떨고 난리?'

'그러는 할머니도 떨면서.'

'나는 천국 가는 게 마음 설레서 떠는 거야.'

뜻밖에도 할머니는 하느님을 믿는 개였다.

심장 사상충에 걸려 죽게 됐을 때 성당 신부님이 할머니 개를 병원에 데려가 살렸고 그 후로 신부님의 제자가 됐단다.

'자네도 천국 가고 싶으면 기도하게. 먹는 것밖에 모르는 똥개가 기도를 알랑가마는.'

할머니는 무시했지만 사실은 나도 기도할 줄 아는 개다.

신촌 대학가를 떠돌다가 배가 고파 골목에 쓰러졌을 때 지나가던 스님이 배낭에서 주먹밥을 꺼내서 주셨다. 나는 기력을 되찾았고 스님의 가르침도 받았다.

"딱한 중생아 입에 넣는 것보다 기도에 힘써야지."
'기도하면 무슨 이득이 생기죠?'
"간절히 원하면 부처님이 모두 들어주신다네."
'햄버거, 닭발도요?'
"고기는 살생이다. 고기 아닌 것을 달라고 하게. 나를 버리고 남을 위해 기도하시게."

나는 그날 이후 고기 욕심을 버리고 열심히 기도했다.

'동물구조대원을 몽땅 대기업에 취업시켜 개를 못 잡게 하소서.'

'개를 학대하는 인간은 채찍을 들어 매우 치소서.'

'유기견 불체포 법안을 만들게 하소서.'

그러나 내 기도는 단 하나도 이루어지지 않았다.

그래서 나는 그날 이후 '기도 같은 거 안 합니다!'라고 말하려고 하는데 할머니가 코를 골며 잠이 들어버렸다.

나도 그만 슬그머니 할머니 옆에 누워 함께 코를 골았다.

지금이 오늘이야? 어제야? 잠에서 깨니 아침이었다.

'앗, 할머니!'

옆에 있어야 할 할머니가 안 보였다.

얼굴에 화상자국이 있는 마르티스가 가르쳐 주었다. 자원봉사 누나가 데리러 왔고 할머니는 간식 한 개를 얻어먹고 하늘나라로 갔단다. 눈물이 났다. 할머니는 소원대로 천국에 가셨을까? 개가 가는 천국은 어떤 곳일까?

내가 원망스러운 눈으로 의사 선생님 방 쪽을 흘겨보는데 앗! 그 방문이 덜컥 열렸다. 의사가 손짓으로 누나를 부르고 있다.

내 차례인 것 같다. 갑자기 다리가 후덜거렸다.

사람도 개도 다급해지면 안 찾던 신을 다시 찾는다. 나는 얼른 앞발을 한데 모아 벼락치기 기도를 드렸다.

'부처님, 하느님, 산신령님, 살려 주세요! 차가운 거리 생활로 충분히 시험에 들어 봤습니다. 꼭 부잣집이 아니라도 좋습니다. 그냥 밥 잘 주는 집 반려견으로 소파에서 동물농장을 보게 해주소서!'

그때 출입구 쪽에서 낯선 사람 소리가 났다.

우리 방 쪽으로 성큼성큼 걸어오던 누나가 우뚝 멈춰서 그쪽을 본다.

하늘색 추리닝을 입은 여자가 이 방 저 방 개들을 살피고 있다.

분양을 받으러 왔을까? 조깅하다가 재미 삼아 들러본 것일까?

개들이 짖고 뛰고 울부짖고 난리가 났다. 나도 자존심, 체면 다 던지고 함께 짖고 뛰며 엉덩이가 빠져라 꼬리를 쳤다.

'여보세요, 여기 좀 보세요. 여기 좋은 개 있어요!

밥도 조금밖에 안 먹고요, 대소변도 잘 가린답니다!

전화벨이 울리면 재빨리 물어다 드리고요.'

그러나 여자 손님은 이쪽은 쳐다볼 생각도 하지 않고 못생긴 푸들과 말라깽이 치와와만 쓰다듬고 말을 시키고 있다.

나는 애가 탔다. 혓바닥까지 바짝바짝 말라갔다.

오늘도 내 기도는 통하지 않는가. 구명줄을 내려달라고 이토록 애원하는데 끝끝내 개 소원은 외면하는가.

부처님, 너무하십니다! 산신령은 어디 계신가요? 신들은 끝내 대답이 없었다.

'알았습니다. 죽어야 할 운명이면 죽어야지 어쩌겠어요.

막가는 판에 솔직히 털어놓는데요, 사실은 저 아주 나쁜 갭니다. 지금까지 여기저기서 훔쳐먹은 것만 해도 엄청납니다.

군말 없이 죽을게요. 빨리 주사 놔주세요.'

그때였다. 생각지도 않은 기적이 일어났다.

이쪽은 처다도 안 보던 여자 손님이 갑자기

"예쁜 개는 됐고요. 차라리 쟤로 할까 봐요."

차라리 쟤가 나였다.

나를 의사 방으로 데려가려던 누나가 나를 번쩍 안아 들더니 추리닝 입은 여자한테 건넸다.

여자는 나를 품에 안고 입양 서류에 사인을 했다.

내 생명의 은인 미스 고. 눈이 크고 생머리가 우아한 여인.

그녀는 꺼져가던 내 운명을 바꿔놓은 로또였다.

그녀는 서울 시내 아담한 이층집에 혼자 살았다.

널찍한 거실에는 깜찍한 개집과 개 밥그릇이 준비돼 있었다.

나는 무릎을 꿇고 왈왈왈! 충성을 맹세했다.

멀고 긴 고난의 행군 끝에 나는 기어이 유복한 가정의 반려견으로 우뚝 선 것이다.

그녀는 나를 친동생 친자식같이 예뻐해 주었다.

그런데 기적의 로또에 뜻하지 않은 가시가 있었다.

길거리 음식에 오래 길들어진 개 입에 집밥은 너무 싱겁고 심심했다.

아는 것은 힘이 아니고, 고통이었다.

자고 깨면 눈에 밟히는 햄버거 조각, 돼지족발, 양꼬치, 감자튀김, 닭발, 순대, 머리 고기, 닭강정…. 나는 더 참지 못하고 왈왈왈왈 항의했다.

‘여기가 동물보호소냐? 맛도 없는 개 사료가 웬 말이냐!’

나는 밥그릇을 코로 밀어내며 물만 먹고 버텼다. 뱃속에서 빨리 고기나 어묵을 보내라! 하다못해 닭뼈라도 달라 아우성을 쳤다.

그러나 미스 고는 주지 않았다. 나는 당연히 고뇌에 빠졌다.

고통에 굴복해 로또를 포기하고 다시 거리로 돌아가느냐?

하지만 그녀는 생명의 은인이다. 어떻게 개가 충성을 맹세해 놓고 배신을 때린단 말인가.

나는 눈을 꽉 감고 사료를 먹었다. 모래를 씹는 맛이지만 못 먹을 것도 없었다. 나는 내가 장했다. 집개로 적응하는 나 자신이 대견스러웠다.

그런데 이상하지. 하루에 두 번이나 사료를 먹는데 뱃속에서 다시 꼬르륵 소리가 났다. 사료량이 너무 적었기 때문이다.

나는 그릇을 닥닥 핥고 혹시 떨어진 알갱이가 없나 눈에 불을 켰다. 나는 다시 왈왈왈! 악을 쓰고 항의했다.

'한창 먹을 나이인데 이게 뭡니까? 더 주세요!'

그러나 반응이 없었다. 미스 고는 냉정했다. 사료를 저울에 두 번 세 번씩 올려보고 오히려 양을 줄였다.

"다 너를 위해서야. 디룩디룩 살찐 개 나 싫어."

그녀는 집 안에 운동기구를 들여놓고 틈만 나면 땀을 뻘뻘 흘렸다. 미스 고는 도대체 이해할 수 없는 여인이었다.

'저렇게 패션모델보다 날씬한데 도대체
더 뺄 살이 어디 있다고. 살을 빼도 그렇지.
혼자 빼지, 개까지 무슨 다이어트!'

나는 하루하루 사는 게 재미가 하나도 없었다. 개가 사는 낙이 먹는 것 말고 뭐가 있나. 개가 골프를 치나 스포츠도박을 하나.

개를 못 먹게 하는 것은 낙의 문제가 아니고 생명을 끊자는 수작 아닌가. 반려견을 죽일 작정인가.

짠돌이 배식이 완전 공포의 식사로 바뀌어 갔다. 하루 두 번 주던 사료를 한 번 주기 시작한 것이다.

나는 배가 고파 눈이 뒤집혔는데 미스 고는 못 먹어서 홀쭉해진 내 배를 보고 박수를 치며 좋아했다. 내 볼에 뽀뽀까지 했다.

나는 여자가 해주는 뽀뽀가 그렇게 신경질이 날 줄 몰랐다.

잘하면 사료를 하루에 한 번이 아니고 하루 걸러 한 번씩 줄 것 같은 불길한 예감까지 들었다.

도대체 어떤 미친 인간이 '다이어트'라는 것을 생각해 냈을까?

자고 깨면 TV에서 다이어트가 어쩌고 떠드는데 다이어트는 명백한 인간 학대, 동물 학대다. 합법을 가장한 고문 행위다. 뒤늦게 알았지만 미스 고는 고문 기술자였다.

내가 그 집을 탈출하기로 결심한 것은 남자가 나타나면서였다.

키가 큰 방송국 PD였다. 미스 고는 그 남자가 집에 오면 좋아 죽었다.

편의점으로 뛰어가 소주를 사 오고 삼겹살을 구웠다.

고문 중에서 최고 악질 고문이 고기 굽는 냄새 풍기기다.

'차라리 개를 죽여라!'

나는 너무 먹고 싶어 엄마를 부르며 눈물로 밤을 지새웠다.

남자가 자고 가는 날은 '치맥'이라는 것을 배달시켜 먹었다.

나는 분통이 터졌다. 고기를 못 얻어먹어서가 아니다. 지금까지 둘이 같이 다이어트를 해왔는데 어째서 저는 배 터지게 처먹고 나만 왜 쫄쫄 굶어야 하는데?

운명의 그날.

남자가 퇴근하면서 켄터키 뭐라고 하는 튀김 닭을 한 아름 안고 왔다. 아아, 살아있는 개를 잡는 황홀한 튀김 냄새!

미스 고는 냉장고에서 캔맥주를 꺼내오고 난리도 아니었다.

'고기는 아예 바라지도 않고요… 그냥 포장 종이에 묻은 닭껍질 부스러기 한 입만!'

그런다고 줄 여자도 아니다.

나는 언제나처럼 탁자 밑에서 조용히 분을 삭이고 있었다.

그랬는데 앗, 이게 뭐야?

남자가 실수로 고깃덩이 하나를 마루로 떨어뜨렸다. 닭다리였다.

이게 웬 떡! 나는 빛의 속도로 입을 가져갔다.

"안 돼!"

거의 같은 속도로 미스 고가 내 주둥이를 잡아 벌리면서 빨리 뱉으라 소리쳤다. 나는 뱉지 않았다. 그녀가 내 입에 손을 쑤셔 넣었다.

남자 놈이 내 양다리를 잡아 협조했고, 끝내 닭다리가 뽑혀

나왔다. 눈물도 함께.

"이게 어디서 하던 버릇이야. 다시 보호소 보낸다, 너!"

그녀는 현관 밖으로 나를 쫓아냈다.

1초만 빨랐어도 삼킬 수 있었는데 분하고 원통했다.

그녀는 추위에 떨고 있는 반려견을 한 번쯤 내다보기는커녕 깔깔깔깔 웃으며 소리를 질렀다.

"나 흔들었어! 흔들고 쓰리 고!"

두 사람은 고스톱 게임을 무척 좋아했다. 화투장 후려치는 소리가 짝! 짝! 현관 밖까지 들렸다. 나는 그때 결단했다.

'피도 눈물도 없는 악마의 성을 벗어나자.'

돌이켜보면 아름다운 미스 고. 아니, 마귀와의 동거 3개월.

아련한 추억 같은 거 애당초 없다.

꼴랑 사료 몇 알 주면서 구박, 핍박, 겁박. 그 3박 말고 뭐 하나 제대로 챙겨준 게 있었나. 못된 여자!

나는 장독대와 살구나무 가지를 타고 담장 위로 올라섰다.

절대로 돌아보고 싶지 않았지만 거실 안이 환히 보였다.

밖은 이렇게 추운데 두 남녀가 거의 속옷 차림으로 마주 앉아 돈을 서로 따먹겠다고 고! 고! 못 먹어도 고!

동네가 다 잠든 한밤중에 웃고 떠들고 난리도 아니다.

대체 나라는 존재는 이 집에서 뭐였단 말인가. 나는 마지막 안녕 대신 오래 참았던 저주를 한꺼번에 퍼부었다.

'야, 미스 고! 주야장천 나만 3박이나?

너도 오늘 3박 쓰고 있는 돈 다 잃어라.

피박, 광박, 고박!'

나는 힘차게 골목으로 몸을 던졌다.

나는 뒤 한 번 돌아보지 않고 도시 불빛을 향해 달렸다. 절대
로 후회하지 않는다고 다짐하면서.

산 생명 주고받기

도시는 어디를 가도 쓰레기 동산 먹거리 천국이다.

그러나 그 모든 것은 입 안에 넣어야 천국이다.

멸치 한 마리, 땅콩 한 알도 입 안에 넣기까지 적들이 너무 많다.

동물구조대, 길냥이 무리, 술 취한 자동차, 술 안 취해도 무서운 오토바이, 그리고 유기견. 특히 유기견은 '유기견의 적은 유기견'이다.

마귀의 성에서 탈출하던 날 나는 두 번이나 차에 깔릴 뻔했고 뼈다귀를 뜯고 있는 큰 개한테 이유 없이 물릴 뻔했다.

오랜만에 유기견의 별장인 공원으로 갔다.

지긋지긋한 다이어트 소리, 저울에 올렸다 내렸다 사료 알갱이 소리. 그 소리 안 듣는 것만으로 살 것 같았다.

개도 인간들처럼 걱정을 하고 망상, 공상 다 한다.

혹시 새로 주인을 만난다면 이번에는 대체 어떤 인간형일까? 여자일까, 남자일까?

돈은 많은데 완전 짠돌이 남자? 돈은 있는데 성깔 더러운 여자? 둘 다 싫다. 마음은 너무 착한데 개껌 사줄 능력이 안 되는 미남자는? 그것도 싫다.

그런데 다음 날, 이게 웬일인가! 기적이 또 일어났다.

취업에 목마른 청년이 자고 일어났더니 여기저기서 "이리 와. 우리 회사로 와!", "아냐, 우리 회사로 와!" 꿈같은 일이 벌어지듯이 내가 졸지에 그 짝이 난 것이다.

아침에 공원에서 눈을 떴더니 어라? 생판 모르는 아저씨가 비스킷을 주면서 나를 쓰다듬고 있다.

개는 음식 앞에서 안면 같은 거 안 따진다. 일단 맛 좋게 먹고 있는데 아저씨가 주변을 살피더니 나를 쓱 안아 들었다.

혹시 개 도둑? 혹시 개를 가지고 가서 물을 끓이고 먹방 요리를? 설마! 옛날에나 그랬지, 요즘 그런 짓 했다간 수갑 차고 동네 망신당한다.

그러면 '대체 이 아저씨 정체가 뭐지?' 하는데 나는 벌써 그 남자 집에 가 있었다.

그냥 흔한 애견가일까? 길을 가다가 유기견이 딱해 보여 집으로 데리고 가 자식처럼 키우는 사람도 많다.

그런데 이 아저씨 집에는 개집도 없다. 먹을 것도 안 꺼내 놓는다. 나를 가지고 뭘 하려는 것일까?

혹시 중고 시장에 올려 팔 궁리를? 그림 얼른 사진부터 찍어야지. 사진도 안 찍고 슬쩍 시계를 보더니 나를 다시 안아 들고 이웃집으로 가 대문을 두드렸다.

예쁜 여대생이 얼굴을 내밀었다. 그런데 이게 뭐야.

남자는 나를 여대생한테 선물로 주었다. 여대생이 "어머 진짜로요?" 했고 남자는 황야의 건맨처럼 손을 흔들고 사라졌다.

알고 보니 자기 돈 안 들이고 선심 쓰기를 좋아하는 남자였다. 예쁜 여자만 골라 점수 따는 가짜 키다리 아저씨.

그는 범죄자가 현장에 다시 나타나듯 여대생한테 다시 접근해 올 것이다. 여대생은 답례품에 조심해야 한다.

그러거나 말거나 나는 새 주인이 마음이 들었다. 개는 학교에 다녀 본 적이 없어 주인이 학생이면 왠지 뿌듯하고 자랑스럽다. 개도 대리만족을 한다.

여대생도 갑자기 받은 선물이 마음에 드는지 편의점으로 나를 데리고 가 소시지를 사주었다. 그런데 그녀는 나를 집에 들이지도 않고 개줄로 묶지도 않고 나를 안고 버스를 탔다. 나는 어리둥절했다.

혹시 개를 학교로 데리고 가 친구들한테

"되게 똘똘하게 생겼지? 나 좋다고 쫓아다니는 유부남한테서 선물 받은 거야! 그 남자 선물을 자꾸 줘."

과시하려는 것일까? 여자들은 선물 받는 것을 좋아하고 자랑하기도 좋아한다. 그런데 어! 진짜로 학교로 갔다.

웃기는 여대생. 뭘 하나 했더니 나를 교수실에 안고 가서 교수님께 선물로 드렸다. 나는 기가 차고 눈이 핑핑 돌았다.

이렇게 빨리 이렇게 많이 주인이 바뀐 적은 처음이다.

하지만 기분이 나쁘지 않았다. 새 주인이 명문대학 교수님!

개를 '학생 집 개', '회사원 집 개'라고 하지 않지만 교수는 다르다. 똥개도 졸지에 '교수님 댁 개'로 출셋길에 오른다.

이 나라 교수님이 보통 직책인가. 줄만 잘 서면 장관도 된다.

경찰도 보호해 준다는 장관 집 반려견! 떠돌이 유기견이 졸지에 신분 상승을 하는 것이다.

게다가 재수 좋은 날은 엎어져도 아이스크림에 코를 박는다더니, 새 주인인 교수님은 동물을 좋아하는 사람이었다. 그는 나를 보더니 돈부터 꺼냈다.

"야, 조교 어딨냐? 빨랑 가서 개가 잘 먹는 거 좀 사와."

"천 원 갖고는 별로 살 게 없는데."

"그래? 그럼 더 가지고 가."

교수님은 다시 2천 원을 더 주었다. 교수님은 재력도 풍부한 멋쟁이 애견가였다.

대학원생이라는 조교가 트릿했다. 나는 족발이나 빅버거를 기대했는데 안목이 엄청 빈약한 조교가 뻥튀기를 사 왔다. 하다못해 통닭이라도 사 오지, 바보!

그래도 명문대학 교수님이 사주는 간식이다. 나는 뻥튀기를 아삭아삭 맛있게 먹었다.

그런데 그것으로 끝이었다. 나의 신분 상승은 하루 만에 막을 내렸다. 교수님이 도저히 개랑 놀아줄 시간이 안 된다고 나를 이웃집 할머니에게 드려버렸다.

해도 해도 너무들 한다. 개는 오렌지도 바나나도 아니다.

주고받을 선물이 따로 있지, 개가 멸치인가? 개가 파래김인가? 축구공, 농구공도 그렇게 내 굴리면 바람이 빠지고 결국에는 못쓰게 되는 거 다 알면서.

할머니 집은 볕이 잘 들고 화초가 많은 집이었다.

할머니는 돋보기안경을 끼고 뜨개질을 했고 나는 그 옆에 곰 인형처럼 앉아 발바닥을 핥았다.

푸바오인가 뭔가 하는 중국 곰이 참 부러웠다. 자기 나라도 아닌 남의 나라에서 인기스타로 군림하고, 토종 똥개는 이리 굴리고 저리 굴리고 완전 애물단지.

그러나 집개로 살아가려면 툴툴대면 안 된다. 매만 번다.

며칠 지나니까 적응이 됐다.

참 조용한 동네, 평화로운 집이었다. 일하느라 노느라 늘 바쁜 젊은이보다 할머니들은 시간이 많다. 개하고 종일 놀아주고 삶에 유익한 말씀도 많이 해주신다.

그래! 이것도 복이라면 복이다. 나는 큰 욕심 안 부리고 할머니 집에 정 붙이고 여생을 보내리라 다짐했다.

그런데 일주일을 못 넘기고 또 뒤집어졌다. 할머니가 조용히 내 목에 개줄을 채웠다.

집에 있는 앵무새가 개를 싫어해 꽥꽥대는 꼴을 도저히 볼 수가 없어 나를 시집간 딸 집에 보내기로 했단다.

아침 일찍 할머니가 콜로 택시를 불렀다. 돈을 무척 아끼는 할머니가 웬일로 택시를 타고 딸 집에 가 "이웃 교수님이 준 개 야. 많이 좀 예뻐해 줘라" 할 줄 알았는데 그게 아니었다.

할머니는 한참 동안 꼼지락꼼지락 약도를 그려 택시 기사한 테 건네주며 "이 개. 요 주소대로…. 잘 알것지요?" 했다.

그나마 팁이라도 얹어주면서 "잘 부탁드립니다"가 아니고 "아, 아니 뭐가 그리 비싸! 미터기가 그리 많이 나와요? 늙은이 가 돈이 어딨어. 좀 깎아줘요!"

할머니는 생떼를 썼다.

한참을 옥신각신하다가 택시 기사가 마치 쓰레기 봉다리를 받아 싣듯이 나를 뒷좌석에 태웠다.

할머니는 바가지요금을 당했다는 얼굴로 "잘 가라" 인사말 하나 없이 집으로 들어가 버렸다.

오나가나 사람들은 돈 몇 푼 가지고 왜들 얼굴을 붉히고 그럴까? 그깟 종잇장 한 장 가지고.

택시 기사가 시동을 걸고 출발하면서 더 불쾌한 말을 했다.

"내 참! 살다 살다 개새끼 택배를 다 해보고."

나는 혹시 나를 길에다 내던지지 않을까, 가슴이 다 조마조마했다. 택시는 좁은 골목을 과속으로 마구 달렸다.

겨우 목적지에 도착했는데 나는 또 기분이 상했다.

개를 받을 사람이 집 앞에 나와 기다리고 있으면 최소한

"멍멍이 잘 모셔 왔습니다~ 요금은 출발지에서 할머니가 결제하셨습니다"

이래야 예의지! 택시 기사는 차에서 내리지도 않고 고함을 질러댔다.

"다 왔다! 빨랑 내려, 임마."

아무리 하찮은 미물이라도 비싼 택시를 타고 온 손님인데 안녕히 가세요는 못 하더라도 다 왔다! 빨랑 내려, 임마?

발로 차지 않은 것만으로도 고맙다고 해야 하나.

도시 사람들은 하나같이 왜 성이 나 있을까? 좀 순하게 말을 하면 안 되나.

택시가 가고 나를 인계받은 엄마와 딸의 첫마디는 이랬다.

"어머 이렇게 생긴 개였어?"

그러나 불행 중 천만다행. 개 주고받기 선물 놀이는 시집간 딸 집에서 멈췄다.

중산층 빌라 4인 가족. 경제적으로 웬만큼 사는 집이었다. 개를 썩 좋아하지 않아도 딱히 싫어하는 집도 아니었다.

그런데 왠지 싸한 느낌, 쎄한 냄새! 나는 아차 했다.

개는 개를 싫어하는 집 특유의 분위기를 본능적으로 느낀다.

그렇다고 이유도 없이 때리고 구박을 하는 게 아니다. 밥을 안 주는 것도 아니다. 주기는 주는데 들쭉날쭉. 누구 한 사람 책임을 지고 챙겨주지 않는 집, 그 집이 그런 집이었다.

그냥 아무나 생각나면 주고 혹은 서로 주겠지~ 알아서 먹었 겠지~ 하면서 개를 수시로 굶기는 집. 서울에 그런 집 뜻밖으 로 많다.

덕분에 나는 너무 자주 굶었다. 개를 굶긴다는 것은 개 입장 에서 볼 때 회사에서 일 시켜 먹고 월급을 안 주는 것과 같다.

다들 너무 바빠서 깜박했나 보다, 다음 날 주겠지~ 하고 아 침에 일어나 보면 모두 외출하고 아무도 없다. 훔쳐 먹으려 해 도 사료 봉지가 텅텅 비었다.

개한테 관심이 도무지 없는가. 이러면서 개를 키우나. 그런

데 관심이 전혀 없는 것도 아니다. 시도 때도 없이,

"멍멍아, 이리 와봐."

"앉아. 엎드려 손! 이쪽 손! 뒷다리!"

"가서 오줌 누고 와."

"뛰어가!"

"뛰어와!"

명령을 서로 하려 하고 서로 지휘봉을 잡고 싶어 안달이다.

그러면서 먹을 것은 안 주고. 빈 사료 봉지를 내가 물고 와서
왈왈왈 짖으면,

"어머나, 봉지가 비었네."

"뭣들 하는 거야? 퇴근하고 오면서 개 사료 좀 사 오라니까."

"내가 돈이 어딨어?"

"내 카드 한도 초과야."

주인이 네 명이나 되는데 주인이 없는 집.

내가 배가 고파 비실대면,

"이 똥개, 왜 이래? 누가 개 구박했냐?"

"나야 모르지. 나 아니야. 난 안 그랬다."

"처음부터 비실비실했어. 보약 좀 먹여."

"로또 되면 내가 보약 지어 주지."

잡아떼기 명수, 입만 열면 빈말 4인방. 남편, 부인, 딸, 딸.

그들은 개껌 한 개 사본 적이 없으면서 툭하면 개를 트집 잡아 볶아댔다.

"앉아. 일어나. 빵! 아니, 무슨 개가 빵도 못 해."

"못생겨 가지고 머리까지 돌? 도로 갖다줘 버려."

하루에도 몇 번씩 뼈를 때리는 '도로 갖다줘 버려'.

그렇다고 개를 진짜로 갖다줘 버리지도 않으면서 말버릇이 하나같이 야비하고 잔인하다.

그 4인방이 어느 날 거실에 모두 모여 가족회의를 했다.

한참을 뭐라 뭐라 떠들더니 뜻밖의 끔찍한 결론에 도달했다.

개가 자꾸 냅킨을 물어가고 소파를 긁고 개털이 너무 날려 도저히 안 되겠다고 '개를 치우기로' 했다.

소파 뒤에서 몰래 엿듣고 있던 나는 아이구 차라리 잘됐다 싶었다.

그런데 나를 어디로 보낼까?

교수님 댁? 할머니? 예쁜 여대생?

일요일 아침.

4인방이 외출준비를 하고 나를 자동차 뒷좌석에 태웠다.

대체 어디로 가는데? 내가 잔뜩 촉각을 세우고 있는데 앗, 뭐시라?! 개를 동물보호소에 갖다주고 간만에 가족끼리 닭갈비랜드에 간단다.

나는 순간 머릿속이 하얘졌다. 동물보호소! 돌고 돌고 돌아서 결국 동물보호소인가.

'까짓것 못 갈 것도 없다. 어딜 간들 이 집구석만 못하랴!

보호소 가서 괜찮은 새 주인 못 만나면 안락사 직전 의사 선생님 손을 물어뜯고 탈출하면 돼.'

내가 그렇게 독한 마음을 먹는 사이 차가 출발했다.

복잡한 서울시를 겨우 벗어난 차가 국도에 진입할 때였다.

스마트폰을 열심히 눌러대던 큰딸이 갑자기 소리를 질렀다.

"스톱! 스톱!"

차가 속도를 줄이며 일제히 큰딸을 쳐다봤다.

"이것 좀 봐요! 국도에서 좌회전 다시 25킬로!

아빠 25킬로래, 25킬로! 가고 오고 기름값이 얼마야?

닭갈비가 몇 대냐고요."

나는 정말 어이가 없었다. 있는 사람들이 더한다더니 어쩌면 인간들이 이렇게 쫀쫀하고 쪼잔할 수가!

그러나 가족들은 큰딸의 긴급동의에 모두 찬성했다.

4인방은 목적지까지 가지 않고 중간 적당한 곳에 개를 버리기로 한 것이다. 나는 다시 머릿속이 복잡해졌다.

폐타이어가 잔뜩 쌓인 조그만 공장 옆에 차가 섰다.

작은딸이 얼른 내려서 주변을 살피자, 엄마가 재빨리 나를 차 밖으로 던졌다.

'깨갱!'

나는 그대로 국도변 땅바닥에 고꾸라졌다.

흙먼지를 겨우 털고 일어나니 자동차는 이미 보이지 않았다.

한적한 시골이라 공기가 맑았다. 개도 신선한 공기, 미세먼지 다 안다. 그러나 유기견은 쓰레기가 널린 도시로 가야 산다.

받들어총

서울 35킬로.

나는 부지런히 걸었다. 함부로 큰길로 뛰면 100% 신고 들어간다.

사람 사는 동네로 가야 밥이 있지만 사람을 조심해야 한다.

어… 그런데 저게 뭐지? 길에 아이스크림 한 개가 떨어져 있다. 배가 너무 고파 헛것이 보이나 했는데 진짜였다. 나는 얼른 포장지를 벗겨 게 눈 감추듯 먹었다.

그런데 이게 웬일? 이번에는 삶은 옥수수와 도넛 부스러기! 어떤 고마운 천사가 이런 곳에… 했더니 천사는 자동차였다.

지나가는 차들이 뭔가를 가끔씩 내던진다.

국도에 가장 많이 날아다니는 것은 담배꽁초다. 냄새가 지독해 얼른 피하지만 바람 때문에 주둥이 델 뻔했다.

담배만 빼면 우와~ 너무 예쁘고 고마운 투척물!

햄버거 조각, 핫도그 반 개, 순대, 만두, 건빵… 꽈배기랑 엿도 있다. 힘겹게 가는 유기견한테 엿도 먹인다.

국도를 달리는 드라이버들은 왜 그리 인간성이 좋을까.

서울 드라이버도 던지기를 잘한다. 커피를 종이컵째 던져서 뜨거운 커피 샤워를 한 적도 있다. 하지만 핥아먹었더니 무척 달고 맛있었다. 그 후로 나는 커피 마니아가 되었다.

뭐니 뭐니 해도 던지기 최고 홈런은 붕어빵이다.

강변도로에서 유기견들이 얼쩡대면 천사 같은 드라이버들이 봉지에서 붕어빵을 꺼내 두 개 세 개씩 던져준다. 천사 중의 왕 천사!

그런데 요즘 들어 붕어빵 던지는 드라이버가 안 보인다.

그날 국도변도 그랬다. 귤껍질이나 사과 꽁다리는 자주 날아 다니는데 붕어빵은 전혀 안 보였다. 그 많은 붕어빵은 다 어디 로 갔을까?

서울 입성 5킬로 앞.

부지런히 걷고 있는데 외제 승용차가 쓰레기를 투척했다. 네 모난 종이상자였다. 무심코 열어보니 우왓! 돼지 족발이 꽉 들 어있다. 쓰레기 투척이 아니고 국도변을 헤매는 불쌍한 유기견 한테 밥을 준 천사 드라이버였다. 오, 땡큐 땡큐!

나는 그 자리에 퍼질러 앉아 그 족발을 다 먹었다.

유기견은 언제 다시 음식을 만날지 몰라 있을 때 한껏 배가 터지게 먹어 놔야 한다.

그런데 한꺼번에 너무 많이 먹고 말았다.

서울에 도착하자마자 심한 복통을 일으켜. 나는 주택가 골목 입구에서 기절하고 말았다. 개가 과식해서 탈이 나는 일은 거의 없는데 국도변 투척물을 모조리 청소한 것이 화근이었다.

동네 꼬마들이 쓰러져 있는 나를 에워싸고 떠들어댔다.
"죽었나 봐."
"안 죽었어. 배가 뽈록뽈록하잖아."
"유기견 만지지 마. 병 옮아."
"병원에 데려다 주자."
"돈 있어? 병원비가 얼마나 비싼데."

그때 어디선가 할아버지 한 분이 홀연히 나타났다.
할아버지는 내 몸 여기저기를 주무르고 등을 탁탁 두들겼다. 동네 꼬마들은 더럽다고 피했지만 할아버지는 나를 안아 들고 집으로 갔다.
이 집 저 집 가는 데마다 구박받고 만나는 주인마다 나를 버렸다. 그것을 하늘이 가만히 내려다보고 있다가
"체구도 작은 개가 참으로 불쌍하구나! 착한 노인을 만나게 하라~"
그랬을까? 그러나 할아버지는 전설에 나오는 나무꾼이 아니었다. 언덕 위 오래된 기와집에 사는 퇴역군인이었다.

할머니는 안 계시고 개만 3마리 키우며 살고 있었다. 개들은 모두 순둥이였고 유기견을 더럽다고 하지 않고 친구로 받아주었다.

나는 참으로 오랜만에 집개들과 신나게 까불고 놀았다. 그런데 조금 이상한 놈들이었다.

그릇 네 개에 똑같이 밥을 주는데 침만 흘리고 얼른 안 먹었다. 나만 잽싸게 밥그릇에 코를 박았다. 그러자 할아버지가 파리채로 내 주둥이를 찰싹! 아프게 때렸다.

"기다려!"

아, 알았다! 훈련이 돼 있구나!

하지만 기다려 정도는 웬만한 집에서도 다 하는 명령어다.

나를 웃긴 것은 할아버지가 "먹어!" 하는데도 놈들은 얼른 먹지 않고 왈왈왈 세 번을 짖었다. 그러고 나서 허겁지겁 밥을 먹었다.

왜 왈왈왈 세 번을 짖고 먹을까? 나도 개지만 그런 개들은 처음 봤다.

나는 한참 만에 알았다. '왈왈왈'은 '잘 먹겠습니다'였다. 일본식 돈가스집을 기웃거린 적이 있는데 그때 외국 손님이 음식을 앞에 놓고 "어쩌고 저쩌고 마~스" 하고 먹었다. 지금 생각하니 그게 '잘 먹겠습니다'였다.

하지만 사람도 아닌 개가 밥그릇 앞에서 잘 먹겠습니다? 그렇게 식사 예절을 가르친 할아버지는 참으로 괴짜였다.

나는 벽에 걸린 오래된 사진을 보고 고개를 끄덕였다.

할아버지는 젊은 시절 육군 소령님이었다. 그래서 개도 군인처럼 길을 들인 것일까.

할아버지는 개한테 절대로 옷을 입히지 않았다. 개들이 춥다고 몸을 웅크리면 파리채로 바닥을 땅땅 때렸다.

"이놈들아! 호랑이 코뿔소가 옷 입는 거 봤냐? 독수리 까마귀가 옷 입고 날아가더냐?"

내가 만약 할아버지한테 '요즘 개들은 옷 다 입어요. 뒷집 개는 털모자도 쓰고 신발도 신어요! 선글라스도 끼고요' 한다면, 할아버지는 보나 마나 "그게 그렇게 부러우면 그 집 가서 살아라" 할 사람이었다.

할아버지 집은 완전 군부대 같았다. 정해진 시간에 정확히 자고 새벽 5시에 칼기상! 1분만 어겨도 파리채가 날아왔다.

매일 개들을 공원에 데려가 숨이 턱에 찰 때까지 뛰게 했다. 그래야 감기도 안 걸리고 추위를 안 탄단다. 세 놈은 잘 뛰는데 나만 골병이 들어 틈만 나면 낮잠을 잤다.

하지만 아무리 교육시켜도 개 버릇 어디 가나. 주인이 잠깐만 안 보이면 벽지를 뜯고 탁자를 갉아 먹는다. 그럴 때마다 할아버지는 덮어놓고 나를 콕 찍어 혼을 냈다.

"떠돌이 놈이 들어온 뒤로 병사들이 나쁜 물이 들었어. 유기견, 너 이리 와! 엎드려뻗쳐. 상관이 명령하면 '예, 알았습니다'

지! 니가 눈을 치켜뜨면 어쩔 건데? 빨랑 눈 못 깔아?"

이번에는 파리채로 내 눈두덩을 때렸다. 아프다기보다 자존심이 상했다. 차라리 야구방망이나 쇠파이프로 때리지. 나도 학습 능력이 있어, 배운 것을 고대로 집개 놈들한테 써먹었다.

'동작 그만! 간식은 나이순, 계급순으로 먹는다. 니가 눈을 치켜뜨면 어쩔 건데? 빨랑 눈 못 깔아?'

그걸 할아버지한테 들켜 또 맞았다. 할아버지는 참 엄했다. 변명한다고 맞고 고개 빳빳이 쳐든다고 다시 맞았다.

그러나 군대 생활이 고되긴 해도 나는 다 알고 있다. 다 나 잘되라고, 강한 병사를 만들기 위해 애쓰는 할아버지 마음!

할아버지는 입버릇처럼 말한다.

"외적이 쳐들어오면 개가 총을 들고 나설 수는 없다. 그러나 개도 함께 싸울 수는 있다."

나는 할아버지를 존경한다. 이런 기회 일생에 다시 없다.

나 자신을 위해서도 강한 훈련은 피가 되고 살이 된다. 딴마음 품지 말고 이 집에 뼈를 묻자. 나도 마을을 사수해야 할 군견이다! 내가 생각해도 내가 참 기특했다.

문제는 그놈의 밥이다. 개의 고난은 꼭 주둥이에서 시작된다. 개는 주는 대로 먹는 것 같지만 사실은 개도 반찬 투정을 한다.

내리 석 달을 똑같은 사료! 나는 완전히 물렸다. 더는 못 먹는다! 나는 거사 날짜를 잡아 밥그릇을 코로 밀어냈다.

'할아버지가 뭘 통 모르셔! 요즘 군대 밥, 군대 반찬, 얼마나 칼로리 높고 죽이는데! 소령님 때랑 시대가 확 바뀌었다고요.'

다음 날 살그머니 밥그릇 안을 살펴봤더니 어라? 텅 비었다.

다음 날 다시 보니 할아버지가 밥그릇을 아예 치워버렸다.

"한번 굶어봐라. 배때기 부른 개야! 굶는 것도 훈련이다. 굶고 살아봐라."

내가 물만 먹고 버티자 물그릇도 치워버렸다. 너무하십니다! 왈왈왈 짖었더니 나를 개집에 가두어 버렸다. 안 들어가겠다고 버둥대다가 할아버지 손을 물어 피가 났다.

화가 난 할아버지가 개집에 자물쇠를 채웠다. 내가 더 악을 쓰고 짖자, 동네 민폐라며 개집을 담요로 씌워놓고 외출해 버렸다.

온 세상이 깜깜, 아무것도 안 보였다. 반찬 투정이 독방 신세만큼 중죄인가? 절대로 고기를 얻어먹겠다는 수작이 아니었다. 개도 최소한의 식단변화를 원한다. 주면 먹고 때리면 맞는다? 언제 적 얘긴데 아직도냐!

혼자 악쓰는 내가 안돼 보였는지 집개들이 꿍차꿍차 둘러친 담요를 벗겨 주었다. 세상이 다시 환해졌다.

집개랑 유기견은 위기 때 다르다. 나는 일단 난리버거지를 쳐 개집 지붕을 뚫고 탈옥했다. 집개들이 깜짝 놀라 '너는 오늘 소령님한테 죽었다' 하면서 자기들이 벌벌 떨었다.

하지만 할아버지는 나쁜 사람이 아니다. 생각이 다른 개와 군인의 만남이었다. 각자 제 갈 길 가면 된다.

집개들이 집 나가면 개고생이라고 말렸지만 나는 듣지 않았고 현관 방충망을 이빨로 끊고 마당으로 내려섰다.

그때 할아버지가 대문을 열고 막 집으로 들어왔다. 날카로운 눈으로 구멍이 난 방충망과 나를 번갈아 보았다. 할아버지는 '동작 그만' 대신 한숨을 쉬었다.

"철없는 졸병아, 훈련도 안 끝났는데 탈영이냐?"

그 말뜻을 몰라 내가 어리버리하자 덥석 내 목덜미를 잡았다. 하도 손이 빨라 피할 틈이 없었다. 다시 나를 독방에 가두고 자물쇠를 채우려는 것일까? 아니었다. 할아버지는 나를 대문 밖으로 던지듯 내려놓았다.

"병영이 싫어 나가겠다면 그게 소원이면 보내주마! 어서 가거라. 대신 너는 불명예제대다."

나는 그 말도 무슨 소린지 못 알아들었는데 대문이 탁 닫혔다. 나는 멀뚱멀뚱 한참을 닫힌 대문 앞에 서 있었다.

'불명… 뭐라고요? 내 참 할아버지도! 개가 무슨 명예? 개가

그런 먹지도 못하는 거 신경이나 쓰남요.'

하지만 그동안 배곯지 않았다. 감기 한 번 안 걸리고 잘살았다. 할아버지가 좋아하는 말 "충성! 받들어총!"은 못 해도 나는 차렷 자세로 거수경례를 했다. 개도 뒷다리로 꼿꼿이 서 경례하는 것쯤 어렵지 않다.

'안녕히 계세요, 할아버지. 사실은 할아버지보다 군복을 입은 소령님이 더 멋있었고 존경스러웠답니다. 하지만 군인 아니잖아요. 제발 군기 그만 잡으세요. 개들이 추워서 웅크리는 게 아니고요, 할아버지 파리채가 무서워 떠는 거예요. 졸병이 마지막으로 부탁드립니다. 개를 좀 부드럽게 사랑해 주세요. 네, 소령님? 충성!'

언덕을 내려오는데 집개 세 마리가 자꾸 눈에 밟힌다. 엄격했던 교관 덕분에 나도 모르게 몸이 밴 전우애 때문일까. 자꾸 마음이 쓰인다.

원래 떠돌이 유기견은 남 걱정 안 한다. 나만 배불리 먹고 나만 편하면 남이야 죽든 아무 상관 없다. 하지만 얘들아, 선배 떠돌이로서 딱 하나 충고하고 간다.

할아버지가 아무리 무서워도 절대로 유기견은 되지 마라. 겉보기에 간섭 안 받고 뱃속 편히 사는 것 같아도 아니란다.

자유로운 보헤미안, 그거 완전 헛소리 개뻥이란다. 떠돌이 유기견은 개가 막가는 길, 마지막 길이란다.

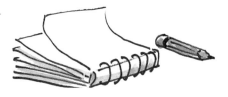

지금 그 사람 이름은 잊었지만

앗, 여름도 아닌데 이게 무슨 일!

갑자기 소나기가 쏟아졌다. 나는 골목 안에 줄 서 있는 자동
차 밑으로 얼른 피했다. 그랬더니 차 밑에 웅크리고 있던 길냥
이가 카악 털을 세웠다.

아이구, 놀래라! 나는 엉겁결에 문이 열려있는 아무 집에나
뛰어 들어갔다. 소나기가 멎고 다시 해가 나왔다.

손바닥만 한 마당에 나무 궤짝 두 개가 놓여있다. 안에 상추
를 심어놨고 빨갛게 익은 새끼토마토도 보인다. 얼른 따 먹으
려는데 사람이 있다. 웬 아저씨가 양지쪽에 의자를 놓고 앉아
책을 읽고 있었다.

"누구시오? 남의 집에 허락도 없이."

나는 나갈까 하다가 슬그머니 꼬리를 치며 다가갔다. 아저씨
는 뜻밖으로 친절한 사람이었다.

"아이구, 견공 아닌가. 웰컴 웰컴! 나는 가는 이 잡지 않고 오
는 이 막지 않네. 아, 오는 이가 아니고 오는 갠가."

그는 글을 써서 먹고사는 시인이었다. 나는 그날로 시인 집

개가 되었다. 시인은 참으로 자유로운 영혼이었다.

그는 무척 고맙게도 개 사료만 고집하지 않았다. 따뜻한 된장국에 밥을 말아주고, 어떤 날은 뜨끈한 곰탕 국물에 깍두기도 곁들여 주었다. 얼마나 맛있고 구수한지 죽을 뻔했다.

어디 그뿐인가. 매운 라면에 칼국수, 수제 김밥에 삼겹살에 집에서 끓인 삼계탕에 소주도 한 잔 주었다. 소주는 사양했지만 나는 너무도 화끈한 시인을 진실로 존경하게 되었다.

충성은 물론 남은 생을 그와 함께하기로 하늘에 맹세하고 부처님, 산신령하고도 약속했다.

고달픈 떠돌이 삶에 마침내 종지부를 찍은 것이다.

시인은 늘 빈둥빈둥, 시간이 많아 주체를 못 했다. 시인이라면서 시는 안 쓰고 남의 글 읽기를 아주 좋아했다.

"지금 그 사람 이름은 잊었지만, 그 눈동자 그 입술은
내 가슴에 있네."

시를 읽는 시인은 마치 비련의 주인공 같았다. 그는 '그 눈동자 그 입술'을 읽다 말고 사막을 걷는 낙타 같은 눈으로 먼 하늘을 하염없이 보곤 했다.

시인은 특히 〈꽃〉이라는 시를 좋아했다.

"내가 이름을 불러 주기 전, 너는 하나의 몸짓이었다."

내가 무슨 까마귀 날아가는 소린가~ 고개를 갸웃거리면 그는 두 번씩이나 반복해서 읊어주며 상세한 해설도 해주었다.

그런데 바로 그날. 그날따라 시인이 아주 진지한 얼굴로 나를 불러 앉혔다

"견공, 여태 한솥밥 먹으면서 이름도 몰랐네그려. 떠돌이가 정착했으면 이름 정도는 있어야지! 뭐로 할까?"

갑자기 내 이름을 지어 주겠다고 성화였다.

나는 시큰둥했다. 사람들은 개한테 아무렇게나 이름을 붙이고 장난치듯 불러댄다. 나는 정말로 싫다.

잘 뛴다고 까불이, 덤벙댄다고 촐삭이, 밥을 시끄럽게 먹는다고 짭짭이, 대박 나라고 대박이… 개가 대박 날 일이 뭐가 있나. 어떤 집은 돈 들어오라고 돈돌이라고 지어놓고 돈이 안 들어온다고 개를 구박한다.

주인이 바뀔 때마다 이름도 바뀌는 개 이름, 나는 진짜 싫다.

그런데… 가만있자, 우리 아저씨가 누군가? 주옥같은 글을 짓는 유명시인이다.

길거리에서 돈 몇 푼 받고 손금을 봐주고 이름도 지어 주는, 날이면 날마다 만날 수 있는 작명가가 아니다. 유명시인이 고

심해서 만들어 주는 개 이름! 기대할 만하지 않은가.

나는 아저씨 입에서 어떤 작품이 나오나 귀를 쫑긋 세웠다. 아저씨는 눈을 지그시 감고 읊어주었다.

"내가 이름을 불러 주기 전, 너는 하나의 식탐이었다."

나는 얼굴이 화끈했다. 기분 정말 더러웠다. 그래서? 이름을 불러 주기 전까지는 식탐이었고, 그렇다고 나를 꽃이나 나비로 불러 주겠다는 것도 아니었다.

"식탐이 박력은 있는데 아냐 아냐, 어법에 안 맞아! 식탐보다야 탐식이지! 앞뒤가 똑같은 전화번호! 앞뒤가 똑같은 식탐, 탐식! 오늘부터 너는 탐식이다. 이름 괜찮지? 탐식아, 걸레 좀 물고 와라. 방 좀 닦자."

나는 물고 오지 않고 마루로 나가버렸다.

그날부터 "탐식아, 이리 와! 탐식이 어딨니?" 해도 안 갔다. 큰 소리로 나를 부를 때마다 이웃집 개가 들을까 봐 가슴이 조마조마했다.

내가 자나 깨나 먹는 것만 밝히는 먹쇠, 먹돌이로 보였던 말인가. 설사 그렇게 보였다 치자. 생각이 있는 현명한 주인이라면 마땅히 "우리 날씬이 어딨니?", "우리 소식이 이리 와!" 해야지. 반려견을 사랑한다면 호칭부터 좀 인격적으로 대해 주면 안 되나.

한번 화가 나니까 점점 더 부아가 치밀고 진정이 안 됐다.

'시인이라는 작자가! 글을 쓴다는 인간이! 반려견 가슴에 대못을 박으면서 무슨 얼어죽을 시! 그런 인격 파탄 삼류가 무슨 유명시인! 유명한데 왜 아파트 한 채 없이 쪼끄만 집에 월세를 살아? 그렇다고 감춰둔 땅이 있어 상가가 있어 오피스텔이 있어? 남들 다 타는 외제 차가 있어? 아예 운전면허도 없잖아. PC 살 돈도 없어서 몽당연필로 글을 쓰는 거지 시인!'

나는 계속 핏대가 나서 밥도 잘 안 먹었다.

컵라면을 통짜로 주는데도 나는 코로 밀어냈다. 시간이 갈수록 가라앉기는커녕, 나를 능멸한 이 인간한테 어떻게 하면 통쾌한 복수를 할 수 있을까 나쁜 머리를 굴렸다.

토요일 오후. 시인이 무슨 모임에 간 틈을 타 나는 냉장고를 뒤지기 시작했다.

그는 오징어 먹물을 좋아해 집에 오징어 몇 마리는 꼭 있다. 나는 생물 오징어 세 마리를 모두 꺼내 시키면 먹물을 다 쏟아냈다.

시인은 평소 마루에 누워 이리 뒹굴 저리 뒹굴 하다가 갑자기 일어나 몽당연필로 시를 쓴다. 나는 책꽂이에서 그 대학노트를 찾아냈다. 그것을 한 장 한 장 펼쳐가며 발바닥에 잔뜩 묻힌 오징어 먹물로 도장을 찍어 나갔다.

시인의 작품들이 폭탄을 맞은 듯 뭉개져 갔다. 너무 통쾌하고 짜릿짜릿했다. 천불이 났던 내 가슴이 비로소 진정되었다.

밤늦게 휘파람을 불면서 귀가한 시인이 황당한 방 안 풍경을 넋이 나간 듯 바라보았다. 그는 오징어 먹물로 훼손된 자기 시들을 살피고 또 살폈다.

형사가 살인의 동기를 캐듯 시인은 무자비한 먹물 테러의 원인 규명에 몰두했다. 그는 과연 당대의 천재 시인이었다.

그는 피폭 원인을 정확하게 읽어냈다. 나는 대가리 깨질 각오였는데 시인은 화를 내지 않았다.

"괜찮아. 이미 발표된 것들이야."

그러나 그다음 말에 시퍼렇게 날이 서 있었다.

"알겠네, 견공. 충분히 알아들었네. 우리 인연은 여기까지인 것 같군! 그동안 재미있었네! 섭한 감정은 풀고 가시게."

('가시게…? 가라고? 이 아저씨 화가 나기는 났군.')

아니나 다를까, 그는 나를 데리고 조용히 마당으로 내려갔다. 훗날 생각하면 개로 태어나 가장 신사적으로 내쫓긴 날이었다. 하지만 살짝 불안도 했다.

시인은 변덕의 신이다. 대문을 열면서 느닷없이 발길질을 하는 수가 있다. 그러나 그는 그날 밤 발길질을 하지 않았다.

잠시 화기애매한 분위기가 흘러갔고, 내가 먼저 사과를 했다.

'죄송해요, 아저씨. 오징어 먹물은 요리할 때 써야 하는데…'

내 뜻이 아저씨한테 전달됐을까? 시인의 얼굴에 뜻 모를 미소가 스쳐 갔고 그가 뜻밖의 고백을 했다.

"모두가 내 불찰이지. 나도 30대까지만 해도 똘망똘망하다 소리를 들었는데 내가 그만 개를 잘못 봤네."

('응? 개를 잘못 봤…? 개를 어떻게 잘못 봤는데요?')

"목욕을 오래 안 한 유기견이라 꼬질꼬질한 줄 알았지, 더러운 물질 만능 개인 줄 난들 어찌 알았겠나. 자, 그만! 어서 가보시게. 가서 더러운 자본주의 세상에서 잘 사시게."

내가 멀뚱멀뚱 보고 있는데 대문이 철컹 하고 닫혔다.

여태 한 번도 닫힌 적이 없는, 24시간 열려 있는 시인 집 철문이었다.

'제가 잘못했습니다. 죽을죄를 지었습니다! 다시 받아주세요! 이제부터 절대 복종할게요! 주는 대로 먹고 때리면 더 때리라 엉덩이 갖다 댈게요! 제발 문 좀 열어주세요, 주인님~'

개들은 다급해지면 이렇게 꼬리를 내리고 깽깽 깨갱 깽깽 슬피 울며 매달리지만 나는 그러지 않고 조용히 떠났다.

떠돌이 유기견도 자존심은 있다.

개는 배, 개 주인은 항구

시인은 왜 '더러운 자본… 머시기'라고 했을까?

개도 안다. 자본은 돈이다.

갈비, 등심, 족발, 치킨, 감자튀김, 오징어, 순대, 햄버거, 소시지다. 그게 왜 더럽나.

소중한 자본을 사람들이 함부로 버려서 거리가 불결해졌단 소리일까? 나는 도대체 이해할 수가 없다. 개가 있는데 무슨 걱정인가. 버리면 버리는 족족 먹어 치우면 된다.

분리수거를 귀찮게 왜 하나. 그냥 내놓으면 개가 알아서 골라 먹고 쇳조각, 플라스틱 빈 병은 자동분리가 된다.

시인이 그것도 모르나. 그런 머리로 시를 쓰나.

나중에 알았지만 내가 그 집에서 쫓겨난 그날 늦은 밤, 시인 집에 손님이 왔다. 새로 나온 책을 가지고 오는 출판사 아가씨.

그녀는 개를 좋아했다. 나 주려고 비싼 육포도 가져왔었다. 그런데 반갑다고 꼬리치던 개가 그날 안 보였다.

"탐식이가 안 보이네. 선생님, 탐식이 어디 갔어요?"

"독립해서 나갔다네."

"어머나! 어디로요?"

"고향 찾아갔어. 원래 유기견인 거 몰랐나?"

"그래서 그냥 잘 가라 그랬어요? 이 추운 날! 그럴 거면 나 주지."

그녀가 허둥지둥 뛰어나와 여기저기 살펴봤지만 늦었다. 나는 그때 옆 동네에 있었다.

갑자기 하늘에서 펑펑 함박눈이 쏟아졌다.

사람들은 탄성을 지르지만, 눈도 비도 모두 유기견의 천적이다. 눈을 유독 좋아해 펄쩍펄쩍 뛰는 개가 있지만 미친놈이거나 발바닥이 시려 양말 신겨달라고 떼쓰는 배부른 개다.

눈이 점점 더 많이 온다. '아직 잘 곳도 못 정했는데 어쩌지?' 하는 사이 눈이 발목까지 내려 쌓이고 있다.

마침 우체통 옆에 잔뜩 쌓아놓은 쓰레기 뭉치가 보였다. 아쉬운 대로 그 비닐 틈새를 비집고 공간을 만드는데 웬 할아버지가 나타나 비닐 뭉치를 모두 차에 싣고 가버렸다.

길가에 달랑 우체통하고 개 한 마리만 남았다. 나는 꼼짝없이 눈사람이 아니, 눈개가 되어갔다.

추운 겨울 기온이 갑자기 내려가고 폭설까지 쏟아지면 그렇게 길거리에서 얼어 죽는 개가 적지 않다. 하지만 나는 그날 길에서 얼어 죽지 않았다.

"어머, 탐식아!"

쏟아지는 함박눈 속에 누군가가 내 이름을 불렀다.

"나야, 탐식아! 책 가지고 오는 누나."

나는 꽁꽁 언 몸으로 꼬리를 쳤다. 내가 좋아하는 출판사 누나다. 동물도 사람도 서로 좋아하면 반드시 어딘가에서 만난다. 그녀랑 내가 그랬다.

그녀는 털목도리로 나를 꽁꽁 싸안고 집으로 갔다. 대개의 여주인들이 나를 다글다글 볶았지만 죽음의 문턱에서 건져준 은인도 모두 여자다.

그녀는 혼자 살았다. 서울은 혼자 사는 사람이 참 많다.

나는 쿠키와 컵라면을 먹고 몸도 녹이고 기운도 차렸다. 그날 밤 그녀는 더운물로 나를 깨끗이 씻겨 엄마처럼 안고 잤다.

작은 원룸이지만 없는 게 없었다. TV, 냉장고, 컴퓨터, 옷장, 미니 소파, 프라이팬, 커피잔, 물티슈….

그녀는 탐식이가 도대체 뭐냐며 이름부터 바꾸자고 했다.

"너는 오늘부터 짠이야."

'짠? 맵지도 싱겁지도 않은 그냥 짠?'

"그런 짠이 아니고 바보야, 세상의 모든 기쁨 모든 행운이 짠! 하고 나타나잖니. 어때? 이름 너무 예쁘지? 내가 짓고 봐도 멋있네. 짠, 이리 와. 간식 먹자."

듣고 보니 그랬다. 그러고 보니 내 생명의 은인 그녀도 골목에서 짠 하고 나타났었다.

　그녀는 아침 8시쯤 회사에 갔다가 밤늦게 퇴근했다.
　하루 종일 나 혼자였지만 전혀 심심하지 않았다. 그녀가 하루 종일 내 곁에 있기 때문이다. 분명히 아침에 나랑 같이 밥을 먹고 "누나 출근한다, 이따가 보자" 했는데 느닷없이 유령처럼
　"짠, 방석 물어뜯으면 안 돼. 내려놔."
　"짠, 하품하지 말고 자. 하우스!"
　"짠, 심심하면 TV 봐. 누나가 틀어줄게."
　그녀는 아무 때나 그야말로 짠 하고 나타났다. 모습이 안 보인다 뿐 틀림없는 그녀 목소리였다.

　그녀는 출판사에 출근도 하고 집에도 있었다. 나는 초능력 여주인이 하느님처럼 신비스럽고 믿음직했다.
　개를 혼자 두면 분리불안이 어쩌고 건방을 떠는 개가 있지만 나는 혼자가 좋다. 잔소리 안 듣고 졸리면 아무 때나 쿨쿨 자도 되고.
　그렇다고 24시간 감시를 당하는 게 절대 아니다. 사랑의 눈으로 반려견을 지켜봐 주는 것이다.
　내가 슬쩍 냉장고 포도를 꺼내먹고 쿠키를 짭짭해도 그녀는,
　"짠! 포도 많이 먹으면 배 아파요."
　"쿠키는 너 주려고 사놓은 거야. 한 개 더 먹어."

나는 그때마다 가슴이 뜨거워지면서 눈물이 났다.

내가 더운물을 마구 틀어놓고 물장난을 쳐도,

"아이구, 잘하네! 누나 바쁘니까 혼자 씻어."

"수도꼭지 꼭 잠가줘서 고마워. 우리 짠 세계 최고!"

사람들은 더, 더, 더! 더 많은 돈, 더 큰 집, 더 많은 사랑을 원해도 나는 더 필요 없었다. 지금 이대로가 딱 좋았다.

만약 그녀가 결혼하고 아기를 낳는다면 나는 온몸을 바쳐 아이랑 놀아줄 것이다.

유모차가 계단에서 넘어지면 내 몸을 던져 아이를 구하고 나는 그대로 유모차에 깔려 죽어도 좋다. 죽어서도 혼백이 되어 아이를 지키고 엄마를 지킬 것이다.

그런데 그녀는 결혼할 생각이 전혀 없는 눈치다.

시간이 나면 컴퓨터를 켜놓고 글만 쓴다. 시인 아저씨는 몽당연필로 쓰던데 그녀는 납작한 판때기에 피아노를 치듯이 글을 쓴다. 어떤 때는 밥도 안 먹고 잠도 안 자고 쓴다.

나는 그게 싫었다. 그녀는 글을 쓰면 개를 꼼짝도 못 하게 했다. 내가 뛰지도 않는데,

"짠, 뛰지 마! 가만있어! 쉿, 저리 가."

나는 그때마다 탁자 밑에서 발바닥을 핥거나 뒷발로 귀를 긁었다. 그녀는 그것도 못 하게 했다.

글을 안 쓰면 금방 다정다감한 누나로 돌아왔다. 나를 데리고 산책을 나가고 마트에 가 소시지를 사주었다.

내가 진짜 싫은 것은 토요일 오후다.

토요일 오후가 되면 그녀는 외출도 하지 않고 TV만 본다. 제일 좋아하는 프로는 남자 여자가 싸우고 갈구는 이상한 드라마다. 한번 TV를 틀면 아주 빨려 들어가 옆에서 쿵쿵 난리를 쳐도 모른다.

그런 드라마를 볼 때 손에 꼭 맥주캔이 들려있다. 드라마 속 인물들이 야단스럽게 싸울수록 맥주를 많이 마셔 얼굴이 뻘개진다. 드라마가 끝나고 광고가 나올 때 참았던 화장실을 가는데 비틀비틀 여기저기 몸을 부딪친다. 탁자 위의 물건이 떨어져 내가 깨갱! 해도 신경도 안 쓰고, 화장실 문을 활짝 열어놓은 채 쉬를 한다.

너무나도 끔찍했던 그 토요일 오후.

그날도 그녀는 열심히 TV를 봤다. 손에 맥주캔을 들고. 그런데 내가 뛰어다니다가 그만 실수로 리모컨을 밟았다.

그 순간 남녀가 서로 갈구는 드라마가 갑자기 정치토론 화면으로 바뀌었다. 동시에 불벼락이 떨어졌다.

"야, 이 새끼야!"

나는 깜짝 놀랐다. 개를 그렇게 부른 것은 그날이 처음이었다.

"얌마, 누나가 언제 저런 거지 프로 본댔어? 빨랑 리모컨 가져와!"

나는 얼른 리모컨을 물어다 바쳤다. TV 화면에는 국회의원도 있는데 그녀는 저런 거지들이라고 말을 막 했다. 내가 보니 모두 비싼 양복에 예쁜 넥타이를 맨 전혀 거지가 아닌데….

그날 이후 나는 아주 조심했다. 그녀가 TV를 보면서 맥주를 마시면 뒤꿈치를 들고 살살 걸었다.

그런데 조심하면 꼭 실수를 한다. 리모컨을 피해서 폴짝 뛴다고 뛰었는데 그만 또 밟고 말았다. 다행히 남녀가 갈구는 드라마가 아니고 대중가요 프로였다.

휴우! 그냥 넘어가나 보다 했는데 진짜 난리가 났다.

"야, 이 미친개야! 내가 최고로 좋아하는 트로트 가수가 열창 중인데!"

그녀가 부리나케 리모컨을 집어 들었는데 흥분한 나머지 그만 떨어뜨렸고 탁자 모서리에 튕겨 저만치 날아갔다. 다시 뛰어가서 채널을 맞췄는데 좋아하는 트로트 가수는 지나가 버렸다.

'앗, 큰일이다!' 하는 순간 맥주캔이 폭탄처럼 날아왔다.

맥주캔은 시작에 불과했다. 연이어 곰인형, 탁상시계, 물티슈, 열쇠꾸러미, 귤, 바나나, 쥐포…. 나는 그녀의 무차별 공격에 벌집이 되었고 그대로 고꾸라졌다.

내가 그날 오피스텔을 탈출하지 않은 것은 술이 깬 그녀가 손이 발이 되도록 빌었기 때문이다.

그 후로 그녀는 갈구는 TV도 안 보고 맥주도 안 마셨다. 다시 평화가 찾아왔다. 다시 다정한 누나로 돌아왔다.

그런데 불곰인가 불금인가 하는 금요일 밤.

그녀가 무슨 시상식에 간다면서 "누나 오늘 좀 늦을 거야" 했고 진짜로 새벽 2시가 다 돼서 들어왔다.

술을 끊었다더니 술에 잔뜩 취해 방 안 여기저기 쿠당탕 쿠당탕 부딪쳤다. 나는 마음속으로 빌었다. 어서 자라, 제발 어서 자라. 그러나 그녀는 어서 자지 않았다.

대체 무슨 생각인지 나를 번쩍 안아 들더니 자기 무릎 위에 앉혔다. 내 얼굴을 빤히 들여다보며 뭐라고 뭐라고 떠들어대는데 나는 무슨 소린지 알아들을 수가 없었다.

그녀는 훌쩍훌쩍 울기도 했다. 나는 너무 따분해 하품을 했다. 그러자 그녀가 버럭 화를 내며 내 뺨을 후려갈겼다. 나는 너무 놀라 깽 소리도 못 냈다.

그녀는 자기 첫사랑 얘기를 끝까지 경청해 주지 못하고 하품이 뭐냐며 내 귀를 잡아당기고 코를 꼬집어 뜯었다.

나는 더 참을 수가 없었다. 그녀가 비틀비틀 화장실에 간 사이 밖으로 달아났다. 술주정뱅이 집에서 더는 못 살아!

키가 짧아 엘리베이터 단추를 못 누르고 비상계단으로 내려갔다. 큰길을 건너갈까 골목으로 뛸까 고심하고 있는데 그녀가 뒤쫓아왔다. 그녀는 커다란 눈에 눈물을 가득 담고 애원했다.

"누나가 잘못했어. 이 추운데 어디를 간다는 거야. 어서 가자! 짠, 너 없이 누나 혼자 어떻게 살라고."

나는 한참을 망설이다가 못 이기는 척 따라갔다. 그녀는 나를 꼭 끌어안고 또 훌쩍훌쩍 울었다.

그녀는 그 새벽, 하이 파이브에 지장까지 찍고 하늘에 맹세했다. 두 번 다시 술을 마시지 않겠다고.

나는 그러나 훗날 알았다. 술쟁이 맹세는 절대로 믿는 것이 아님을.

그녀는 3일 만에 또 곤드레만드레 술에 취해 들어왔다.

들어와서도 또 냉장고 캔맥주를 꺼내서 물을 마시듯 들이켰고 나는 조용히 마음의 보따리를 쌌다. 그녀는 미안해하기는커녕 완전 '배 째라'였다.

"구래! 마셨다. 세상이 하도 엿 같아서 마셨다! 내가 마시는데 니가 뭐 하나 보태준 거 있냐? 갈 테면 가, 임마! 솔직히 내 형편에 똥개 한 마리도 버거웠어. 나도 출혈 많았어."

나는 조용히 복도로 나갔고 비상계단을 내려갔다.

건물 밖에 나오니 달이 밝아서 가로등 없는 골목이 훤히 보였다. 그녀가 엘리베이터를 타고 또 쫓아왔다. 나는 얼른 숨었다.

"짠, 어딨어? 누나를 두고 어딜 간다는 거야?"

그녀는 허둥지둥 뛰어다녔다. 나는 못 이기는 척 따라가지 않았다. 화단 옆 계단 밑으로 더 꼭꼭 숨었다.

반지하 조그만 창문으로 불빛이 새어 나왔다.

음악 소리가 나서 살짝 들여다보니 여학생이 혼자 공부를 하고 있다. 긴 생머리 재수생이 팝송을 듣는가 했더니 아니었다.

자기 엄마 아빠가 한 시절 열광했던 대중음악을 크게 틀어놓고 어깨를 흔들어 대고 있다.

"언제나 찾아오는 부두의 이별이 아쉬워 두 손을 꼭 잡았나.
눈앞에 바다를 핑계로 헤어지나. 남자는 배 여자는 항구~"

왠지 슬프디슬픈 노래였다.

하지만 여기는 대도시 골목 반지하 공부방, 바다도 없고 항구도 없다. 그런데 왜 내 기분이 울적해지나 사람 노래에 개가 왜 심란해지나.

"떠나가는 남자가 무슨 말을 해. 뱃고동 소리도 울리지 마세요~"

떠나는 남자를 여자가 무척 원망한다. 남자는 왜 떠날까?

배를 타고 떠나는 남자랑 한밤중에 오피스텔에서 쫓겨나는 개랑 아무 상관도 없고 비슷도 안 한데 노래가 왜 자꾸 내 가슴을 후벼파나.

"사랑했었단 말은 하지도 마세요. 쓸쓸한 표정 짓고 돌아서서 웃어버리는 남자는 다 그래~"

남자는 다 그래 소리가 왜 '개 주인은 다 그래'로 들리나.

살그머니 계단을 올려다보니 오피스텔로 돌아가는 그녀 뒷모습이 보인다. 나는 두 번 세 번을 확인하고 계단 위로 나왔다.

그녀는 쓸쓸한 표정 짓고 돌아섰지만 나는 너무 잘 안다. 방으로 가 다시 캔맥주를 꺼내 마시며 TV를 틀 것이다. 깔깔깔 탁자를 두드리며 남녀가 갈구는 막장 드라마를 볼 것이다.

쓸쓸한 웃음 짓고 돌아서서 웃어버리는 그녀는 항구일까, 배일까. 오피스텔 원룸이 있고 TV 드라마가 있고 술이 있으니 항구일 거야.

개는 배, 개 주인은 항구.

"술이 죄지 사람이 무슨 죄."

나는 이렇게 말하는 할머니들이 제일 밉다. 개를 내쫓은 게 사람 탓이냐 술 탓이지 소리다.

그렇게 말한다면 술이 무슨 죄, 술을 판 편의점 알바가 죄지.

알바는 또 무슨 죄, 술 만든 술 회사가 죄지.

회사는 무슨 죄, 술 공장 기계가 죄지.

말 못 하는 기계 탓을 왜 해. 술병 뚜껑을 딴 사람 손이 죄지.

손을 누가 움직이나. 사람이 죄, 개 주인이 죄인이다.

많은 개 주인들이 술을 좋아해도 술로 개를 괴롭히지 않는다.

술에 취해 자기 부인, 자기 딸 줄 선물은 깜박해도 개껌은 챙겨 들고 간다. 술에 취해 개랑 블루스를 추고 개집에 기어서 들어가 개랑 같이 자기도 한다. 진짜 반려견의 친구이자 주인다운 주인들이다.

술에 취하면 괴물로 변하는 진상 견주들이 사고를 친다. 이 사람들은 술을 마시고 친구를 괴롭히고 경찰을 괴롭히고 사회를 괴롭히다가 뒤풀이 끝마무리로 개를 괴롭힌다.

내 친구 쪼쪼는 아파트 6층에서 떨어졌다. 술에 취한 주인이 창밖으로 개를 던진 것이다.

보호소에서 만난 치와와 끼끼는 비비탄 500발을 맞았다. 개를 사격 연습 과녁으로 쓴 것이다.

일본 개 미치는 술에 취한 주인한테 귀를 2센티나 잘렸다.

가위로. 알래스카 출신 허스키는 소파에서 안 내려가고 개긴다고 골프채에 맞아 머리가 깨졌다.

그 정도뿐이면 내가 말을 안 한다.

꼬리를 잘린 개, 철사로 주둥이를 꽁꽁 묶어놓은 개, 라이터 가스로 개 몸에 불을 붙인 최고 악질 방화범….

전국을 떠도는 유기견 수십만 마리도 몽땅 주폭들 소행일까?

신기하게도 그게 그렇지 않다. 맨정신으로 개를 버리는 사람이 압도적으로 많다.

개를 버린다고 디즈니 만화처럼 개를 발로 뻥 차서 하늘로 날려 보내는 것이 아니다. 앞뒤 생각 없이 아무 데나 쓰레기 버리듯 버리는 것도 아니다.

맑은 정신으로 계획을 꾸미고 버릴 날짜, 장소, 시간대를 꼼꼼히 체크하고 혹시 개가 다시 찾아올지 모르니까 치밀한 거리 계산, 혹시 보는 사람 있나 없나 타이밍을 잰 다음, 비로소 개를 던지고 튄다.

그 머리 그 정성을 좋은 일에 쓰면 사람들이 크게 칭찬해 줄 텐데 산 생명을 가지고 잔머리를 굴린다.

가정 쓰레기를 지하철역에 슬쩍 버리는 사람처럼 개를 인파 속에 슬쩍 내려놓고 가는 사람도 있다. 간단해 보여도 상당한 노력과 순발력이 필요한 짓거리다.

배를 타고 섬에 가서 버리는 것보다 비용이 절약될지 몰라도 그게 인간의 탈을 쓰고 할 짓인가.

진짜 궁금한 것은 섬에까지 가서 버리는 사람들 심보다. 왜 꼭 섬인가? 개가 원수 갚으러 올까 두려워서인가? 평소에 개한테 어떻게 했기에.

굳이 섬에 버릴 거면 고깃배가 많고 농사도 짓는 섬에 제발 버려달라. 개가 얻어먹고 살 수나 있게.

개를 낚시꾼도 없는 무인도에 버리는 사람 마음을 나는 알 수가 없다. 개가 그렇게 이 갈리게 미우면 차라리 안락사시켜라!

악질 중의 최고 악질은 차가 쌩쌩 다니는 고속도로에 개를 버리는 인간이다. 개 생명은 물론 대형 차 사고가 날 수 있다.

"에이, 잔인한 인간들! 나는 죽었다 깨어나도 그런 짓 못 해" 하면서 끌고 나온 개줄을 슬쩍 전봇대에 걸어놓고 가는 이도 있다. 뜻밖으로 너무 많다, 그런 인간.

나는 더 이상 못 키우겠으니 누가 대신 좀 키워달라 소리다.

만약 그 사람을 비행기에 태워 캐나다나 멕시코 벌판에 내려놓고 "알아서 살아가시오" 한다면 어떤 얼굴을 할까? 내 조국이 나를 버렸다고 악을 쓸까?

버려진 개들은 자신이 버려진 줄 모르고 주인이 실수로 흘린 줄 안다. 금방 데리러 올 줄 알고 굳세게 자리를 지킨다. 그렇게 눈 빠지게 기다리다 저세상으로 가는 유기견이 전국에 수만 수십만 마리다.

TV에서도 수시로 보여준다. 뜨거운 아스팔트에 웅크리고 기다리다가 비슷한 자동차 소리가 나면 혹시 우리 주인 차 아닌가 달려가 확인하고 실망해 돌아서는 슬픈 유기견들의 눈망울.

개를 버린 이는 버린 것으로 끝이 아니다. 버려진 개는 말할 것도 없고 수많은 선한 사람들 가슴을 바늘로 찌르고 있다.

제발 부탁이다. 개 좀 그만 버려라.

지금은 당신이 버렸지만 언젠가 당신을 하늘이 버릴지 누가 아는가.

유기견은 밤이 되면 아무 데나 몸을 구겨 넣고 잔다. 잔뜩 웅크리고 자 아침에 몸이 뻣뻣해 뒷다리가 얼른 안 펴지기도 한다.

찔룩찔룩 먹을 것을 찾아 나서면서 떠돌이 근무 시간이 시작된다. 여기도 저기도 먹을 게 안 보이면 가속 페달을 밟는다. 덕분에 얼었던 몸이 금세 따뜻해진다.

깜박 늦잠을 자면 딴 놈이 선수를 쳐 쓰레기 봉지에 건질 게 없다.

이 동네에, 아침 일찍 문을 여는 집은 해장국 집뿐인데 그 집 주방장하고는 아직 안면을 못 텄다. 딱히 훔쳐먹을 데도 없다.

유기견의 마지막 히든카드는 허름한 복도식 아파트다.

경비 할아버지 눈을 피해 잽싸게 가가호호 점검에 들어간다.

택배 음식 빈 그릇이 여기저기 보인다. 다 먹고 내놓은 빈껍데기 같아도 충분히 찾아 먹을 게 있다.

재수가 좋으면 고기나 밥을 반도 안 먹고 내놓은 노다지 로또도 있다. 그런 거 한탕 얻어걸리면 한 방에 하루 식사 끝~ 더 근무 안 해도 된다.

그런데 그날은 이상하게 소득이 없었다.

분명히 만두와 칼국수 냄새가 나는데 헤집어 보니 달랑 단무지 두 쪽뿐이다. 어쩌겠나, 그거라도 먹어야지.

아파트를 나와 일반주택 대문 앞을 살피는데 배달 음식 그릇이 아예 안 보인다.

사람들이 왜 이래? 불경기라고 음식도 안 시켜 먹나? 택배기사도 먹고살아야지! 개도 함께 살아야지! 돈 벌어 어따가 쓰냐!

뱃속에서 계속 밥 들여보내라고 꼬록꼬록 신호를 보내는데 이제는 다리에 힘도 빠졌다. 바로 그때였다.

"러키 아니니? 어머, 러키야!"

나를 부르는 50대 사모님. 저 낯익은 얼굴!

시를 쓰는 아저씨는 괴상한 이름을 붙여줬지만, 내가 '러키'로 불리던 시절이 있었다. 바로 저 사모님! 아, 사모님!

내가 왈왈왈 반갑다고 꼬리치고 다가가자, 사모님이 나를 번쩍 안아 들고 사정없이 내 머리와 몸을 쓰다듬었다. 나도 마구 사모님 뺨을 핥아주었다.

사모님은 나를 안고 집으로 뛰어 들어가며 소리쳤다.

"여보, 이리 좀 나와 봐요. 러키가 왔어요, 러키가."

"뭐? 우리 집을 안 잊어버리고 찾아왔다고?"

나는 잠시 얼떨떨했지만, 부부가 아낌없이 내놓는 북어포와 육포를 게 눈 감추듯 먹어 치웠다.

"어머나, 시장했었나 봐. 자자, 더 먹어 더 먹어."

"러키야, 정말 반갑다. 그동안 어디서 어떻게 살았냐?"

"그때보다 마른 것 같죠? 잘 왔다, 잘 왔어."

기억을 더듬어 보니 내가 파양을 거듭하다가 다섯 번째로 분양된 집이었다. 대개 반려견을 좋아해서, 집이 적적해서, 정신건강에 동물을 키우면 좋다고 해서 분양을 받아 가는데 그 집은 아들 때문에 나를 분양 받았다.

아들이 대학을 못 가고 3수 중이었다. 학원에 다닌다고 나가서 친구들과 술을 자주 마시고 집에 오면 게임만 했다. 잔소리 듣기 싫다고 엄마 아빠랑 말도 안 했다.

부부가 고심 끝에 개를 분양받아 아들한테 붙여주었다. 결과적으로 탁월한 선택, 대성공이었다.

아들은 개를 무척 좋아했다. 게임을 안 하고 개 산책을 시키고 온종일 개하고 놀았다. 나도 아들만 따랐다. 우리는 서로 의지했고 나는 행복한 반려견이 되었다.

그때 붙여진 이름이 '러키'다. 분양받은 날이 공교롭게도 7일이었고 그래서 가족들이 나를 '러키세븐'이라고 불렀다.

그런데 그 좋은 집을 왜 나왔냐고? 나온 게 아니었다.

아들이 3수에 실패하고 미국 유학을 가게 됐다. 나는 머리가 뛰어난 수재급들이 외국 유학을 가는 줄 알았는데 대학입시에 실패하고 '할 수 없이' 유학을 가기도 했다. 이웃 아줌마와 할머니들이 담 너머에서 수군거렸다.

"돈지랄이야, 돈지랄."

나는 그 말뜻을 정확히 몰랐지만 좋은 말 같지는 않았다.

아들이 훌쩍 떠나자 집 안이 갑자기 바람 빠진 공같이 휑했다.

늘 같이 붙어 놀던 내가 제일 심심했다.

그래서 그 집을 나왔냐고? 아니다.

뜻하지 않은 문제가 생겼다. 유학을 간 아들이 하라는 공부는 안 하고 16세 흑인 처녀랑 사랑에 빠졌다. 엄마 아빠가 전화기에 대고 화를 내고 소리를 질러 대더니 어느 날 여행 가방을 꾸렸다. 당장 가서 아들 모가지를 끌고 온단다.

그럼 그냥 전화로 오라고 하면 되지, 비싼 비행기 타고 두 사람씩이나 가야 할까? 아들이 힘이 세 혼자서는 모가지를 잡을 수가 없다는 것일까?

다음 날 엄마 아빠는 개 사료 한 바구니와 수돗물 한 양동이를 받아놓고 미국으로 날아갔다. 두 밤 자고 온다더니 다섯 밤을 자도 안 왔다.

미국은 엄청 크고 부자 나라라는데 거기서 그냥 다 함께 살기로 한 것일까? 눈 빠지게 기다리고 있는 개는 어쩌고….

나는 쓸쓸히 먼 산만 바라보다가 그 집을 나왔다. 거의 1년도 더 된 일이다.

오랜만에 오고 보니 고향에 돌아온 것 같은 기분도 들었다.

내가 제일 궁금한 것은 모가지를 끌고 온다고 했던 아들 소식이다. 직접 물어볼 수는 없어도 부부가 주고받는 말, 국제전화 내용을 종합해 보니 우와! 아들이 흑인 처녀랑 결혼해서 둘이 한 직장에 다닌단다. 항공모함보다 큰 쇼핑몰에서 급료도 꽤 빵빵하단다.

그렇다면 모가지를 잡아끌고 올 것 없이 해피엔딩 아닌가.

그런 것 같았다. 엄마 아빠는 많이 편안한 듯했다.

나도 떠돌이 생활을 접고 다시 러키세븐으로 돌아가 그 집에 눌러앉았다. 사모님은 나를 러키로 불렀지만, 주인아저씨는 나를 돌아온 우리 멍멍이라며 공놀이를 같이 해주었다.

워낙 마음씨 좋은 부부라 개를 끔찍이 아껴주었고 나 또한 불편한 게 1도 없었다.

그러나 며칠 지나면서 알았다. 나는 더없이 행복했지만 부부는 별로 행복해 보이지 않았다.

사모님은 집 안을 치우다 말고, 설거지를 하다 말고 멍하니 창밖을 바라보곤 했다. 아들이 보고 싶은 것일까, 아니면 흑인 며느리가?

주인아저씨도 빈방에서 무얼 하시나 싶어 가보면 혼자 위스키를 마셨다. 그것을 안 마시면 잠을 못 잔단다.

사모님이 우두커니 먼 하늘을 봐, 내가 기분 좀 풀어드리려고 깡충깡충 뛰고 앞치마를 물고 흔들어도 웃어주지 않았다. 사모님은 몰래 눈물을 닦고 있었다.

나는 그만 기가 죽었다. 많은 개 주인들이 개한테 정성과 돈을 쏟으면서 뭘 통 모른다. 개 주인은 개가 보는 데서 절대로 울면 안 된다.

눈물이 인간을 정화한다고 사람들이 우기지만, 하나만 알고 둘은 모르는 소리다. 눈물은 슬픔의 앞잡이고 가슴이 찢어지는 소리 없는 폭포다.

눈물은 이웃을 같이 울게 하는 전염 바이러스다. 개 주인이 울면 개도 울고 개 주인이 아프면 개도 아파한다.

나는 사모님을 따라 매일 울 수 없었다. 그러기에는 개의 수명이 너무 짧다. 나는 활기차게 잘 먹고 잘살고 싶었다.

나는 끝내 그 집을 나오고 말았다.

유기견이 집 박차고 나와봤자 어딜 가겠나. 공원에서 웅크려 자고 일어났는데 내가 알 만한 개 냄새가 났다.

동물보호소 동기 두 놈이 찾아왔다. 보쌈 집과 돼지껍데기 집 개였는데 고기를 하도 훔쳐먹어 쫓겨난 놈들이다.

얘들이 이상한 개 한 마리를 데리고 왔다.

'인사해라. 전자공학 연구소 경비견 에이아이야.'

'에에이가 뭐야? 만나자마자 욕이냐?'

'얘 이름이 에이아이이라니까.'

'무슨 이름이 그렇게 길고 어렵냐?'

'미국계 재벌회사야.'

'미국계!'

나는 미국 소리에 괜히 신경이 곤두섰다. 착한 사모님 아들을 뺏어간 미국, 한번 가면 돌아오지 않는 미국. 그러나 나는 처음 보는 개에게 내색하지는 않았다.

유기견의 특징은 굶주려 있고, 사람을 피하고, 목욕을 오래 안 해서 냄새가 심한데 에이아이는 냄새도 없고 말쑥했다. 아직 완전 유기견이 아니고 주인이 유럽 출장을 가 잠시 연구소를 벗어나 있는 개란다.

에이아이는 우리랑 같이 쓰레기를 안 뒤지고 건방을 떨었다.

'느덜 이런 걸 밥이라고 먹냐?'

'이 맛있는 걸 이런 거라니.'

'더러운 음식찌꺼기 병 걸려 바보들아.'

'짜식이 배불렀네 안 먹을 거면 이리 내.'

건방을 떨던 에이아이가 더 건방을 떨었다. 놈은 우리랑 전혀 차원이 다른 세계에 사는 개 같았다.

'느덜 혹시 인공지능이 뭔지 아냐?'

'먹는 거냐?'

'뭣에 쓰는 물건인데?'

'인공지능은 세상에서 모르는 게 없어 뭐든 만들어 내고 인간 수명을 100년, 200년까지도 늘려.'

'안 돼! 가뜩이나 노인이 많은데 또 왕창 늘어나면 누가 다 먹여 살리냐?'

'노인이.'

'노인이 노인을?'

'할머니 할아버지가 시집 장가도 가고 애도 낳고.'

'말이 좀 되는 소리를 해라.'

'인간뿐이냐, 개도 50년 100년을 산다.'

'100년!'

'야야, 그때까지 먹을 사료가 있어? 뼈다귀가 있어?'

'뼈다귀가 있어도 이빨 다 빠져 어떻게 씹어?'

'인공지능이 다 해결해 줘. 족발 닭발도 씹게 해주고! 집 지키느라 힘들게 안 짖어도 기계가 알아서 짖어 줘! 혹시 주인이 개를 버릴 낌새를 보이면 미리 대비도 해줘!'

'어떻게?'

'다른 좋은 집을 수배해 주고, 그 집도 사업 실패로 개밥을 잘 안 준다! 하면 인공지능이 미리 들어놓은 개 보험으로 간단히 해결! 암수캐 미팅도 주선해 주고 불륜 상대도 물색해 주는 완전 개 편한 세상!'

'우와! 인공지능 어디 가면 살 수 있냐?'

'편의점에서 파냐? 밤에 훔치러 가자!'

'소용없어. 인공지능이 미리 알고 도망가 버리지.'

'그럼 인공지능한테 어디로 도망갔는지 물어보면 되지.'

'사실은 아직 안 팔아! 곧 나올 거래.'

'야, 그거 나오면 혹시 신분 세탁도 되냐?'

'당연하지. 무한 복제, 변신 로봇도 되고.'

'우왓! 그럼 나 유기견 그만두고 사람 할래.'

'나도 사람이 돼 가지고 나 구박한 주인 놈을 철창 안에 가둬 놔 보고 싶어.'

'맞다. 개줄에 묶어놓고 굶기고 때려서 쫓아내 보고 싶어.'

'경찰에 고소하면?'

'걱정 마. 인공지능이 다 해결해 준다.'

하도 말 같지 않아서 나는 대꾸도 하지 않고 자리를 떴다. 미친놈들. 그런데 분수대에서 물을 먹다가 언뜻 불길한 예감!

인간들은 무섭다. 말 같지도 않은 세상이 진짜로 올지도 모른다. 인공지능 천하가 되면 혹시 못돼 처먹은 인간들이 어느 날.

"개라는 동물은 키우기 성가신 종이다. 다 없애 버리고 인공 개, 인공 벌레를 만들자! 병도 안 걸리고 죽지도 않는 24시간 부려 먹을 수 있는 인공 쫄따구!"

아, 무섭다. 왠지 문명이 싫다. 과학이 싫다.

그런 세상이 오면 사람들은 별로 할 일도 없을 텐데 행복할까?

노래도 기계가 하고 소설도 기계가 쓰고 밥까지 인공지능이 떠먹이면 뭘 하면서 하루를 살까?

재래시장 호떡 굽는 아저씨가 퍼뜩 떠올랐다.

세계적 천재들이 인공지능 뭐로 수천억을 벌 때 아저씨는 호떡을 구워 수천 원을 번다. 인공지능 없이도 반죽만 잘하고 밀가루 묻은 손으로 돈만 잘 센다. 언제 봐도 그 아저씨가 행복해 보인다.

우주선을 타고 화성에 가서 집을 짓겠다는 사람.

내 집 한 칸 없이 시장 가서 못난이사과 찾아 삼만리 주부들.

그녀들이 버린 부스러기를 먹겠다고 호시탐탐 노리는 유기견.

나는 거기서 퍼뜩 정신이 들었다. 아스팔트 틈새 잡초가 주제를 모르고 달리는 자동차에 시비를 걸었다.

나는 냉혹한 현실 세계로 조용히 되돌아왔다.

해가 지고 어둑어둑해지자 하나둘 떠돌이들이 모습을 드러낸다. 층층시하 유기견들은 문명의 밑바닥, 인간의 발아래 바닥을 기어서 살아간다.

나처럼 떠돌이 2년 차쯤 되면 나름 유기견 관록이 몸에 밴다.

차마 눈 뜨고 못 볼 것은 초짜 유기견들이다. 집 떠나고 한 달 아니, 일주일만 되면 벌써 꾀죄죄, 온몸에 '나는 유기견입니다' 써 있다.

알록달록 예뻤던 옷은 벌써 누더기가 되었고 미용실에서 돈 좀 발랐던 개털이 꼬질꼬질 갑옷이 되었다. 같은 유기견이 봐도 딱하다.

정신마저 오락가락 생판 처음 보는 사람한테 좋다고 꼬리를 치고, 유치원 꼬마가 초콜릿을 주는데 꼬리를 잔뜩 말고 벌벌 떤다.

어떤 초보는 도움을 청한답시고 파출소를 기웃거리는데 번지수를 잘못 짚었다. 경찰은 민중의 지팡이지 개 지팡이가 아니다. 그들은 떠돌이 유기견을 아주 귀찮아한다.

그런데 나는 지금 전봇대 뒤에 숨어 파출소를 노려보고 있다.

정확히 말해 파출소 골목에서 풍겨 나오는 고깃국물 냄새다.

됐다! 다 지나갔다. 사람이 안 보인다!

나는 잽싸게 파출소를 통과, 고기 냄새 골목 안으로 뛰어 들어갔다. 할머니 할아버지가 하는 아주 작은 해장국집이었다.

마침 손님이 없어 한산하다. 나는 슬그머니 꼬리를 치며 안으로 들어갔다.

한 입 얻어걸리느냐 내쫓기느냐 확률은 늘 반반이다.

"오마나, 너 누구여?"

"점심 손님 개시도 못 했는데 동냥 개가 먼저 와부렀네."

"이 동네 개가 아닌디~ 너 이름이 뭐여?"

나는 바닥에 누워 배를 보였다. '건드려도 물지 않습니다'라는 의사표시다. 그게 일단 통했다.

할아버지가 뼈다귀 한 개를 던졌다. 나는 잽싸게 물고 구석으로 갔다. 할머니는 기름덩이를 하나 더 주면서 내 머리를 쓰다듬었다.

토종 무슨 개다, 영국 황실 뭐다, 개를 보석 거래라도 하듯 하지만 유기견은 밥 한 덩이 주고 머리 한번 쓰다듬으면 끝이다.

나는 그날로 뼈다귀해장국 집 개가 되었다.

할아버지가 못 쓰는 방석 한 개를 던져주며 "네 집이여" 했다. 내가 소년 시절부터 갈망하던 소갈비, 돼지갈빗집은 아니었지만 그래도 '저런 집에 한번 살아 봤으면!' 하던 음식점이다.

노인 부부는 그 흔한 개 옷도 안 입혔다. 나는 그게 더 좋았다.

서로 소 닭 보듯 너는 너 나는 나! 초자유 민주가족!

해장국집 노부부는 개가 있는지 노는지 자는지 신경도 안 썼다. 이름이 뭐냐 하더니 이름도 안 지어 주었다.

"개 워디 갔어? 개야~ 밥 묵어라."

'개야'가 내 이름이었다. 내가 잠시 마실이라도 가 안 보이면,

"개가 없네. 전에 살던 집 갔다냐?"

"냅둬! 암캐 쫓아갔으믄 안 와불지."

찾으러 갈 생각도 안 했다. 나는 오줌을 누다 말고 황급히 달려와 왈왈왈 짖어서 살아있는 내 존재를 알리곤 했다.

'제가 집 두고 어딜 가요. 저 암캐 싫어해요! 언능 밥이나 주세요, 왈왈왈왈!'

할머니는 밥도 어쩌다 생각나야 손님이 먹던 잔반을 뚝배기에 쏟아부어 주었다. 부족했지만 나는 만족했다. 굳이 더 먹고 싶으면 외식하면 된다. 카페 골목에 가면 먹거리가 꽤 쏠쏠하

다. 하지만 배탈이 나서 고생을 해본 후로 과식을 피한다.

먹을 것을 덜 밝히니 소박한 행복이 저절로 찾아왔다.

딱 한 가지 걱정거리가 있다. 뼈다귀해장국 집 집세가 석 달이나 밀렸다.

그런데 그날 오후, 할머니가 핸드폰을 열고 하나… 둘… 세… 떨리는 손으로 동그라미를 세고 있다. 무슨 동그라미일까? 무척 궁금했는데 앗! 우왓! 돈 액수를 세는 동그라미였다.

충청도에서 흑염소를 키우는 아들이 엄마한테 송금을 했고 노인네들 입이 함박만 해졌다.

손님 술이나 얻어먹던 할아버지가 냉장고에서 맥주를 꺼냈다.

할머니 잔에도 부어주고 집안이 갑자기 축제 분위기였다.

사람들의 야릇한 습성, 기분이 좋아지면 꼭 2차를 간다. 노인네들도 해장국 집 문을 잠그고 2차를 간단다.

나도 덩달아 따라나섰는데 할아버지가 "개는 집 지켜야지!" 하지 않고 "그래, 너도 가자. 오늘 같은 날!" 했다.

파출소 길 건너 호프집에서 노인네들은 엄청 큰 유리잔으로 맥주를 마시고 나는 노가리를 먹었다. 뼈다귀해장국 집 개가 되고 최고로 맛있는 간식이었다.

작은 축제가 점점 큰 축제가 되었다. 같은 동네 형님 동생 하는 택시 기사 부부가 합석을 했고 3차로 노래방까지 갔다.

노래방은 귀가 아플 정도로 시끄럽고 어둡고 답답한 상자 속 같았다. 나는 빨리 집에 가고 싶은데 할아버지가 무서운 얼굴로 "꼼짝 말고 기다려!" 했다. 개는 '기다려'가 일이고 근무 시간이다.

앗! 그런데 이게 웬일? 노래방에도 맥주와 안주가 있었다.

나는 갑자기 노래방이 좋아졌다. 이렇게 좋은 데면 더 빨리 오지!

사람들이 노래 부르느라 테이블에 신경을 안 썼고 나는 이게 웬 떡이냐 열심히 땅콩과 비스킷, 건포도와 먹태를 훔쳐다 먹었다. 노래방 도우미 누나가 과일도 가져와 그것도 슬쩍슬쩍 물어다가 탁자 밑에서 아삭아삭 먹었다.

도우미 누나가 야단을 치지 않고 내 머리를 쓰다듬어 주면서 "매상을 신경 써주는 이로운 동물이네" 했다.

사람들은 노래를 서로 하겠다고 마이크를 뺏고 난리가 아니었다. 한 사람이 노래를 부르면 세 사람이 박수 치고 춤도 추었다.

택시 기사 부인이 열나게 먹태를 뜯고 있는 나를 보더니 "멍멍이 너도 한 곡 때릴래?" 했다.

내가 갑자기 그게 무슨 소린가~ 멀뚱멀뚱 쳐다보자,

"멍멍아, 인간들이 왜 이렇게 꽥꽥 노래를 부르는지 아니? 가슴속에 든 사연을 말만으로 전할 수가 없어서 노래를 하는 거 아니겠니. 하긴 뭐, 너 같은 짐승이 무슨 사연이나 있겠냐마는."

듣고 보니 되게 불쾌했다. 개라고 왜 그런 게 없어. 개도 말만으로 전할 수 없는 사연 무지 많다.

60세가 넘은 노인네들. 내 나이 30배나 된다. 내가 올해 두 살이니. 그러나 노인네가 아니고 완전 청춘이었다. 술을 마셔도 취하지도 않고 노래도 잘하고 춤도 잘 추고 너무 잘 논다.

인간사회를 도무지 알다가도 모르겠다. 왜 노인도 아닌 노인을 노인이라고 하고, 지하철 좀 공짜로 탄다고 눈치를 주고 그럴까?

개는 한번 노견은 영원한 노견! 때려죽여도 서열 1위다.

내가 술안주를 아작내는 사이, 무대는 완전히 달아올라 TV 생중계 트롯황제선발 데스매치를 방불케 했다.

남편이 한 곡 부르면 다시 부인이 한 곡, 다시 남편, 다시 부인. 대한민국 국민 반이 가수라더니 정말이었다.

노래도 술처럼 자꾸 부르면 자꾸 기분이 좋아지는 것일까?

그런 줄 알았는데 그렇지도 않았다.

처음에 무척 기분 좋은 얼굴이던 주인 할아버지가 갑자기 처절한 목소리로 "옥경아! 옥경아~" 괴성을 질러댔다.

주인 할머니 이름은 순실이인데 옥경이는 혹시 딸? 자식이라고는 흑염소 키우는 아들 하나뿐인데! 살짝 수상한 노인네다.

할머니들 노래는 사뭇 달랐다.

'미운 사내'라는 은근히 남자를 갈구는 노래를 하는가 했더니, 앗! 두 할머니가 '날 버린 남자'를 악을 쓰고 합창했다.

나는 너무 놀라 뒤로 넘어질 뻔했다. 날 버린 남자! 나를 버린 남자? 개를 버리듯이 사람이 사람을 버렸다고? 대한민국에서?

사람을 섬에 데려다 놓고 슬쩍 도망을 쳤단 말인가.

혹시… 지금 두 할머니는 기적같이 섬을 탈출한 여인들?

도우미 누나가 과일도 더 안 가져오고, 더 훔쳐먹을 게 하나도 없다. 나는 심심하고 우울해졌다. 노래방에 왜 왔나 싶었다.

게다가 인간들 노래라는 게 들으면 들을수록 다 슬펐다.

택시 기사가 '불효자는 웁니다'를 부르면서 진짜로 엉엉엉엉 울었다. 불효자가 뭘까? 뼈다귀를 엄마 아빠 안 주고 자기 혼자 먹는 것일까?

그런데 눈물이 채 마르기도 전에 금방 다른 노래 '아, 뜨거 뜨거'를 부르면서 미친 듯이 몸을 흔들어 댔다. 얼른 안 피했으며 나는 깔려 죽었다.

도우미 누나가 더 연장할 거냐 물었고 할아버지가 "되았어" 했다.

나는 세상에 태어나 처음 가본 그곳 그 밤을 잊지 못한다.

'노래방이 무어냐 물으신다면

먹태 황태 쥐포가 맛있더라 말하겠어요.'

해장국집 손님이 없어 영업을 계속하느냐 마느냐 기로에 섰다.

만약 문을 닫으면 나는?

그런데 노인네들 얼굴이 확 밝아졌다. 무슨 일이지? 흑염소 키우는 아들이 또 송금을 했나?

더 큰 경사였다. 효자 아들이 노인네 은행 빚을 몽땅 갚아주었단다. 시골에다 집까지 얻어주고 소일거리로 염소나 종종 봐달라고 했단다. 노부부는 좋아서 얼싸안고 눈물을 흘렸다.

당장 이삿짐을 싼다고 난리가 났다. 크고 작은 짐보따리가 골목에 나오고 이삿짐 트럭이 왔다.

그러나 나는 아직 마음을 못 정했다. 내가 흑염소들과 함께 살아야 하나….

사람들이 왔다 갔다 하더니 이삿짐 트럭이 부르릉! 시동을 걸었다. 내가 깜짝 놀라 트럭에 뛰어오르자, 기사 아저씨가 막아섰다.

"멍멍아, 이 차는 짐만 태운다. 네 주인들은 택시 타고 벌써 갔다. 택시를 쫓아가야지."

나는 허둥지둥 골목을 뛰어나갔다.

그러나 할머니도 할아버지도 택시도 안 보였다. 이삿짐 트럭이 소리를 지르면서 지나갔다.

"왜 그러고 섰어? 멍멍아, 빨리 뛰어가야지!"

택시도 가고 트럭도 가고 개만 달랑 남았다.

파출소 젊은 경찰관이 나를 뚫어지게 봤지만 나는 무섭지 않고 눈물만 났다.

노인네들은 나를 버린 게 아니었다. 늘 함께 살고 싶어 하던 아들한테 갔고, 유기견을 원래 자리에 둔 것뿐이었다.

경찰관이 내 쪽으로 성큼성큼 걸어왔다.

"개가 목줄 없이 다니면 법규 위반인 거 모르시나? 동물보호소 인계 조치 들어갑니다. 이쪽으로 오슈, 유기견 씨."

나는 그냥 멍청히 서 있었다. 그런데 그것도 운일까. 마침 지나가던 동네 대학생 청년이 신원보증을 서 주었다.

"그 개 유기견 아닌데."

"아, 그래요? 이 개를 아세요?"

"뼈다귀해장국 집 개 같은데요. 맞네, 그 집 개 맞네."

"틀림없어요?"

"제가 데려다주죠, 뭐. 어차피 가는 길인데."

"줄 매서 가셔야 합니다."

"그냥 안고 가죠, 뭐. 멍멍아, 이리 와."

대학생이 성큼성큼 골목 안으로 걸어갔다. 그리고 나를 바닥에 내려놓으면서 "어서 가봐라" 했다. 나는 숨을 죽이고 가만히 있었다.

응? 대학생이 폐허가 된 해장국 집을 뒤늦게 보고 깜짝 놀랐다.

"뭐야! 해장국 집 없어졌어? 어허, 이런 이런! 이사 가면서 개를 폐품처리 했구나."

나는 짧은 순간, 비빌 언덕이 다시 생겼다고 직감했다. 슬그머니 꼬리를 치면서 대학생 청바지를 핥으며 엉겨 붙었다.

"얘 뭐야? 왜 갑자기 친한 척하는데? 잠깐 놔봐! 이 개가 갑자기 골때리는 숙제를 주네!? 그러니까… 한번 버려진 개를 내가 또 거부하면 너는 완전 쌍코피냐?"

쌍코피가 무슨 말인지 나는 얼른 못 알아들었지만, 대학생은 훗날 이런 근사한 말도 했다.

"하늘은 한쪽 문을 닫으면 다른 쪽 문을 열어준다."

그가 바로 다른 쪽 문이었다. 덕분에 나는 다시 야박한 거리를 헤매지 않고 그 대학생 집 개가 되었다.

제법 마당도 있는 단층집! 모든 개 주인들이 그러하듯 그도 나를 훈련시켜 똑똑한 개로 만들겠다고 기를 썼다. 눈물 나도록 고맙기는 했지만 대학까지 다닌다는 대학생 놈 말버릇이 너무 거칠고 고약했다.

"이 게으른 종아! 지금이 몇 신데 여태 자빠져 있냐?"

"발딱 웨이크업! 어쭈, 새끼가 개기네."

"똥개, 너 오늘 한번 죽어볼래?"

"내가 오줌 아무 데나 갈기지 말라 그랬지!"

"변기 물을 처먹냐? 병 걸린다고 말했어, 안 했어?"

"이런 멍청한 짐승을 내가 왜 데리고 왔지?"

하지만 배우는 학생이 어쩌겠나. 똑똑한 개가 되자면 참아야 지. 그런데 앗, 그날은 웬일? 그 집 가서 처음으로 돌대가리, 짐승이라는 말을 안 썼다. 그가 핸드폰을 최신형으로 바꾼 날 이었다.

그는 하루 종일 그것만 들여다보며 아주 좋아 죽었다. 나한 테도 그것을 열었다 닫았다 해 보이면서,

"너 이게 얼마짜린지 아냐? 너 같은 똥개 열 마리를 팔아도 아니, 100마리 값으로도 못 산다는 거 아니겠냐."

그는 내가 1도 궁금해하지 않는데 냅다 자랑을 늘어놓았다.

"야, 요게 요렇게 스마트해도 있잖냐. 요 안에 별게 다 있다. 은행, 도서관, 극장, 쇼핑센터…. 뿐이겠냐, 전 세계 모든 나라 맛집 요리! 빠에야, 스시, 꿔바로, 전주비빔밥, 해물짜장…."

해물짜장 소리에 나는 귀가 번쩍했다. 짜장면은 사람보다 개 가 더 좋아한다. 아주 미친다.

나는 대학생이 냉장고 주스를 꺼내 마시는 사이 재빨리 스마트폰을 물어다가 아드득 아드득 깨물어 보았다. 짜장 맛은 안 나고 갑자기 빡! 뒤통수에서 불이 났다.

"이 무식한 짐승이 내 재산목록 1호를!"

그는 재차 머리를 쥐어박고 안 하던 욕을 다시 퍼부었다.

나는 억울했다. 해물짜장을 꺼내 먹겠다는 게 절대 아니다. 그 속에 진짜로 그런 게 들었나 확인해 보려던 것뿐이다.

나는 대가리에 난 혹을 싸안고 고뇌에 빠졌다. 계속되는 핍박과 폭력을 참고 견뎌야 하나, 집을 박차고 나가 떠돌이로 되돌아가는 게 나은가. 나는 참기로 했다.

'주인님 저도 주인님 같은 유식한 짐승이 되고 싶어요.'

"뭐얏? 주인님 같은 유식한 짐승?"

'주인님 같은 또랑또랑한 인텔리 개가 되고 싶어요! 패서 죽이든 목을 조르든 찍소리 안 할 테니 제발 스승님이 가진 지식과 지혜를 반려견에게 주소서.'

나의 백기 투항 고백에 그가 흐뭇한 표정으로 고개를 끄덕였다. 그리고 그날부터 나를 개 잡듯이 잡았다.

"앉아, 일어서, 엎드려, 빵! 다시 빵! 빵빵빵!"

"숨 쉬지 마, 숨 쉬어! 빵빵! 눈 뜨고 죽어."

그는 배변 습관과 함부로 짖지 않기를 특별히 강조했다.

"복창한다. 짖으면 동네 민폐, 침묵하면 간식."

"침대 위 방뇨, 고추를 철사로 묶는다."

"변기 물은 생수가 아니다. 마시면 깨꼴락."

"구두는 주인님 현찰이다. 물어뜯지 말고 핥아서 광을 낸다."

사람처럼 복창은 못 해도 나는 한 마디 한 마디 가슴에 새겼다.

그는 범죄와의 전쟁도 선포했다.

"택배 물건을 집어 가는 도둑은 몰래 가서 발목을 문다."

"물면 놓지 않는다. 죽어도 물고 늘어진 채 죽어라."

"이빨 빠지면 어쩌나 걱정 마라. 주인이 책임지고 임플란트 해준다."

그는 글로벌 시대에 외국어는 필수라면서 영어도 가르쳤다. 영어는 너무 쉬웠다. 특히 '고'와 '스톱'은 고스톱 치는 것을 하도 많이 봐서 나는 단번에 척척 알아들었다.

그런데 거기서 딱 진도가 안 나갔다. '고'는 쉬운데 '컴'이라는 것이 어려웠다. '컴'이 자꾸 '껌'으로 들리면서 침이 넘어갔다. 껌을 처음 입에 넣을 때 너무나 달기 때문이다.

까다로운 게 어디 컴 하나뿐인가. 컴온, 컴백, 컴다운… 나는 그만 영어 공부가 싫어져 버렸다.

내가 싹수가 노란 것을 그도 눈치챘는지 더 이상 영어를 가지고 짜증을 내지 않았다.

"할 수 없다. 똥개야, 하버드는 틀렸고 이력서 쓸 때 그냥 초

졸로 써라."

영어는 자동 폐강되고 수학 강의에 들어갔다.

대학생이 마분지를 큼지막하게 잘라서 1, 2, 3을 써놓고 고
래고래 고함을 질렀다.

"이게 1, 요것이 2, 요게 3. 알것냐?"

알 리가 있나. 내가 계속 어리버리하자 그가 마분지를 집어
던지며 자기 가슴을 주먹으로 팡팡 때렸다.

"이 등신아 1, 2, 3도 몰라? 진짜로 바보야? 천치야? 1은 한
개, 2는 두 개, 3은 세 개! 알았냐? 너무 쉽지?"

자기나 쉽지, 전혀 쉽지 않았다. 땀을 뻘뻘 흘리며 노력했지
만 다시 돌대가리, 띨띨이, 짐승 소리를 들어야 했고 무수히 콧
잔등을 쥐어 뜯겼다.

기적처럼 1, 2, 3을 마스터하자 그는 숨 쉴 틈도 안 주고 진
도를 뺐다. 난이도를 높여 4, 5, 6. 나는 그만 머리에서 쥐가
났다.

그가 드디어 주먹으로 권투하듯 내 머리를 쥐어박았다.

"이건 그냥 돌도 아니고 숫제 뇌가 없는 짐승이야. 대가리 속
이 텅 빈 무뇌똥개."

나는 얻어맞는 고통보다 자존심이 상해 소파 뒤에서 엄청 울
었다. 그는 개를 교육시킨다기보다 내 대가리를 쥐어박으면서

자기 여자친구한테 쌓인 스트레스를 푸는 것 같았다.

　그랬는데 어, 갑자기 이게 무슨 일?

　나를 볶아먹던 대학생이 어느 날 영장을 받아 들고 군대를 가버렸다.

　나는 졸지에 하늘이 깜깜했다. 그래도 나한테는 대학생밖에 없었다. 그가 갑자기 사라져 버리자 개를 돌봐줄 사람이 없어 나는 굶기를 밥 먹듯 했다.

　안방에서 할아버지가 신문을 읽었지만 없는 날이 더 많았다. 여행을 간다고 나가면 한 달씩 안 보였다. 거기다 개를 아주 싫어하는 노인이었다.

　나는 그 집을 떠날 수밖에 없었고 실제로 집을 나왔다.

　'나쁜 놈! 대학생이라는 인간이 어쩌면 그리 무책임하냐. 하다못해 훈련소에 같이 데리고 가서 나를 군견으로 입대시켜 밥은 먹게 해줘야지.'

　그러나 나쁜 놈이 피땀 흘려 가르친 보람이 있어 나는 거리에 나가서도 학문을 포기하지 않았다.

　거리 간판이나 전화번호를 보면서 1, 2, 3과 4, 5, 6을 복습했다. 9, 10, 11 같은 고등수학도 독학으로 깨우쳤다.

　수학뿐이랴. 내가 차가운 밤 골목에서 온몸으로 터득한 생활요령. 굶어 죽지 않는 삶의 지혜를 현장에서 얻어냈다.

TV 프로에 개가 여러 식당을 돌며 고기를 얻어먹는 뻔돌이, 뻔순이. 그거 대부분 연출이다.

마음 좋은 소상공인도 적지 않지만, 아무리 자선사업가도 그 정도는 아니다. 이 불경기에 가뜩이나 손님 없어 죽겠는데 유기견까지 몰려와 낑낑대 보라. 단박 신고 들어간다.

두드리면 열린다고? 식당 문 함부로 두드리면 두들겨 맞는다.

유기견은 머리를 빠삭하게 잘 굴려야 굶어 죽지 않는다.

식당의 매출상태, 은행 빚, 사모님 성깔을 미리 파악해 잽싸게 한 입 얻어먹고 깔끔하게 물러나야 한다.

맛집, 고깃집 간판을 한 집 한 집 머릿속에 입력하고 혹시 폐업하지 않았나, 종업원은 그대로인가, 레스토랑 사장님이 골프 치러 가셨다가 오셨나, 내기골프로 용돈 털리고 속상해 있지는 않는가 수시로 체크해야 한다.

주방장이 고깃덩이 잘 준다고 너무 자주 가도 안 된다. 너무 자주 쪽을 팔면 뻔돌이로 찍힌다. 한국 사회는 찍히면 죽는다.

이렇게 똘똘해진 나를 군대 간 대학생이 알고나 있을까?

알 리가 없지. 불현듯 그가 그립다. 대학생이 보고 싶다.

어느 날 나도 모르게 발걸음이 그 집을 향했다. 가봐야 빈집이 뻔한데 나는 어느새 그 집 문 앞에 가 있었다.

엇! 그런데… 오잉? 대문이 열려있다. 개가 없는 것을 알고 혹시 도둑이 들었나?

나는 슬쩍 안으로 들어가 보았다. 안에서도 엇! 하는 소리가 났다. 아얏, 진짜 이게 무슨 일! 군대 간 대학생이 집에 와 있었다. 간 지 몇 달 됐다고 벌써 제대를 했다고?

그건 나중에 따지고 나는 너무 반가워서 왈왈왈 짖고 달려가 그의 품에 안겨 깽깽 끄이잉! 울음을 터뜨렸다. 그도 활짝 웃으며 집에 있는 개껌을 모조리 꺼내주면서 나를 반겼다.

"야아~! 우리 띨띨이 안 죽었구나!"

'주인님이야말로 군대 밥이 맛있던가요?'

나는 그사이에 내가 얼마나 컸나를 당장 보여주고 싶었다.

얼른 상자 속 마분지 숫자판을 다 꺼내왔다.

그가 군대 가느라 만들어만 놓았던 킬러문항 2, 3, 5와 4, 7, 8을 나는 정확하게 물어다가 세웠다. 그가 껄껄 웃으며 박수를 쳤다.

"우와! 띨띨이 많이 발전했다. 학원이라도 다녔냐?"

나는 '으하하! 이 정도는 예고편입니다!' 으스대면서 다시 초고난도 숫자를 차례로 물어다 소파 앞에 쪽 세웠다.

24×329× · 53×125×

그가 소스라치게 놀랐다. 놀랄 수밖에 없는 것이 두 일련번호는 대학생의 단골 술집 전화번호다. 닭발집과 실비횟집. 동시에 그의 반려견인 나의 단골집이기도 했다.

밤늦게 닭발집 뒷문으로 달려가면 닭고기 부스러기는 기본,
재수 좋은 날은 닭발 한 개가 통째로 날아온다.

실비횟집도 똑같다. 손님이 잡숫고 남긴 회는 물론 생선뼈,
대가리, 내장까지 "옛다! 멍멍이 먹어라!" 던져준다.

나는 두 전화번호 판 앞에서 자랑스럽게 어깨를 으쓱거렸다.

'어때요? 당신 수제자 실력?'

그러나 대학생은 더 감탄하지 않고 바쁘게 군복 단추를 채우
고 있었다. 휴가를 마치고 오늘이 부대를 돌아가는 날이란다.

내가 크게 아쉬워하자, 그는 군화 끈을 매면서 오히려 내가
한심스럽다는 듯 빈정거렸다.

"왜 아니겠어, 딱한 돌대가리."

'돌대가리라뇨! 내 실력 여태 보시고서.'

"그래서 똥개 니가 무뇌짐승이라는 거야."

'무뇌짐승이 이렇게 똑똑해요?'

"그새 연구했다는 게 기껏 단골집 주방 빌붙기냐? 아무리 개
라도 이제 좀 생각을 바꾸면 안 되겠냐? 밤낮 입으로 처먹는
거 그게 그리 중하냐? 인생이란 무엇인가, 저 은하수 너머에는
또 어떤 별이 있나, 단 한 번도 생각해 본 적이 없지? 하기야
너 같은 똥개가 별이 뭔지 은하수가 뭔지 알기나 하겠냐마는."

내가 말대답하려는데 그가 후다닥 대문을 나서 큰길 쪽으로

막 뛰어갔다. 마지막 인사라도 하려고 쫓아 나갔는데 이미 안 보였다.

나는 핏대가 나서 더는 참을 수가 없었다.

'이런 시건방진 대학생 놈! 진짜로 누가 무뇌짐승인지 모르겠네. 그런 머리로 어떻게 군대에 갔냐. 말 잘 꺼냈다. 오늘 내가 제대로 가르쳐 줄게! 은하수 너머 무슨 별?'

'너 정말 모르니? 은하수다방은 장사 안돼 문 닫았고, 별다방은 너 군대 가고 순댓국집으로 바뀐 거 아직도 모르니? 안 가봤어?'

'은하수 아래층이 잔치국수! 잔치국수 옆집이 또와요 족발! 또와요 옆집이 샹하이 만두! 그 옆집이 전설의 춘천막국수! 고 앞집이 매운 닭발! 그 집 닭발 정말 중독성 있지. 그거 먹다가 기절한 외국인도 있어.'

'아바이 냉면은 매운 닭발 앞집이야! 최근에 분점도 냈어, 이모네!'

'대학생이면 뭘 좀 제대로 알고 떠들어야지. 이런 띨띨이 돌대가리!'

밤이 되면 사람들은 모두 집으로 간다.

"집이 없는데요."

"집이 너무 비싸요."

"전세가 더 눈 튀어나와."

"월세가 훨씬 비싸지."

하면서도 모두 집으로 간다. 유기견만 집이 없다.

집은 돈이다. 죽어라 일을 해 죽어라 모아야 가질 수 있다.

TV를 보면 고양이가 기차 역장이 되고, 원숭이가 나비넥타이를 매고 물수건 서빙을 한다. 라쿤이 웃기는 동작으로 손님을 끈다. 하지만 유노동 무임금! 월급을 받았단 소리는 못 들었다.

똘똘한 개가 바구니를 물고 가 라면이나 담배를 사 오기도 하지만 최저임금도 안 준다. 맡기는 액수도 기껏 천 원, 많아야 5천 원이다. 가지고 도망을 쳐도 개집 하나 못 산다. 장바구니에 10만 원, 100만 원을 넣어 보내는 일은 절대로 없다.

나는 공원 앞 장군이를 보면서 돈에 관한 생각이 바뀌었다.

장군이는 폐지를 줍는 아저씨네 개다. 힘이 좋아 산더미 같은 폐지 수레를 척척 끌고 간다. 장군이도 월급이 없지만 나는 알았다.

'일을 하는 개는 절대로 쫓겨나지 않는다.'

쫓겨나는 게 뭔가. 아저씨는 순전히 장군이한테 의지해 살아간다. 아저씨는 맛있는 것을 모두 장군이 준다. 나는 깊이깊이 깨달았다.

유기견도 일자리만 꿰찰 수 있다면 누가 감히 개를 버리랴!

일을 하는 게 당당하게 사는 길이다. 나는 사람 눈치 보지 않고 당당하게 살고 싶었고 마침내 그 길을 찾았다.

부동산 중개소 사장님이 의자를 밖에 내놓고 오징어를 먹고 있었다. 오징어 냄새는 강렬하다. 나는 뛰어가 그 옆에서 턱받침을 했다.

기다린 보람이 있었다. 사장님이 애절한 내 눈빛을 보더니 오징어 다리 하나를 찢어서 던졌다. 날름 받아먹으면서 나는 부동산 집 개가 되었다.

사장님이 나를 부동산 사무실 마스코트로 삼았다. 집을 보러 오는 사람한테 열나게 꼬리를 쳐대면 손님도 사장님도 무척 좋아했다. 손님이 과자도 주고 귤도 주었다. 크림빵 한 개를 통째로 주는 여자분도 있었다.

나는 개도 노동자로 살 수 있다는 성공 신화를 만들었다.

그게 샘이 났는지 늙은 유기견들이 톡을 달았다.

'철딱서니 없는 개야, 시건방 그만 떨어라. 세상은 너 혼자만 잘나가게 놔두지 않는다.'

괜한 악담을 한다고 했는데 진짜 그랬다. 내 전성기가 금방 막을 내리고 생각지도 못한 불경기가 왔다.

천정부지 부동산이 주저앉고 손님이 뚝 끊겼다. 중개소마다 파리를 날리고, 신나게 얻어먹던 오징어 다리 구경한 지가 언제였던가!

마침내 사장님이 짜장면 한 그릇 시켜 먹을 돈도 없게 됐다.

사장이 개털이 되니 마스코트고 지랄이고 모든 게 끝이 났다.

나는 끼니도 굶고 소파 밑에서 쥐 죽은 듯 숨어지냈다.

오라는 손님은 안 오고 경찰이 왔다.

경찰관도 돈을 잘 벌어 아파트를 보러 왔나 했더니 아파트는 안 보고 사장님을 수갑 채워서 데려갔다.

사람들이 수군댔다. 우리 사장님이 감옥에 갔단다. 나쁜 짓을 해서 금방 못 나온단다.

나는 다시 동네 쓰레기를 뒤지는 신세가 되고 말았다.

오징어 다리를 찢어주던 사장님이 보고 싶었다. 개도 감옥에 면회를 갈 수 있느냐고 했더니 토박이 유기견이 펄쩍 뛰었다.

'미쳤냐? 공범으로 몰려 너도 수갑 차, 바보야!'

'누가 개한테 수갑을 채워요?'

'부정한 돈으로 산 오징어, 너도 많이 먹었잖아.'

'다 합쳐도 한 마리도 안 되는데요.'

'어쩌면 형사가 올지 몰라. 공범 잡으러.'

형사 소리에 깜짝 놀라 옆집으로 피했다.

옆집도 부동산 사무실이었고, 다행히 '망키'라는 개가 있어 급한 대로 망키 집에 숨었다. 망키 주인은 같은 중개사이면서 우리 사장님 면회 한 번 안 가고 오히려 헐뜯었다.

"꼭 미꾸라지 몇 마리가 흙탕물을 일으키지! 사기를 칠 게 따로 있지, 전세 사기가 뭐야? 전세 사기가!"

그 사장님 인간성은 잘 몰라도 그 집 개 망키는 진짜 일꾼이다.

수시로 바구니를 물고 가 생필품을 사 오고, 사무실 바닥에 떨어진 휴지나 음료수 캔을 주워 휴지통에 척척 넣고, 24시간 사무실을 지킨다. 손님이 오면 문도 열어주고 나가면 '안녕히 가세요' 꾸벅 절도 한다.

나는 망키한테 사회생활을 배우면서 녀석을 존경했다.

그랬는데 앗! 알고 보니 믿는 도끼에 발등을 찍힌다더니 망키 녀석 완전 음흉한 개였다.

망키 집 깔개 밑에 이게 뭐야. 우와~! 망키 침이 묻은 천 원짜리 돈이 8장이나 감춰져 있었다. 심부름할 때마다 천 원씩 삥을 친 것이었다.

마트 주인은 개가 돈을 물고 오는 게 신통방통, 액수는 신경
도 안 쓰고 라면이나 소시지를 바구니에 넣어주었다.

'망키, 너 웃긴다. 개가 돈 모아서 뭐 하려고?'

'돈 가지고 가면 소시지, 비스킷, 개껌 다 준다.'

'그래서 개껌 사 먹게?'

'아니, 소 등심이랑 막창, 갈매기살!'

'천 원짜리 한 바구니를 모아도 그것까지는 못 사, 바보야.'

'그래서 고민 중이야.'

'삥땅을 더 치려고?'

'못 쳐. 우리 사장님은 3천 원 이상은 안 주셔.'

'더 달라고 악을 쓰고 짖어야지.'

'나 부동산 사무실 그만둘까 봐.'

'그만두면?'

'유기견 할까 봐.'

'안돼~ 유기견은 지옥으로 가는 막차야.'

'여기도 지옥 5분 대기조야.'

'그래도 밥은 주잖아.'

'참새눈물, 간에 기별도 안 가.'

그런 망키 집에 계속 빈대 붙을 수가 없어 나는 공원으로 돌
아갔다.

그런데 일주일쯤 후, 낯익은 개가 숲에 보인다 했더니, 앗!
망키 녀석이 공원을 헤매고 있었다.

'망키야! 네가 왜 거기서 나와?'

'어, 똥개! 오랜만이다.'

'진짜로 사무실 그만두고 나온 거야?'

'고달프긴 해도 유기견이 속은 편하네.'

'진짜로 떠돌이 개가 되기로 했나 보네.'

'우리끼리 얘기하지만 굶고 말지, 누가 더럽게 마음에 없는
꼬리치고 사냐?'

'사장님한테 처우개선 해 달라고 왈왈왈 건의부터 해야지.'

'건의했지, 바구니에 고액권을 좀 넣어라!'

'그랬더니?'

'썩을 인간이 들은 척도 안 해.'

거기까지는 망키가 한 말이 사실이었다. 망키는 마트에 쇼핑
갈 테니 바구니에 돈을 넣어달라 왈왈 짖었다.

사장님은 들은 척도 안 했다. 그래도 망키가 계속 짖자 짜증
을 냈다. 돈이 없단다. 망키가 계속 바구니를 물고 있자 발딱
의자에서 일어나 지갑을 꺼내 활짝 펴 보였다.

"봐, 임마! 현찰이 하나도 없지! 봐! 봐! 무슨 놈의 개새끼가
주인 말을 그리 못 믿냐."

그 순간 지갑에서 카드가 툭 떨어졌다. 망키가 얼른 바구니를 내려놓고 카드를 물고 달아났다.

"앗, 아니 저놈 새끼가! 빨랑 이리 못 가져 와?"

사장님이 황급히 쫓아 나갔지만 망키는 이미 보이지 않았다. 황급히 단골마트에 전화를 걸었다.

"납니다, 나, 황 사장! 지금 우리 개가 카드를 물고 그리 갔나 본데 오는 즉시 카드부터 뺏고 밧줄로 개를 꽉 묶어놔 주세요! 이놈 새끼 너는 오늘 죽었다."

그런 줄도 모르고 망키는 신나게 마트를 향해 달리고 있었다.

그런데 마트 조금 못 가 햄버거 집에서 막 나오던 청년 하나가 망키가 물고 있는 카드를 보고 눈이 빛났다.

청년이 비닐봉지 속 햄버거를 얼른 꺼내 망키 코앞에 디밀었다. 망키는 카드를 뱉고 햄버거를 덥석 물었고 청년은 재빨리 카드를 집어 들고 사라졌다.

청년은 무려 세 군데를 돌며 그 카드로 물건을 샀다. 신고를 받은 경찰의 빠른 대처로 청년은 한 시간 만에 붙잡혔다.

동시에 동네 골목마다 수배 전단이 나붙었다.

개 조심! 현상금 5만 원!

카드를 전문적으로 훔치는 개 출현!

보는 즉시 가까운 파출소로 연락 바랍니다.

'망키, 너 도대체 무슨 짓을 한 거야?'

'그거 거짓말이야. 나 카드 훔치지 않았어.'

'그런데 왜 네 사진이 전봇대에 붙었어? 빨랑 가서 자수해.'

'내가 간첩이냐?'

그러나 망키는 그날 밤 바로 잡혔다. 동물구조대가 햄버거 집을 기웃거리는 그를 잡아 보호소로 넘겼다. 특수 절도범으로 찍혔으니 안락사당할지 모른다. 딱한 망키 녀석!

모든 비극이 취업 때문이었다.

개는 일을 하면 안 된다. 돈을 벌면 안 된다. 뼈저리게 느꼈다.

만약 집 지키는 개도 월급을 주라고 한다면 당장 개를 내쫓느라 전국에 난리가 날 것이다. 월급이 안 나가니까 데리고 있는 것이다.

동물사랑? 반려견? 월급이 안 나가니까 하는 소리다. 월급한 푼 안 주면서 되레 큰소리치는 개 주인들의 소릴 들어보라.

"이놈의 개야, 그만 처먹어라."

"뛰지 마라. 짖지 마라. 낑낑대지 마라."

"문 박박 긁지 마라."

"그냥 구석에 처박혀 있어라."

개가 먹는 것 못 밝히고 운동 안 하면 앉아서 죽는다. 개 보고 숨만 쉬라는 소리다. 숨만 쉬고 구석에 처박혀 있으란다.

공원 벤치에서 열심히 신문을 읽고 있던 노인이 같은 말을
했다.

"밤낮 싸움박질하는 정치꾼 놈들! 할 일 없으면 잠이나 자라!
구석에 처박혀 숨만 쉬는 게 국민을 돕는 거야."

이별 또 이별

공원에 수북이 쌓인 낙엽은 유기견들의 침대이자 이불이다. 그런데 남의 이불에다 누가 이상한 팻말을 세워놓았다.

「공원을 청결하게!」

「음식물 쓰레기는 각자 가져갑시다」

미쳤다. 남의 밥을 누구 허락받고 가져가.

앗! 고맙게도 안 가져갔다. 소주병 옆에 김밥 두 덩이와 땅콩, 쥐포, 대구포…. 출출하던 차에 나는 얼른 먹어 치웠다.

어, 그런데 팻말에 뭐가 펄럭거려 가까이 가서 보니 누가 신문지를 찢어 매직펜으로 뭐라 뭐라 써서 붙여놨다.

"스킨십 같은 거 호텔 가서 해라. 보기 흉하다! 호텔비가 없으면 집에 가서 해라! 느덜이 무슨 포르노 배우냐?"

스킨… 머시기가 뭘까? 혹시 사랑의 행위? 그런 것이면 집에 가서 해야지. 혹시 집이 경매로 넘어갔냐? 하지만 아무리 그렇다고 남의 사랑을 못 하게 막으면 안 되지. 벌 받지!

사실은 공원 같은 데서 사랑 행위, 유기견은 대환영이다.

가져온 음식을 내팽개쳐 놓고 뽀뽀만 하면 완전 무방비! 개가 다 물어가도 모른다. 알아도 신경도 안 쓴다.

하지만 우리는 지갑이나 금품 같은 거 가져가래도 안 가져간다. 캔맥주도 손끝 하나 안 댄다. 건포도, 육포, 쥐포 같은 것만 물어간다.

그런데 아베크족은 통닭이나 족발은 잘 안 싸 들고 온다.

앗, 이게 웬 대박! 잠을 자려고 낙엽 속에 몸을 구겨 넣는데 프라이드치킨 한 마리를 다리만 떼먹고 묻어놓고 갔다. 당연히 팍팍 찢어먹었다. 완전 꿀맛이었다.

개랑 사람이 다른 점은, 사람은 배가 꽉 차면 숟가락을 내려 놓지만 개는 멈출 줄을 모른다. 먹어도 먹어도 배가 고프다. 특히 유기견은 배가 터져도 일단 입에 넣고 본다.

사람하고 반대 같지만, 개랑 사람이 똑같은 생각을 할 때도 있다. 좋은 일이 있을 때나 아주 슬플 때 엄마 생각.

나는 음식 훔쳐먹다가 들켜 몽둥이로 맞았을 때 엄마 생각을 한다. 특히 달 밝은 밤이거나 비가 내리는 밤, 유난히 엄마가 생각난다.

그런데 이상하지. 그날은 얻어맞지도 않았고 달도 없었다. 눈물처럼 주룩주룩 비가 오지도 않았다. 그런데 얼굴 한번 제 대로 본 적이 없는 엄마 생각이 났다.

2년 전 청량리에서 나를 5천 원에 사 간 여자아이.

엄마가 반대해서 나를 다시 택배기사한테 팔았을 때, 아이가 "멍멍아, 잘 가~" 손을 흔들었는데 오토바이가 너무 빨리 달려서 금방 멀어졌다. 하지만 나는 그때 똑똑히 보았다. 아이는 울고 있었다.

몇 년씩 정이 든 것도 아니고 겨우 한 시간 남짓 함께 있었는데 나랑 헤어지는 것이 그리도 슬펐을까?

가끔씩 엄마 생각을 하지만 내가 정말로 그리운 것은 그 아이인지 모른다. 개는 자기를 두들겨 팬 몽둥이를 죽을 때까지 기억하지만 자기 때문에 울어준 사람도 못 잊는다.

청바지에 빨간 재킷, 그 아이는 지금 몇 학년이 되었을까?

그 아이 꿈을 꾸다가 깼다. 새벽의 공원은 너무 시끄럽다.

사람들은 새벽에 일어나 쓸데없이 자기 몸을 괴롭힌다. 스트레칭, 산책, 조깅 같은 것을 왜 하나. "아이야, 뛰지 마라. 배 꺼질라" 노래도 모르나.

일찍 일어났으면 기름부터 넣어야지! 밥이 기름이고 반찬이 가스다. 자동차가 아무리 좋으면 뭐 하나, 기름이 없으면!

나는 서둘러 공원을 나와 큰길을 건넜다. 기름을 넣어야 한다.

그런데 그때 앗, 쟤가 누구야? 바로 그 아이다!

청바지에 빨간 재킷, 책가방을 멘 그 아이가 버스를 타고 있다.

나는 미친 듯 꼬리를 치며 달려갔다.

언제 이 동네로 이사를 왔을까? 그런데 키가 더 크다. 이런 바보! 2년이나 지났는데 당연히 더 컸지.

순간, 버스가 붕 출발해 버렸다. 놓치면 안 된다. 나는 쫓아갔다. 길 가던 사람들이 멧돼지나 고라니를 보듯 모두 쳐다봤다.

다행히 학교는 멀지 않았다.

헐레벌떡 달려가니 아이는 교문 안으로 들어가 버렸고 수위 할아버지가 나를 때릴 듯이 쫓아냈다. 나는 학교 앞에 숨어 기다렸다.

오후가 되자 아이들이 조잘조잘 학교에서 나왔고 그 아이도 끼어있었다. 그랬는데… 분명히 청바지에 빨간 재킷인데 그 아이가 아니었다.

실망이 너무 커 힘이 쭉 빠졌다. 가까이 가서 한 번 더 확인하니 옷차림만 같고 전혀 딴 아이였다. 그런데 나도 모르게 그 아이를 따라가고 있었다.

아이는 버스를 타지 않고 걸어서 갔다. 친구들이 하나씩 떨어져 나가고 아이 혼자 골목을 걸어갈 때 나는 왈왈 짖으며 다가갔다. 아이는 갑자기 꼬리를 치며 나타난 나를 한참 동안 쳐다보다가 집으로 들어갔다.

나는 다음 날부터 그 아이 스토커가 되었다. 학교에 가면 교문까지 졸졸. 학교에서 나오면 다시 집까지 졸졸.

사실은 그런 웃기는 개 많다. 느닷없이 나타나서 꼬리를 치며 엉기는 생판 모르는 개. 알고 보면 애틋한 과거를 가진 개다.

스토킹 4일째가 되던 날, 아이가 처음으로 말을 걸었다.

"너 누구니? 나 알아? 진짜 웃긴다, 너."

나는 그때를 놓치지 않고 나의 필살기 공중돌기와 물구나무 디스코를 보여주었다. 아이가 까르르 웃었다.

"너 내가 좋아? 누나 집에 가고 싶어?"

나는 마음속으로 '예스! 예스!' 열 번도 더 외쳤다. 아이는 진짜로 나를 집으로 데려갔고 나는 그 집 개가 되었다.

엄마 아빠가 나이가 좀 많았지만 개를 좋아하는 집이었다.

백화점에서 예쁜 개집을 사 왔고, 아이가 그림 같은 글씨로 '똘똘이네 집'이라고 써 붙였다.

간혹 할아버지 견주가 갑자기 세상을 떠나서 개만 달랑 남는 집이 있지만 나는 그럴 일이 없었다. 주인이 이제 겨우 초등학교 6학년이니 내가 훨씬 먼저 죽는다. 아이가 슬피 울면서 내 장례식을 치를 테니, 나는 살아도 죽어도 복 받은 반려견이었다. 나는 당연히 충성을 맹세했다.

'사랑하는 주인님, 존경하는 우리 주인님! 아무 때나 때려도 좋아요. 굶겨도 암말 안 할게요. 혹시 용돈이 떨어지면 나를 팔아서 쓰소서.'

건강이 안 좋아 회사를 쉬고 있는 아빠는 아이가 학교에 가고 나면 신문을 읽었고 엄마는 TV를 봤다.

그런데 무슨 일인지 그날 아침, 갑자기 안방이 시끌시끌했다.

절대로 부부싸움을 할 분들이 아니다. 나는 혹시 내가 뭘 잘 못했나 개집 안에 꼭 처박혀 숨을 죽였다.

"글쎄, 이 패륜아 좀 봐요. 돈 안 준다고 엄마를 때렸대요."

"에이구, 이놈의 세상! 자식이 아니고 웬수네."

"저 저 저 나쁜 놈들! 저놈들 좀 봐요."

"금은방을 망치로 부수고 1분 만에 싹 털어갔어."

"완전 무법천지네, 이놈의 나라."

그날만이 아니었다. 왜 하필 그런 뒤숭숭한 뉴스만 보는지 엄마 아빠 목소리가 날이 갈수록 커져갔다.

"자기 딸 같은 여직원을 술을 먹여… 어쩜 세상에."

"저런 놈 안 잡아가고 귀신은 어디서 뭐 하고 자빠졌어."

"딸 가진 부모들 어디 무서워 살겠어요."

주로 아이가 학교에 가고 없을 때 그랬는데 이제는 아이가 옆에 있든 말든 상관을 안 했다. 나는 조금 섭섭했다.

"글쎄, 조그만 강아지를 굶기고 때렸대요."

"병든 개를 골목에 내다 버렸대요. 비정한 인간들."

이런 말은 한마디도 없었기 때문이다.

며칠이 지나자 엄마 아빠의 우려와 탄식은 불 같은 분노로 바뀌고 어느새 험악한 욕설이 되어 화산처럼 터졌다.

"죽어라 일을 시켜 먹고 돈을 안 줘? 이런 개자식!"

"신혼부부를 길거리로 내몰아? 천벌받을 새끼들."

"여중생을 모텔로 끌고 갔대요. 염산을 뿌려야 해, 염산을."

"이 나라는 왜 공개총살이 없냐 말이야, 공개총살이."

귀가 따갑다 못해 점점 무서워졌다. 나는 종일 개집에 숨어있다가 아이가 학교에서 오면 얼른 아이 품에 안겨 깽깽 울었다.

아이는 공포 속에 살고 있는 개를 위로해 주기는커녕, 엄마 아빠 편만 들었다.

"똘똘아, 떨지 마! 괜찮아, 바보야! 우리 엄마 아빠가 정의감이 불타서 그러는 거야."

드디어 딸까지 가세해 셋이 합창하듯 욕을 해댔다.

"아빠, 저 남자 새끼들 좀 봐. 진짜 못돼 처먹었어."

"중국, 인도에 비하면 인구도 얼마 되지도 않는 나라에 웬 도둑놈, 강도, 사기꾼은 이렇게 많아? 이게 나라냐?"

"무인점포 털어가는 애새끼들 좀 봐. 좀 보라고."

"촉법소년 뭐라서 아무도 못 건드린대요."

"판사들이 물러 터졌다니까요, 판사×들이."

개하고는 아무 상관도 없는 것 같지만 아니다, 상관이 많다.

이 집도 전세인데 만약 전세 사기에 걸리면? 그래서 집을 뺏기고 거리로 나앉으면? 개집도 함께 뺏긴다. 개 밥그릇도.

나는 갑자기 식욕이 떨어지면서 비쩍비쩍 말라갔다. 보다 못한 아이가 나를 개집에서 끌어내 동물병원으로 데려갔다. 몇 가지 검사를 한 수의사가 껄껄 웃었다.

"특별한 이상은 없고… 개가 겁을 좀 먹었네요. 개를 혹시 욕하고 때렸나요? 사철탕 집에 팔아버린다고 했어요?"

나는 별 이상이 없었지만 집에는 이상 그 이상이 있었다. 나도 아이도 전혀 생각조차 못 한 일이 벌어지고 있었다.

"학생이 스승을 때리는 막가는 세상!"

"뭐든 떼쓰고 드러누우면 통하는 나라!"

"우리 편 아닌 놈은 모두 악마다! 깎아내리고 죽여라."

"성실하게 살아가는 국민만 호구, 대한민국!"

그렇게 세상을 한탄하던 부부의 분노가 갑자기 멈췄다. 가족이 모두 미국으로 이민을 간단다. 나는 하늘이 노래졌다.

아이는 당연히 개도 같이 가는 줄 알았는데 아빠가 절대로 안 된다고 못을 박았다. 아이가 "똘똘이 안 가면 나도 안 간다"라며 펄펄 뛰었다. 옆에서 보다 못한 엄마가 중재안을 냈다.

"똘똘이 생각은 어떤지, 니가 대화가 통하니까 개한테 직접 물어보는 게 어떠냐?"

아이는 나를 데리고 조용히 자기 방으로 갔다. 아이는 내 머리를 쓰다듬고 개껌 한 개를 주면서 분위기를 잡았다.

"똘똘아, 누나 말 잘 들어보고 예스면 고개 끄덕끄덕! 노면 조용히 하우스! 알았냐? 자, 누나가 묻는다. 누나 따라 미국 갈래?"

내가 눈만 껌벅거리자 아이가 큰 소리로 재촉했다.

"빨랑 대답해, 대답을! 누나 따라 미국 갈 거지? 응? 생각할 시간을 달라고? 알았어, 5분 줄게."

나는 5분 동안 곰곰 생각했다. TV에서만 보던 미국. 엄청 큰 나라. 솔직히 나도 한번 가보고 싶었다.

하지만 내가 가면 미국 개들이,

'꼬마 너 어디서 왔어? 마늘 냄새가 나는데?'

'아시아 개냐? 아시아 어디? 코리아? 재팬? 차이나?'

'말을 못 하는 갠가 봐. 목을 다쳤냐?'

말을 못 할 수밖에. 미국은 개도 영어를 할 텐데 나는 영어가 안 된다. 내가 아는 영어는 고스톱뿐이다. 흔들고 쓰리 고는 영어라고 할 수 없다. 금방 왕따로 몰리고 말 거야. 영어학원을 다녀야 하는데 개 학원이 있을 리 없다.

어느새 5분이 지나갔다. 나는 조용히 고개를 떨구고 하우스 했다. 아이가 거의 충격적 실망을 했고 불같이 화를 냈다.

"이 배신자! 내가 너를 얼마나 좋아했는데."

다시 잘 생각해 보라는데도 내가 대꾸를 안 하자 아이가 내 귀를 잡아당기고 코를 꼬집어 뜯으며 엉엉 울었다.

다음 날 가족들은 택시를 타고 인천공항으로 갔다.

배신자라고 꼬집어 뜯었지만 아이는 참 착했다. 떠나기 전날 밤 나를 친한 언니한테 맡기고 갔다.

"우리 똘똘이 무지 똑똑한 개야. 사람이 하는 말 거진 다 알아들어! 잘 부탁해 언니."

몇 번씩이나 같은 말을 하고 갔다.

친한 언니는 미술학원에서 알게 된 고3 여고생이었다. 졸지에 친한 언니 집 개가 된 나는 성북동 허름한 이층집 구석에서 비닐 끈에 매여 있었다.

그 집도 50대 부부, 딸 하나(친한 언니). 개는 물론 동물을 별로 좋아하지 않는 삭막한 집이었다.

삐거덕삐거덕 계단을 올라갈 때 이미 공기가 쎄했다. 하지만 처량해 할 것 하나 없다. 떠돌이 유기견이 이런 경험 한두 번인가. 내가 두리번두리번 집안 동태를 살피는데 안방에서 큰 소리가 들렸다.

"책임도 못 질 짐승을 데려다 놓고 어쩔 셈이냐?"

친한 언니가 왜 하필 이런 친한 언니일까. 그런데 오잉? 나는 신발장 앞에서 두 밤을 자고 놀라운 집안 비밀을 알아냈다.

허름한 그 집은 알고 보니 어마어마한 알부자로 집을 무려 30채나 가지고 있었다.

기회 봐서 비닐 끈을 끊고 달아나야지 하다가 집 30채 소리에 즉각 탈출계획을 보류했다.

개도 사람처럼 권력자 부자한테 약하다. 똑같은 개 밥그릇도 부잣집 밥그릇이 빛이 난다. 삼시 세 끼 따박따박은 물론이고 수준 높은 간식, 보양식, 영양제가 보장되고 비싼 동물병원비쯤 부잣집은 껌값이다.

나는 또 한 번 로또를 잡은 것이다. 나는 친한 언니 여고생을 누님으로 모시기로 했다.

그런데 여고생이 얼굴은 예쁜데 성깔이 드세고 분위기가 살벌했다. 툭하면 소리를 지르고 엄마 아빠랑 매일 싸웠다. 나이 많은 아빠한테 반말을 하고 걸핏하면 화를 내고 대들었다.

개도 격투기를 좋아하지만 나는 가족들끼리 싸우는 거 정말 싫다. 특히 개는 눈치껏 굴어야지, 까딱 한쪽 편을 들다간 맞아 죽는다. 늘 이 식구 눈치, 저 식구 눈치…. 어쩌겠나, 부잣집 밥 먹자면.

그런데 또다시 운명의 날이 찾아왔다.

가족끼리 저녁 식사를 잘하고 후식으로 과일을 먹다가 일이 터지고 말았다. 아빠랑 고3짜리 딸이 또 싸웠다.

나는 잡동사니가 꽉 찬 신발장 안으로 얼른 숨어 동태를 살폈다. 누구 목소리가 더 큰가 소리를 질러대던 아빠와 딸이 잠시 조용해졌다.

갑자기 아빠가 딸을 달래면서 아주 솔깃한 제안을 했다.

"아빠 몸도 예전 같지 않고… 그만 은퇴하고 낚시나 다닐란다. 가업을 모두 물려줘야겠다고 아빠 마음 정했다."

옆에서 엄마도 당연히 그래야 한다고 적극 동조했다.

나는 속으로 '우와! 웬 수지! 고3짜리가 졸지에 웬 횡재!' 했다.

그런데 딸이 아빠 제안을 딱 잘라 거절했다. 나는 신발장을 발로 닥닥 긁으며 안타까워했다. 바보야? 멍청이야? 집 30채를 준다는데 안 받겠다니!

그런데 사실은 그럴 만도 했다. 나는 뒤늦게 알았다. 집 30채는 아파트나 빌라가 아니었다. 개집이었다.

"나보고 대학 포기하고 개집 장사를 하라고? 아빠, 지금 올바른 정신으로 하는 말이야? 딸한테?"

"이런 바보! 반려견 천오백만 시대 모르냐? 정말 몰라? 누가 너보고 재봉틀 놓고 개집을 만들라고 했냐? 너는 그냥 가만히 앉아서 본사에서 실어 오는 거 팔기만 하면 돼! 완전 땅 짚고 헤엄치기."

"글쎄 싫어, 싫어! 싫어! 싫다고!"

"쟤가 누굴 닮아 저 고집이야? 아빠 말 들어, 기집애야."

딸이 들고 있던 포커를 내던지면서 발딱 일어났다.

"어디 가? 빨랑 이리 못 오니?"

"개 산책시키러 가요."

어이구 싸움 다 했나 보다! 나는 얼른 일어나 쫄랑쫄랑 계단을 따라 내려갔다.

밖은 벌써 밤이었고 여고생은 개 줄을 끌고 큰길로 나갔다.

어찌나 줄을 칵칵 잡아당기는지 목이 아팠다.

그녀는 어느 카페 옥외 테이블을 차지하고 냉커피를 시켰다.

주머니를 뒤적거려서 나 주려고 개껌을 가져왔나 했더니 가스라이터를 꺼내서 담배를 피웠다.

못된 것이 내 얼굴에다 훅~ 담배 연기를 뿜었다. 그녀는 종로에서 뺨 맞고 한강에 돌을 던지고 있었다. 내가 담배 연기가 너무 독해 낑낑대자,

"아, 쏘리 쏘리! 너는 담배 안 피우는구나! 알았어, 가서 똥 누고 와."

하면서 개 줄을 풀어주었다.

아이고, 살았다! 나는 가로수 쪽으로 내뺐다. 볼일도 안 보고 여고생이 안 보이는 방향으로 멀찍이 달아났다.

솔직히 말해 부잣집 민낯이 드러났는데 주저할 게 전혀 없었다. 개집이 자그마치 30채나 있으면서 나한테 더러운 수건 한 장 깔아줄 때 인간들 됨됨이를 알아봤다.

멀리서 슬쩍 보니 여고생이 커피를 다 마시고 개를 찾는 눈치였다. 걱정이 돼서 애타게 찾는 것 같지는 않았다.

그런데 나는 얼른 그 자리를 뜨지 못했다. 미국으로 이민을 떠난 아이의 친한 언니라서가 아니다. 사납기만 한 그녀가 우두커니 밤하늘을 보고 있었기 때문이다.

고3은 사춘기 소녀가 아니다. 미숙한 인생 초년병도 아니다. 세상 바뀌는 것을 깜박한 아재들이 뭘 모르고 하는 소리다.

고3은 젊음의 표상이자 여성으로서 최고황금기다. 풋풋한

건강미와 열정, 재빠른 두뇌 회전! 어느 연령대도 흉내조차 못
낸다. 그 꿈 많고 예쁘기만 한 고3짜리가 왜 밤하늘을 하염없
이 바라볼까.

그녀는 피우던 담배를 끄지도 않고 아스팔트 위에 휙 집어
던지고 자기 집 반대 방향으로 걸어갔다. 그녀의 걸음걸이가
풍상을 겪고 산 할머니 걸음 같다.

'안 되는데! 고3짜리가 벌써 늙으면 안 되는데!'

내 친구 쪼쪼

공원 위로 두둥실 뜬 달이 무척 밝았다. 미세먼지가 없는 날일까. 그런데 이 냄새! 이 낯익은 냄새는!?

떠돌이 유기견은 발바닥으로 헤매지만, 사실은 개는 코로 살아간다. 코의 일생이다. 코로 먹이를 찾고, 냄새를 맡아 옛 주인을 알아본다. 인공지능이 아무리 잘난척해도 냄새만은 개코를 절대 못 이긴다.

개끼리 킁킁킁! 사랑의 탐색전 같지만 아니다. 냄새로 상대방 개가 살고 있는 집 구조, 주인 성격, 사료의 종류, 식사량을 알아낸다.

'으응~ 네 주인은 외제 향수를 쓰는구나. 프랑스젠데?'
'아, 쟤네 집은 파충류를 키우네! 독거미랑 전갈도 있나 봐.'
'너 오늘 샤워했구나. 국산 샴푸를 쓰는 애국자 집이군.'
'응, 그 집은 대가족이구나! 여러 사람이 너를 쓰다듬네.'

절대로 뻥도 과장도 아니다. 모든 개들의 기본이다.
그날 밤 공원에서 풍기는 그 냄새! 틀림없는 내 친구 냄새였다.
'야, 혹시… 거기 있는 게 쪼쪼 아니냐? 야, 쪼쪼야!'

'똥개 아직 살아있었구나! 이게 얼마 만이냐.'

쪼쪼는 술에 취한 주인이 6층 창밖으로 던진 바로 그 개다.

기적같이 나무에 걸려 살았고 여중생 핸드폰에 찍혀 TV 뉴스로도 나왔다. 덕분에 쪼쪼를 입양하겠다는 애견가들이 줄을 섰다. 그러나 며칠 반짝. 세월이 흘러 쪼쪼도 나도 유기견이 되었다.

'쪼쪼, 네가 이 공원까지 웬일이냐? 정말 반갑다.'

'똥개 너야말로 밥은 먹고 다니냐?'

우리는 황태 대가리를 나눠 먹으며 그동안 쌓인 회포를 풀었다. 우리는 밤새도록 야박한 인간사회를 성토했다.

'고기 몇 점 가지고 너무해 짠돌이 인간들.'

'불경기라니까 그런가 보다 해야지 어쩌겠냐.'

'다 가짜뉴스야. 너도 TV 보잖아. 돈 없다면서 잘만 처먹어. TV 프로 솔직히 먹방 빼면 뭐 있냐?'

'먹기만 잘하냐, 궁궐 같은 아파트에 늙은 경비원을 노예처럼 호령하면서 황제처럼 산다. 특히 요즘 주부들, 게을러터져 가지고 시장 보러도 안 가고 소파에 누워 손가락으로 배달시켜 먹어.'

'그런데 쪼쪼야, 나는 너무 신기해.'

'뭐가?'

'그렇게 황제처럼 사는데 나는 유기견 1년 반 동안 행복하다

는 사람을 못 봤어. 단 한 명도! 행복은커녕 들어봐라, 저 저 저 않는 소리.'

  − 장사가 너무 안돼!
  − 아아악! 또 날짜 돌아왔냐, 은행 연체이자.
  − 취업하기 너무 힘들어. 자소서 쓰다가 환갑 되겠어!
  − 어떤 놈이얏? 내가 모아놓은 폐지 훔쳐 간 놈이!
  − 보이스 피싱 당할 돈이나 좀 있어 봤으면!
  − 잠이나 푹 자고 싶은데 수면제 살 돈이 없네!
  − 이번 생은 틀렸어. 완전 폭망 사주인가 봐!

'쪼쪼, 너는 믿어지냐? 저 황제들의 탄식이.'
'그래서 인생은 고해라잖냐.'
'고해가 뭐야?'
'고생이 심해 바다에 빠져 허우적대는 거야.'
'황제들이 왜 빠져? 요트 타고 나오면 되지.'
'미국, 유럽도 불경기라잖아.'
'그럼 그 나라 개들도 같이 불경기네?'
'개야 경기 타냐? 불경기라고 쓰레기 안 버려?'

듣고 보니 그랬다. 괜히 인간들을 헐뜯고 욕했다.

인간사회를 부러워했지만, 알고 보니 왕도 공주도 왕자도 매일매일 한숨을 쉰다. 차라리 개로 태어나기 잘했다.

1. 개는 은행 빚이 없다.

2. 아침마다 만원 버스, 콩나물 지하철 안 타도 된다.

3. 물가는 올라도 개밥은 따박따박 나온다.

4. 개는 예비군 훈련도 안 받는다.

5. 악플, 신상 털기? 개 신상 털어서 뭐 하게?

6. 그 밖에도 너무 많다. 세금 한 푼 안 내는 개 편한 세상.

여태 바보같이 왜 그런 것을 모르고 살았을까. 나는 쪼쪼를 만나 처음으로 개가 사람보다 행복한 것을 알았다.

'이런 멍청.'

'응? 멍청? 누가? 내가?'

쪼쪼가 흥분한 나를 흘겨보며 쓸쓸히 웃었다. 쪼쪼가 조목조목 불쾌한 반론을 늘어놓았다.

1. 개는 은행 빚이 없다. — 은행에서 개한테 돈 안 꿔준다.

2. 아침마다 지하철 — 탔으면 밟혀 죽었다.

3. 물가는 올라도 개밥은 — 따박따박 나온다. 집에 사는 개만.

4. 개는 예비군 훈련 — 사격장에 들어가면 총 맞아 뒈진다.

5. 악플, 신상 털기— 개는 망가질 지위나 재산이 없다.

6. 그 밖에 — 너무 많다. 억울하게 매 맞고 굶고 버려지고 비참하게 개가 사는 길.

다시 원점으로 돌아갔다. 이리 봐도 저리 봐도 불쌍한 유기견.

거기 비해 인간들은 너무도 불가사의한 존재다.

밤낮 죽겠다, 못 살겠다, 망했다, 끝났다! 하면서 안 죽고 숨만 잘 쉰다. 노래방 가서 꽥꽥꽥 노래만 잘한다.

인간들은 모두 타고난 뻥박사 허풍쟁이 엄살박사다.

'앗! 벌써 날이 밝아오네. 큰일났다.'

'가야 되냐, 쪼쪼?'

'가야지. 여기 있다고 밥이 나오냐 뼈다귀가 나오냐.'

쪼쪼는 어떤 건물 보일러실에서 추운 겨울을 아주 잘 보내고 있단다.

나도 좀 끼자고 했더니 두 마리가 몰려다니면 신고 들어가기 쉽다고 거절했다. 맞는 말이다. 둘이 한꺼번에 잡힐 수 있다.

오랜만에 만난 친구지만 개들은 만남도 헤어짐도 시시하고 쓸쓸하다.

사람처럼 "언제 밥 한번 먹자", "전화 자주 하자" 한마디 없이 그냥 엉덩이 털고 일어나 제 갈 길 간다. 언제 어디서 또 만날지 아주 못 만날지도 모르는 유기견의 운명.

그런데 사실은 인간들도 대개 그렇더라. 남자도 여자도.

갈빗집 습격사건

어떻게 해야 잘 먹고 잘사는가?

기를 쓰고 노력한 개가 맛있는 고기를 먹는다. 천만의 말씀이다. 죽을힘을 다해 노력한 유기견은 다 죽었다. 대마불사! 큰놈만 잘 먹고 힘센 놈만 건강하게 살아남는다.

쓰레기 봉지 속 맛있는 고기 냄새!

먼저 찍은 놈이 임자? 아니다. 꺼낼 때만 임자다. 꺼내는 동시에 힘센 놈이 뺏어간다. 왜 바보같이 빼앗기냐고?

얼굴에 흉터 있는 조폭이 내놓으라는데 죽을 일 있냐? 멋모르고 고기에 입 댔다가 물려 죽은 개가 한두 마리가 아니다. 즉사는 면해도 물린 상처가 덧나 시름시름 앓다가 저세상으로 간다. 차라리 즉사가 고생 덜하고 비장미가 있다.

힘없는 개들은 깡패가 먹다 남기는 부스러기를 눈 빠지게 기다린다. 돈도 백도 힘도 없는 하도급의 하도급.

그렇게 사느니 차라리 딴 동네를 개척하지 왜 벌벌 떨면서 그 짓인가? 깡패가 없는 데는 먹거리도 없다. 괜찮은 뼈다귀가 나오니까 개들이 꼬이고 주먹들이 모여든다.

오늘은 또 어디서 힘없는 찌질이들이 장렬하게 전사할까?

모두가 인간들이 만들어 놓은 무법천지 한 마당이다.

처음부터 개를 안 버렸으면 몰려다닐 떠돌이도 깡패도 없다. 골 아픈 유기견 개체수를 그렇게 정리한다는 끔찍한 소문도 있다.

강자만이 살아남는 자연계의 질서라고 하는 날라리 개 박사도 있다. 자기 집 개가 나가서 그렇게 물려 죽어도 그런 소리를 할까?

힘없는 찌질이도, 깡패도, 피 흘리며 쓰러지는 늙은 개도, 한때는 사람을 보면 좋다고 꼬리치고 달려오던 예쁜 강아지였다.

배가 엄청 고팠지만 괜히 물리고 싶지 않아 큰 식당가는 피해서 갔다. 괜히 식은땀이 났다.

개는 한 끼 굶겨놓으면 침을 흘리고 앞발을 모아 비벼댄다.

두 끼 굶기면 애처로운 눈망울, 세 끼를 굶겨놓으면 주인 바지를 핥고 아부한다. 세 끼가 아니고 3일쯤 굶겨놓으면 아이 입에 들어가는 만두를 뺏어 먹으려고 달려든다.

만약 개가 중요 군사기밀을 숨기고 있다면 고문까지 할 것 없다. 개껌 한 개면 1초 만에 다 분다.

유기견의 식사는 오직 두 종류다. 땅에 떨어진 감을 주워 먹느냐, 나무에 올라가서 따 먹느냐. 당연히 둘 다 어렵다.

힘들여 쓰레기 봉지를 헤집었는데 누가 벌써 빼먹고 갔다.

식당 주방장과 겨우 안면을 텄는데 하필 그날 사장님하고 대판 싸우고 그만뒀다. 유기견 먹고살기가 이렇게 어렵다.

오늘은 나무에 올라가 감을 따 먹기로 했다.

작은 카페나 주꾸미 집 주방은 반드시 골목으로 뒷문이 나 있다. 끈기를 가지고 기다리면 99% 주방장이 담배 피우러 나온다. 축구로 치면 극장골 찬스다. 잽싸게 한 골 넣어야 한다.

나는 얼른 꼬리를 치면서 내 필살기 공중돌기와 물구나무 디스코를 열과 성을 다해 춘다. 대개의 주방장은 피식 웃는다.

한 골 넣은 거나 마찬가지다.

잠시 잠깐 후 주방 안에서 무엇이 휙 날아온다. 고기다. 넬름! 꿀꺼덕!

다시 담배 피우러 나오려면 한참 멀었다. 나는 슬그머니 다른 식당으로 간다. 나의 대면 식사. 감 따 먹기 기본 패턴이다.

얻어먹고 계속 같은 자리에 앉아 침을 흘리는 멍청이 개가 있는데 먹고 배곯는 진짜 멍청이다.

그런데 이상하다. 초장부터 일진이 사납다.

손님도 없는데 주방장이 담배 피우러 안 나온다. 웬일이지?

담배가 떨어졌나? 그럼 빨리 사러 가셔야지! 제가 사다 드릴까요? 앗, 나온다!

뱃살이 빵빵한 아줌마 주방장이 뭘 버리러 나오셨다. 나는 잽싸게 꼬리부터 치면서 눈을 맞췄다.

"뭐야, 얘는 또."

'또라뇨? 저 지금 왔는데요.'

"조금 전에 길냥이 두 마리 와서 꽁치 주지 않았어. 얌마, 여기가 니들 무료 급식소냐?"

아줌마는 문을 꽝 닫고 들어가 버렸다. 여우 같은 길냥이 새끼들이 나보다 먼저 선수를 쳤다고?

다시 다른 집 주방을 기웃거리는데 이번에는 주황색 앞치마를 두른 젊은 아가씨가 꽥 소리를 질렀다.

"너냐? 니가 이 집 조카 양말 물어갔냐? 좋은 말 할 때 빨랑 가져와."

얼척이 없었다. 고기는커녕 양말 도둑 누명을 썼다. 변명한다고 통할 것 같지 않아 자리를 떴다.

빵집 주방은 문이 열릴 낌새가 안 보여 화단을 끼고 앞쪽으로 가 출입문을 살폈다.

파마머리 할머니가 커다란 식빵을 안고 나온다. 필살기를 보여도 식빵 한 쪽을 뚝 떼어줄 것 같지 않다.

재수가 좋은 날은 아이가 아이스크림을 들고 뛰다가 넘어져 바닥에 철퍽 쏟고 나는 비호같이 달려가 핥아먹는다.

그런데 오늘은 눈을 씻고 봐도 아이들이 안 보인다. 아이들이 먹을 것을 잘 흘리고 잘 버리는데, 내 밥들이 요즘 들어 잘 안 보인다.

아이는 나라의 보배인데 보배들이 다 어디로 갔을까. 남녀 쌍 쌍이 외국 여행을 많이 나간다는데 비싼 외화를 펑펑 쓰면서 아이는 안 만들고 쇼핑만 하고 온단다.

참으로 기분 나쁘게 신기한 날이었다.

하루 종일 발바닥에 땀이 나도록 식당 골목을 훑었는데 뼈다 귀는커녕 번데기 한 알 구경도 못 했다.

사실은 오늘보다 더한 날도 있었다. 이틀을 꼬박 굶고 하수도 물로 배를 채우는데 동네 꼬마들이 더러운 유기견 저리 가라고 돌을 던졌다.

머리에 혹이 나 달아나는데 동물구조대까지 떴다. 급한 김에 아스팔트 큰길을 가로질러 문이 열려있는 보쌈집으로 뛰어 들 어갔다. 손님이 없었고 사장님은 TV를 보고 있었다.

나는 얼른 보쌈집 개인 것처럼 그 옆에 웅크려 자는 척을 했다.

그게 신의 한 수였는지 구조대는 그냥 지나쳐 갔다.

사장님은 TV에 아주 빠져있었고 나도 같이 TV를 봤다.

미국영화였다. 괴상한 마스크를 쓴 강도들이 은행을 털고 있 다. 엄청나게 많은 돈을 가방에 챙겨 은행을 나서는데 무장경찰 이 들이닥친다. 요란한 총소리가 이어지고 은행강도들이 쓰러 진다.

은행 문 앞에 돈 가방이 나뒹굴고 돈이 바람에 마구 날아간다. 그걸 줍겠다고 길 가던 사람들이 떼로 몰려 난리가 났다.

나는 그때 생각했다.

저 돈 한 장만 주워가도 닭발이 몇 개일까? 만약 열 장쯤 주워가면? 나는 벌떡 몸을 일으켰고 그대로 돈을 향해 돌진했다.

보쌈집 사장님이 꽥 소리를 지르며 달려왔다.

"이놈의 개새끼가 대가리를 깨고 싶나? 이 TV가 얼마짜린데! 이노무 새끼! 이노무 새끼!"

나는 돈도 못 줍고 매만 맞고 보쌈집에서 쫓겨나왔다.

배가 고파 죽겠는데 왜 그날 그 영화가 생각났을까? 배가 너무 고프면 헛것이 보이고 머리까지 맛이 가기 때문이다.

'나도 은행을 한번 털어볼까? 개가 은행을 털어 돈뭉치를 물고 갈빗집에 가면 갈빗집 누나들이 어서 오세요! 아무 데나 편한 자리 앉으세요! 할까?'

"어머나 저 개 좀 봐! 저 돈 좀 봐!"

"야! 너 이거 어디서 물고 왔어?"

고기는커녕 당장 경찰을 불러 족칠 것이다. 안 된다.

개가 은행을 왜 가! 털려면 직접 갈빗집을 털어야지!

나는 당장 실행에 옮겼다. 마침 침 발라놓은 집이 하나 있었다.

어두워지기를 기다려 골목 안 돼지갈빗집 주방을 노렸다.

살그머니 뒷문으로 기어들면서 보니 마침 주방장이 돌아서 있고 카운터 사장님과 이야기를 하고 있다.

나는 간 크게 쑥 들어갔다. 문제는 고기가 든 묵직한 냉장고 문을 어떻게 여느냐? 어… 그런데 웬일? 하늘이 배고픈 유기견을 돕는가?

보기에도 먹음직스러운 생고기 덩어리를 물에 잔뜩 담가놨다.

주방장은 계속 뭐라 뭐라 떠들고 있다. 재빨리 한 덩이 물고 튀면 끝인데 나는 나도 모르게 한 입 덥석 베어먹었다.

아, 꿀맛! 나는 다시 한 입 더 먹으려고 앞발로 고기를… 바로 그 순간 "야, 이 새끼야!"라는 고함과 함께 플라스틱 빗자루가 날아와 내 얼굴을 강타했다.

'깽!'

나는 그대로 고꾸라졌고 주방장이 빗자루를 다시 집어 마구 두들겨 팼다.

사장도 달려왔다. 사장은 같이 때리지 않고 말렸다.

"야야, 개 잡겠다. 그러다 죽으면 경찰 오고 골 아파! 그냥 보내! 그냥 보내!"

주방장은 그냥 보내지 않았다. 커다란 구둣발로 내 옆구리를 걷어찼다. 나는 공중에 붕 떴다가 골목 시멘트 바닥에 거꾸로 처박혔다.

"냅둬! 냅두라니까."

그래도 뒤쫓아와 더 때릴까 무서워 나는 엉금엉금 기어서 달아났다.

도로공원 풀밭에 하늘을 보고 누웠는데 온 데가 다 아팠고 옆구리가 결려 숨을 제대로 쉴 수 없었다.

벤치에 앉아 있던 노숙인이 개 앓는 소리가 귀에 거슬렸는지 불쌍했는지 가까이 다가와 우두커니 나를 내려다보면서 들릴락 말락 이상한 말을 했다.

'이런 쯧쯧! 너도 잘나가다가 까였냐?'

그래도 마음이 따뜻한 노숙인이었다.

가지고 있던 생수병과 소시지 한 개를 던져주고 갔다. 그거 없었으면 나는 굶어 죽었다.

일주일을 그가 주고 간 물 반 병, 소시지 한 개로 살았다.

이 지경이 될 줄 알았으면 나도 노조에 가입해 두는 건데…. 노조? 노동조합? 대한민국에 개 노동조합이 있냐고?

몸이 아파 헛소리를 하는 게 아니다. 사람들은 하하 웃고 믿지 않겠지만 유기견도 노조가 있다. 실화다.

베사메 무초

사람들은 자느라 전혀 모른다. 떠돌이 개들이 밤중에 모여서 어디로 가서 무엇을 하는지 신문기자도 모른다.

유기견은 2~3마리 혹은 5~6마리씩 무리를 지어 다닌다.

귀신처럼 동물구조대를 피해 다녀 "앗, 저기 저놈들!" 하고 카메라를 꺼내면 이미 안 보인다.

어디서 어떻게 뭉쳤는지 몰라도 나름 규율이 엄격하다. 개가 떼로 모이면 월월! 왈왈! 컹컹! 깨갱갱! 몹시 시끄러운데 이들 미니군대는 조용하다. 리더가 군기를 잡고 있기 때문이다.

개도 리더가 똘똘해야 졸개들이 고생을 덜한다. 리더는 지리에 밝고 좋은 먹이가 있는 데로 부하들을 끌고 다닌다.

간혹 조직과 조직이 뼈다귀를 놓고 대치하기도 하는데 이때 영리한 리더는 얼른 양보한다. 싸워서 이겨도 이쪽 피해도 크기 때문이다.

내가 가입하고 싶은 노조가 바로 이런 똘똘한 리더를 둔 조직이다. 이런 조직에 몸 담그면 삼시 세끼가 보장되고 아무나 시비를 못 건다. 나는 그런 조직이 지나다니는 길목을 지켰다.

첫 밤은 못 만났지만 잠복 둘째 날, 어둠 속에서 범상치 않은 떼거리가 나타났다. 나는 간단한 면접을 받았다.

조직에 끼기 위해서 쥐포나 족발을 바치거나 하는 규정은 없다. 서열 2나 서열 3이 어렵지, 꽁바리는 웬만하면 다 받아준다. 진작 들어갈 걸 그랬다. 기대가 크면 실망도 큰 게 전혀 아니었다.

리더가 수시로 고기를 먹여줬다. 후식으로 과일을 상자째 훔쳐내서 사과 파티, 토마토 파티도 열어줬다.

조직은 한곳에 오래 머물지 않는다.

바람처럼 왔다가 돼지처럼 먹고 안개처럼 사라진다. 대장 유기견의 철칙이자 철학이었다.

대장은 정보원을 활용해 좋은 쓰레기, 허술한 창고, 확실한 개구멍을 늘 확보했다. 개구멍은 개들의 도주로요 유기견의 생명선이다.

대장은 싸움도 잘하지만 통이 크고 대담했다. 멀쩡한 창고 벽을 뚫어 냉동고기와 건어물을 잔뜩 훔쳐냈다.

덕분에 나도 덩달아 호사를 누렸다. 차가운 거리를 헤매며 마음에 없는 물구나무 디스코를 추지 않아도 됐다.

우리 조직에 들어오고 싶어 하는 유기견이 줄을 섰다. 그러나 대장은 조직이 비대해지면 위험도 따른다고 7~8마리 선에서 끊었다.

비가 억수로 쏟아지는 어느 날.

우리는 서울 변두리 폐공장에서 비를 피하고 있었는데 서열 2가 조심스럽게 말을 꺼냈다. 아주 진지했다….

'형님, 드릴 말씀이 있습니다.'

'뭔데?'

'형님은 이 생활이 영원히 계속되리라 보십니까?'

'갑자기 무슨 개소리야?'

'개가 개소리지, 개가 닭소리를 냅니까.'

'뭔데? 해봐.'

'형님도 잘 아시겠지만 우리 모두 나이를 먹습니다.'

'먹지.'

'개도 나이 들면 몸이 늙습니다.'

'그 쉬운 걸 시방 나한테 가르쳐 주는 거냐?'

'형님.'

'답답하네. 도대체 무슨 얘기야?'

'가슴 졸이며 훔쳐만 먹지 말고 습격을 하는 겁니다, 형님.'

'어디를?'

'서울 근교에도 사냥감 많습니다. 소, 돼지, 염소, 오리, 닭….'

'목장을 털자고? 목장 주인이 어서 와서 잡숴 한다고?'

'맞습니다, 형님.'

'경찰이 달려오지, 멍청아.'

'바로 그겁니다. 경찰이 오면 경찰을 공격하는 겁니다.'

'총 맞아 죽을 일 있냐?'

'아닙니다. 길게 보면 유기견 모두가 사는 길입니다.'

'죽는 길이지, 어째서 사는 길이야?'

'경찰이 공격당하고 개가 총에 맞아 죽고 신문기자, TV 카메라가 달려오고! 우리는 다시 카메라맨을 공격하는 겁니다.'

'미쳤냐? 매스컴을 건드려 살아남은 정권이 없다.'

'사회 물의를 일으키는 겁니다, 형님.'

'물의가 뭔데?'

'아, 개를 함부로 버리면 결국 이렇게 되는구나! 유기견이 폭도로 변할 수가 있구나! 사람들 생각이 바뀌고 유기견 대우가 180도 달라지는 겁니다, 형님.'

'그래서 우리 모두 총 맞아 죽자고?'

'죽는 길이 사는 길입니다. 후손을 위한 길입니다.'

'너 혼자 가서 죽어.'

'형님.'

순간 대장이 무시무시한 이빨을 드러냈다.

서열 2가 납작 엎드렸다. 한마디만 더 말대답했으면 물려 죽었다. 그날 이후 목장을 습격하자는 얘기는 다시 나오지 않았다.

대장은 무섭다. 잘못 토를 달면 순식간에 물린다. 그 자리에서 죽을 수도 있다. 죽지 않더라도 불구가 될 수 있다.

조직원은 다치면 안 된다. 병에 걸려도 곧바로 퇴출된다. 동지애가 끈끈한 것 같지만 냉혹하다.

하지만 서열 2의 말도 아주 틀린 말은 절대 아니다. 대장이 오줌을 누러 간 사이 졸개들끼리 의견 다툼이 벌어졌다.

'후손을 위해 목숨도 버리는 희생정신 짠하지 않냐?'

'총 맞고 어떻게 후손을 만들어?'

'무식한 개야, 희생은 거룩한 거야.'

'불 끄다가 죽은 소방관을 봐. 가족만 거지로 산다.'

'가난해도 비석을 세워준다.'

'비석은 단단한 돌이다. 먹을 수 없다.'

'정신상태가 이러니 평생 유기견으로 살지.'

'대장님의 고독한 결단을 거역하겠다는 거냐?'

나도 선뜻 판단이 안 섰지만 아무리 젊고 싸움을 잘해도 결국은 늙고 병든다. 영원한 조직은 있을 수가 없다.

당장 나부터 그랬다. 고기 뜯을 때 즐거운 세상 같아도, 솔직히 무리를 쫓아다니느라 나도 지칠 대로 지쳤다.

내 나이 벌써 두 살. 청춘은 꺾어졌고 유기견 나이로 뼈마디가 쑤시는 중년이다. 대장 이빨이 무서워 내색을 안 할 뿐, 노조를 탈퇴하고 싶은 마음 굴뚝 같았다.

엇! 그런데… 어라? 앗! 이게 뭐야?

다음 날 아침, 자고 일어났더니 달랑 나 혼자였다.

간다 온다, 한마디 말도 없이 나만 남겨놓고 무리들이 사라진 것이다. 나는 바보처럼 앉아 있다가 터덜터덜 숲을 나왔다.

'좋은 날은 절대로 오래 계속되지 않는다.'

그랬다. 떠돌이로 살면서 뼈저리게 느끼는 명언이다. 아무리 추워도 반드시 봄날이 오지만 반드시 간다, 봄날은.

어, 그런데 이게 웬 10톤 트럭 지나가는 소리지?

나무 뒤에 개 한 마리가 코를 드렁드렁 골면서 자고 있다. 나보다 다섯 배나 큰 무초였다.

그날 조직에서 퇴출된 개는 나 혼자가 아니었다.

'무초야, 다들 갔는데 왜 같이 안 갔어? 개미들이 그렇게 많은 데서 잠이 오냐?'

무초는 퇴출된 게 아니고 자기가 그만뒀단다. 나는 그가 조직에 발을 들인 목적을 처음부터 알고 있었다.

'나이로 보나 덩치로 보나 내가 리더감이지.'

그는 노조위원장을 노렸지만 쉽지 않았다. 결국 맨 끝에서 두 번째 서열로 밀렸다(맨 꼴찌는 나). 그래서 늘 불만이었다. 스스로 그만뒀단 소리는 진짜인지 모른다.

40킬로 덩치가 아까웠던 무초는 나를 꼬맹이라고 불렀다. 그가 처음으로 친한 척했다.

'꼬맹이 너도 갈 곳이 없나 본데 내 따까리 해라.'

나는 펄쩍 뛰었다. 남산만 한 개랑 붙어 다니면 단박에 동물 구조대 표적이 된다. 나는 안 된다, 당장 찢어지자며 화를 내고 발길을 돌렸다. 혹시 따라올까 봐 막 뛰어갔다.

그런데 일주일쯤 후, 시내 골목에서 다시 그를 만났다.

무초는 볼수록 신기한 개였다. 그새 투실투실 살이 더 쪄 있었다. 겨우 12킬로 내 한 몸 살기도 빡빡한데, 40킬로 저 거구가 뭘 먹고 저 몸을 유지할까? 나는 무초 뒤를 한번 밟아봤다.

고기를 턱턱 잘 던져주는 천사식당 '먹자네'.

먹자네 앞은 늘 개들이 진을 치고 있다. 그 가운데 단연 눈에 띄는 개가 40킬로 덩치 무초였다. 무초는 원래 정치 거물 집 경비견이었다고 한다. 나이가 들어 은퇴하고 일반가정으로 넘겨졌는데 어찌 된 일인지 개 공장으로 팔려 갔다.

그러나 무초는 간단히 육고기가 되지 않았다. 혼신의 괴력을 발휘해 개 공장에서 탈출했고, 그날 이후 떠돌이 유기견이 되었다.

개들의 기본 '앉아! 일어나! 기다려!'도 귀찮아하고 꼬리도 잘 못 쳤다. 철퍼덕! 먹자네 앞에 엎드려 고기를 줄 때까지 세월아 네월아 기다렸다.

먹자네 사장님은 그런 무초의 위세에 눌려 항상 고깃국에 밥을 말아 대령했다. 나도 슬그머니 무초처럼 해 봤는데 나한테는 안 줬다. 무초는 '밥 나와라, 뚝딱!' 같은 카리스마가 있었다.

그는 식사가 끝났다고 자리를 뜨는 것이 아니다. 다시 같은 자리에 철퍼덕 퍼져 앉아 다음 식사를 기다렸다.

나는 그런 무초가 존경스러워 따까리가 되어주기로 했다. 성격 좋은 무초는 나를 친구로 받아주었고 우리는 금방 친해졌다.

무초는 모르는 정치인이 없었다.

대한민국에서 자기를 한 번이라도 쓰다듬지 않은 국회의원이 없단다. 장관, 차관, 무슨 비서실장, 검사, 판사까지 자기한테 개껌을 사다가 바쳤단다. 진짜인지 뻥인지 확인할 길이 없지만. 만약 무초가 개가 아니고 사람이면 온갖 군데를 다니면서 사기도 칠 수 있는 인맥이다.

무초는 추억에 젖어 사는 개이기도 했다.

입만 열면 독일제 소시지와 미제 개껌 먹던 얘기를 했다. 나는 독일제 소시지 맛은 어떻더냐, 진짜 죽이더냐, 제일 궁금했다.

그런데 무초는 그때마다 한숨을 푹푹 쉬었다.

'꼬맹아. 그만하자, 먹는 얘기.'
'개가 먹는 얘기 빼고 무슨 얘기를 하나?'
'제발 부탁이다. 먹는 얘기, 그만해라. 억장이 무너진다.'

'왜~?'

무초는 쉿! 하면서 큰 앞발로 내 입을 가로막고 주변을 살폈다. 그날 무초는 놀라운 사실을 내게 말해주었다.

'내가 경비견으로 있던 집 정치 거물 있지? 사실은 아주 나쁜 사람이야. 사람들이 뭘 모르고 존경했지만.'

'왜? 검은돈을 몰래 받아먹었냐?'

'돈이 문제가 아냐. 그 할아버지 흉악한 인간이야.'

'왜?'

'있잖냐.'

나는 너무 놀라 그 자리에서 기절할 뻔했다. 정치 거물 할아버지가 서울 근교 계곡에서 개를 잡아먹었단다.

'말이 안 돼. 정치인이 돈을 먹지 개를 먹어?'

'돈도 먹고 개도 먹고.'

'옛날도 아니고 요즘 누가 개를 먹어?'

'한 번도 아니고 세 번이나.'

'세 번!'

'초복, 중복, 말복 날 비서들을 데리고 폭포 있는 데서 소주를 마시면서 사철탕 파티를 벌였어.'

'직접 봤다고?'

'나를 자동차 안에 가둬놓고! 나 차 유리창으로 다 봤어! 나 차 안에서 토했어.'

'개가 보는 데서 개를.'

'내가 늙어서 그 집 경비견 은퇴한 거 아냐! 그 할아버지가 무서워 밤에 몰래 도망친 거야.'

'말도 안 돼! 생중계 TV 카메라 앞에서 여러분~ 동물을 사랑합시다. 우리나라는 선진국입니다! 끔찍한 조선시대 개고기 문화를 시궁창에 처넣어야 합니다! 고래고래 고래 소리를 냈던 정치 거물이?'

'쉿 쉿 쉿!'

그런데 무초가 다음 날부터 안 보였다. 먹자네 사장님이 커다란 뼈다귀 한 개를 들고 나와 두리번거렸다.

"야, 니 친구 어디 갔냐? 밥 먹으러 안 오냐?"

진짜로 이 먹보가 어디로 갔을까?

여기저기 뛰어다니면서 찾아봐도 무초는 없었다. 식당가에서 완전히 종적을 감춰버렸다. 혹시 예전에 알던 정치인이 유기견이 된 무초가 딱해 보여 데리고 갔을까. 어디 멀리 갔으면 적어도 나한테는 말하고 갔을 텐데.

며칠이 지나자 이상한 소문이 돌았다.

말을 함부로 하고 다니는 무초를 쥐도 새도 모르게 어떻게 해버렸단다.

아니다. 동물보호단체가 안전 가옥에 데리고 있다더라.

아니다. 몰래 배에 태워 중국에 보냈단다.

아니다. 영국에 가 있다 등등. 별별 말이 다 돌았다.

드디어 무초 녹취록이 시중에 나돈다는 해괴한 소문까지 퍼졌다. 녹취록이면 누가 무초 목소리를 녹음했단 소린데 그것은 명백한 거짓말이다.

누가 몰래 무초가 하는 말을 녹음을 했다 치자.

'월월 왈왈! 컹컹컹! 깽 깨갱 깽!'

그게 뭐? 그게 뭐라고 생뺑을 치나. 일부 멍청이 인간들이 가짜뉴스에 열광하는지 몰라도 개는 그런 사기에 안 넘어간다.

정말 무초는 어디로 갔을까?

혹시… 만약 무초를 누가 데리고 있다면 부탁드립니다. 고기 좀 많이 주세요! 무초는 고기라면 기절했다가도 발딱 일어나고요, 독일 소시지를 특히 좋아한답니다.

무초야, 어느 하늘 밑에 있더라도 제발 살아만 있어 다오.

사랑한다, 무초야! 베사메 무초.

죽고 나면 못 먹는다

나쁜 일은 꼭 꼬리를 물고 일어난다.

아파트 6층에서 떨어졌던 내 친구, 보일러실에서 추운 겨울을 너무 잘 보낸다던 쪼쪼한테도 불행이 닥쳤다.

고양이가 무엇을 잘못 건드려서 불이 났다. 다행히 소방차가 여러 대 달려와서 불은 금방 껐지만, 건물주가 화가 잔뜩 났다.

고양이들을 모두 처분하고 보일러실 개구멍도 시멘트로 막아버렸다.

뼈다귀를 물고 귀가한 쪼쪼가 졸지에 무주택자가 되었다. 그래도 포기하지 않고 나무 문을 이빨로 뜯고 있는데,

"저놈의 유기견 새끼도 죽여!"

하면서 건물주가 몽둥이와 깨진 벽돌을 마구 던졌다.

간신히 공원으로 도망쳐 온 쪼쪼가 눈물을 뚝뚝 떨어뜨렸다. 쪼쪼는 서울이 무섭고 도시 생활이 싫어졌단다.

'탈 서울이다! 똥개, 나랑 같이 산에 가자.'

'산에 뭐 먹을 거 있다고?'

'옛날 산이 아냐! 산꼭대기까지 라면 국물 냄새 풀풀! 짜고

맵고 뜨겁다고 벌레도 다 도망가고 여기저기 소주, 막걸리 병
에 풀섶과 바위틈새마다 닭고기, 소고기, 김밥, 햄버거 쪼가리
가 꽉~'

'나는 산 싫어. 다리 아파.'

'야박한 도시보다 백배 낫지. 새소리, 바람 소리, 라면 향기.'

'도시가 왜 야박해? 이 넓은 공원 아무 때나 웰컴 웰컴! 뿐이
냐? 음식을 반도 안 먹고 버려주는 고마운 서울시민! 어디 음
식뿐이냐? 거리마다 신나는 음악 소리 뽕짝 뽕짝~'

'음악 소리 귀 따갑다고 싫어하잖아?'

'쪼쪼, 네가 노래방을 못 가봐서 그래. 환상의 음악 세계! 귤,
바나나, 건포도, 땅콩, 황태, 먹태, 노가리, 육포! 그중에서도
입에 짝짝 붙는 반건조 오징어!'

쪼쪼는 내 말을 끝까지 들어보지도 않고 훌쩍 가버렸다.

그런데 두 밤을 자고 나니 다시 나타났다. 나는 깜짝 놀랐다.

얼굴이 반쪽이었다.

쪼쪼는 숨 막히는 도시를 탈출하려고 서울역을 갔더란다. 그
러나 고속열차에 오르기도 전에 엉덩이만 된통 걷어차였다.

다시 고속버스 터미널로 갔다. 살짝 버스 안을 기웃거리는데
버스 기사 아저씨가 대걸레로 마구 때렸다. 아무도 말리지 않
더란다.

'TV를 보니까 개가 비행기를 타고 호화유람선도 타던데 이

나라 개는 바퀴벌레, 시궁창 쥐만도 못해.'

쪼쪼는 그만 죽어버리려고 한강에 갔단다.

반나절을 걸어서 한강 다리에 도착하니 사람들이 웅성거렸다. 웬 여자가 투신을 하려 하고, 경찰관이 필사적으로 말리고 있다.

"아가씨, 제발 참으세요. 세상에는 당신을 사랑하는 사람이 너무 많습니다."

"거짓말 그만하고 저리 비켜요! 이거 놔요! 이놈의 나라는 여자를 개무시해."

쪼쪼는 기가 차서 말이 안 나왔다. 누가 여자를 개무시해? 개를 개무시하지! 죽을 거면 빨리 죽고 자리나 비켜주라!

결국 경찰의 긴 설득이 통했다. 여자는 난간에서 내려왔고 경찰차를 타고 어디론가 사라졌다. 여자가 섰던 자리에 쪼쪼가 냉큼 올라섰다. 하지만 얼른 뛰어내리지 못했다.

시퍼런 강물이 무서워서가 아니었다. 아까 여자는 경찰이 말리고 지나가는 자동차들이 빵빵빵 만류의 경적을 울리던데, 개가 죽는다는데 누구 한 사람 쳐다도 안 봤다.

'자살하는 데까지 유기견은 차별당하는구나.'

쪼쪼는 화딱지가 나서 못 죽고 왔단다.

'잘했다! 그 나이에 죽는 거 말이 안 되지.'

'한강서 오면서 깨달았다. 죽는 놈만 억울하다는 것을.'

'쪼쪼한테 말 안 했지만, 사실은 나도 죽고 싶을 때 많았다.'

'진짜로?'

'여기저기서 주워 먹고 얻어먹고 재미난 떠돌이 생활 같아도 사실은 나도 죽을 고비 수없이 넘겼다. 꿀냄새에 끌려 나무를 타다가 말벌한테 쫓겨 100미터를 뛰었다. 황천길이 눈앞에 왔다 갔다 했다.'

'말벌한테 쏘이면 사람도 죽지.'

'생선 대가리 주워 먹으려다 길냥이 다섯 마리가 덤벼들어 지금도 좀 봐라, 놈들의 발톱 자국! 뿐이냐, 폐품창고 냉장고를 뒤지다가 문이 닫혀 5일간을 물 한 모금 못 먹고 그 안에 갇혀 있었다.'

'어떻게 나왔어?'

'폐품 실어 가는 아저씨들 안 왔으면 나는 미라가 됐을 거야. 뿐이냐. 기온이 40도 가까이 오르던 여름날, 전국의 개들이 모두 혓바닥을 내놓고 헐떡거리던 날. 파김치가 된 나는 공원 분수대에 올라가 드러누웠고 그만 잠이 들었다. 아니, 더위에 지쳐 기절했는지도 몰라. 아이들이 앗! 여기 개가 죽었다! 소리를 칠 때 나는 진짜 익사 5초 전이었다.'

'빠져 죽을 데가 없어 분수대에 빠져 죽냐.'

'어떤 아저씨가 나를 꺼내 분수대 옆에 눕혀놓고 배를 꾹 눌렀는데 내 입도 분수대였다.'

'그 덕분에 살아난 거야?'

'아저씨가 내 생명의 은인.'

'하지만 똥개야, 모두 죽을 고비 맞지만 너 스스로 자살을 하려던 것은 아니잖냐?'

'아냐, 스스로 죽으려 한 적도 있었다.'

그랬다. 죽어버리자고 작정한 날이 있었다.

없으면 굶고 때리면 맞고 돌을 던지면 달아났지만 나는 문득 생각했다. 내가 꼭 이렇게 살아야 하는가? 왜 매일 허덕허덕 도시사막을 헤매나?

잡초처럼 살아왔지만 잡초도 한계가 있었다. 꼬박 이틀을 굶고 길에 서 있는데 눈까지 왔다.

차도 끊기고 사람도 안 다니는 늦은 밤. 겨우 찾아낸 쓰레기봉지가 깡깡 얼어서 이빨이 안 들어갔다.

나는 포기했다. 길에서 그대로 얼어 죽기로 했다. 그런데 얼어서 숨이 끊어질 때까지 얼마나 더 추울까.

나는 눈발을 피해 골목 안으로 들어갔다. 고층 건물 틈바구니에 조그만 기와집이 있었고 문이 반쯤 열려있었다. 길에서 눈을 맞으며 죽느니 그 집에 들어가 죽기로 했다.

다 자는지 집 안이 조용했고 방 하나만 불이 켜져 있었다. 방문에 관상, 손금, 사주팔자 전문이라고 쓰여있었다.

곧 죽겠다는 개가 관상쟁이 집에는 뭐 먹을 게 없나 마당을 살피는데 갑자기 방 안에서 "들어오시오" 했다. 얼른 숨다가 방문을 열던 노인과 눈이 마주쳤다.

"너냐? 너도 사주팔자 보러 왔냐?"

나는 뛰어 달아날 힘도 없어 그저 본능적으로 꼬리를 쳤다.

천운이었다. 동물을 아주 좋아하는 노인이었다.

"배가 아주 등가죽에 붙었구나. 이리 와봐."

노인이 나를 방으로 들여 쥐포를 찢어주었다. 나는 씹지도 않고 냘름냘름 그냥 삼켰다.

"대체 며칠을 굶었냐. 김삿갓 시인은 스무나무 아래 서러운 객이 망할 동네에서 쉰 밥을 얻어먹었다는데, 너는 쉰 밥 주는 집도 없더냐?"

나는 말없이 고개를 끄덕였다. 노인이 다시 우유를 접시에 부어주었다. 나는 고맙다고 고개를 깊숙이 숙여 절을 했다.

그 밤의 그는 인자한 산신령이었다. 그는 나를 한눈에 알아봤다.

"사람 말을 다 알아듣는 신통한 영물일세! 너는 전생에 개가 아니고 인간이었구나."

내가 인간이면 어떤 인간이었을까? 충신? 간신? 혹시 이름 난 장군? 아니면 화살받이 병졸? 아이면 그냥 백성?

"아니다. 너는 서생이었다."

'서생? 혹시 선생 발음을 잘못하신 것 아닙니까?'

"주색잡기에 빠져 인생을 탕진하고 개로 태어났다."

'말조심하세요. 제가 그랬다는 증거 있습니까?'

"어디 이리 가까이 와봐."

'동물도 사주팔자가 있나요?'

"있고 말고! 벌레도 다 정해진 운명이 있어요."

'그럼 파리나 모기 손금도 보세요?'

"이 나이에 파리, 모기 손금이 보이냐? 나는 돋보기만 있고 현미경은 없다."

'그럼 개는요?'

"동물은 관상 아니면 골상이다. 어디 좀 보자. 어허! 말이 뛴다고 뛰는데 늘 제자리일세."

'저는 말이 아니고 갠데요.'

"남이 안 가진 재능을 가지고 태어나면 고난도 함께 붙어온다."

'그래서 제가 오늘 죽기로 작정했나 봐요.'

"죽다니?"

'야박한 인간 세상 더 살 자신이 없어서요.'

"개가 자살이라! 범상치 않은 발상, 독특한 재능일세! 하지만 생명을 스스로 끊으면 북망산을 못 넘어가고 홀로 외롭게 떠도는 걸귀가 된다."

'그런 거 다 관상쟁이들이 꾸며낸 말이잖아요.'

"그래! 그럼 직접 한번 죽어봐. 아침 되면 눈 치우느라 제설차가 올 텐데 그 밑에 기어들어 가면 1초 만에 죽는다. 고통도 없고 개 한 마리 죽는다고 민폐도 없다."

'좋아요. 누구 말이 맞나.'

"쬐끔 아깝기는 하네. 신통방통 재능을 못 살리고 죽다니."

'재능이 있으면 뭘 해요. 먹을 걸 안 주는데.'

"재능이 무엇이냐. 안 주는 걸 찾아 먹고 주게끔 만드는 게 재능이지"

'싫어요. 지쳤어요. 다 포기하고 죽을래요.'

"그러시든지."

죽기를 기다리는데 아침이 빨리 안 왔다. 나도 기다리고 노인도 기다리는데 시간이 빨리 안 갔다.

"심심하냐? 할아버지가 TV 틀어줄까?"

'싫어요. 채널마다 먹방! 보고 싶지 않아요.'

"먹방이 싫다고? 나는 그 프로가 젤 좋은데."

'출연자마다 못 먹어 죽은 밥귀신들! 볼수록 약만 올라!'

"이런 생각 없는 영혼이 있나. 인생에서 먹는 것 빼면 무엇이 있더냐? 사람도 짐승도 삶의 본질은 주둥이에 있다."

'할아버지 궤변!'

"궤변이라니! 인간들이 왜 먹는 방송에 열광하느냐? 밥은 유행을 타는 청바지나 블라우스가 아니다, 딱한 영혼아! 수천 년간 싸우고 죽이고 힘센 놈이 약한 놈 것 뺏고 부녀자 겁탈하고 지랄염병을 다 해봤지만 결국 무엇이 남더냐. 진정한 행복이 밥뿐이라는 당연한 진리를 이제 와 깨달은 것 아니냐."

'밥이 진리라고요?'

"책 좀 읽었다는 놈들이 이념이 어쩌고 비전이 어쩌고 이빨을 까지만 지구는 밥에 의한 밥을 위한 밥의 사회다. 모든 논리가 일제히 밥상을 향하고 있다. 정치는 피 터지는 밥그릇 싸움, 경제는 밥그릇 굴리기, 과학은 새 밥그릇 찾기다. 삼식이가 왜 가정의 암적 존재인가? 그것이 의학이고 민생이다. 밥이 곧 행복이고 밥이 쾌락의 원천이다."

'먹방 좋아하신다더니 아주 홀렸네, 이 할아버지.'

"세상이 야박해 자살하겠다고?"

'이제 몇 시간 안 남았어요.'

"하늘이 너한테 사람 말을 알아듣는 재능을 주고 나한테는 남의 운명을 알아맞히는 재능을 주었다. 하지만 내가 말했지. 남이 못 가진 재능에는 고난도 붙어온다고. 하늘이 나한테 운명을 읽는 재능에다 병도 함께 주었다."

'!?'

"이 할아버진 술도 담배도 고기도 밀가루 음식도 못 먹는다."

'진짜로요?'

"젊을 때부터 기름기 있는 어떤 것도 먹어서는 안 된다고 의사가 엄명을 내렸다. 덕분에 인간으로서 가장 비참하고 불행한 삶을 살고 있다. 거기 비해, 비록 개로 태어났지만 너는 돌멩이, 쇠구슬 빼고는 맘껏 세상 것을 다 먹을 수 있다. 나는 진실로 네가 부럽다. 한껏 먹고 소화시킬 수 있는 네가 신보다 위대해 보인다. 그런데 하늘에 감사는커녕 자살을 하겠다고?"

'자… 자… 잠깐만요, 할아버지!'

"딱한 영혼아, 마지막으로 하나만 말해주마! 자살하면 밥이 없다."

개 혁명

'그래 가지고 제설차에 안 깔려 죽고 살아왔다고?'

'산신령이 그날 가르쳐 주셨어. 최고로 크게 망하는 사업이 자살이라고.'

'잘했다! 정말 잘했다.'

'나는 그날 결심했다. 세상의 모든 음식을 다 먹고 나서 죽기로.'

'맞다! 바보들은 살기 위해 먹고, 똑똑한 개는 먹기 위해 산다! 자나 깨나 먹자. 쉰 밥도 다시 보고 불어 터진 라면도 예스, 오케이!'

'맞다! 밥 먹으러 가자.'

나는 쪼쪼를 데리고 최근에 개발한 식량창고로 갔다.

슬쩍 주변을 살핀 후 잽싸게 길냥이 사료 봉지를 물고 튀었다.

길냥이를 돌보는 할머니가 화를 내시겠지만 어차피 뺏고 뺏기는 세상. 개는 배고프면 고양이 밥 아니라 오리 밥, 염소 밥 앵무새 밥도 먹는다.

우리는 주유소 뒤, 꽃이 없는 황량한 겨울 꽃밭에서 길냥이 사료로 저녁 식사를 했다.

그날 쪼쪼랑 의기투합해 우리는 듀엣 유기견이 되었다.

눈이 유달리 좋은 쪼쪼가 골목에서 기막힌 폐점포를 발견했다.

갈빗집인데 평수가 너무 좁아 서서 먹는다는 서서 갈빗집!

한때 손님이 북적거렸는데 무슨 이유인지 문을 닫았고, 두꺼운 비닐을 둘러친 동네 흉물이 되었다.

얼른 우리가 접수해 개구멍을 뚫고 당분간 아지트로 삼기로 했다. 눈이 보배인 쪼쪼가 그날 스마트폰까지 하나 주어왔다.

나는 먹지도 못하는 쇳덩이를 왜 주워 왔냐고 핀잔을 주었다.

쪼쪼가 처음으로 삐딱하게 나왔다.

'야, 똥개. 우리가 잘못 생각했었다.'

'뭘?'

'인간은 개들의 적군이 아닐지도 몰라.'

'적군이면서 아군이지. 먹을 것을 모두 그들이 갖고 있으니까.'

'먹을 것을 안 준다고 인간이 나쁘냐?'

'나쁘지! 돈밖에 모르는 짠돌이들!'

'사람이 나쁜 게 아냐. 개도 나빠.'

'어쭈! 쪼쪼, 너 그렇게 당하고도 사람 편을 드냐?'

'개를 버릴 때는 다 그만한 이유가 있는 거야.'

'짜식이 어디서 뭐 얻어먹고 인간들 앞잡이가 된 거야 뭐야.'

쪼쪼는 주워 온 전화기를 이리저리 만지고 발로 꾹 눌렀다. 음악 소리가 나고 다시 왁자지껄 떠드는 소리. 다시 뭘 어떻게 했는지 앗, 뭐야? 단체 대화방?
전국의 대표급 개 주인들이 한자리에 모였단다.
'혹시 잃어버린 개를 찾아달라는 견주들의 모임이냐?'
'쉬! 조용히 한번 들어보자.'

남자 고등학생, 주부, 할머니, 여고생 등이 돌아가면서 누군가를 맹렬하게 성토하고 있다. 서슬이 퍼렇다. 그런데 그 성토 대상이 사람이 아니다. 개다.
남자 고등학생부터 마치 1인 시위를 하듯 악을 썼다.

"우리 집 좋! 얘는 개는 갠데 개가 아니랍니다. 완전 청개구리예요. 이리 오라고 하면 저리 가고, 저리 가라고 하면 이리 와요. 앉아! 하면 일어서고, 일어나! 하면 눕고, 밥 먹어라! 하면 안 먹고, 기다려! 하면 먹어요.
이놈의 개새끼가 매일 주인을 놀려먹고 있어요. 나는 이 개새끼한테 매일 조롱당하며 살고 있어요.
여러 전문가님들께 부탁드립니다. 얘를 어쩌면 좋아요. 저 좀 도와주세요."

"저는 올해 36세 전업주부입니다. 남편이 회사 출근할 때 마누라한테 먼저 인사하면 아주 큰일 나요.

'까미야, 오빠 회사 간다. 엄마랑 잘 놀고 있어. 이따가 맛있는 개껌이랑 장난감 사 올게. 약속!' 이래야지, 이걸 빼먹으면 절대로 절대로 안 돼요. 자기한테 먼저 인사 안 했다고 침대 밑으로 기어들어 가서 하루 종일 나오지도 않고 밥도 안 먹어요.

하루 이틀도 아니고 개 비위 맞추느라 피가 말라요.

전혀 생각지도 못한 이런 시집살이가 누가 꿈엔들 알았겠어요. 선생님들! 제발 살림하는 주부 하나 살려주세요, 네?"

"저는 직장을 다니는 40대 주부인데 제 말을 믿기가 힘드시겠지만, 우리 집 개는요 지가 사람인 줄 알아요.

삼겹살을 구우면 제일 먼저 개한테 안 바치면 큰일 나요. 주제에 고기를 꼭 깻잎에 싸서 달래요. 아주 상전이에요. 상추도 싫대요. 김은 질색이고요. 어쩌다 식구들이 김밥을 먹으면 시커먼 거 싫다고 으르릉 으르릉 짖고 난리가 나요.

제가 그뿐이면 말을 안 해요. 이 새끼가 밥 다 처먹고 나면 맡겨놓은 듯이 디저트 내놓으래요. 과일하고 커피요. 반드시 설탕 두 스푼! 과일도 신 건 안 먹어요. 질색해요. 우리 집은 설탕하고 과일 떨어지면 개 땜에 큰일 나요. 너무 기가 막혀 저 요즘 악몽까지 꾼답니다."

"젊은 주부 말만 듣지 말고 할망구 말 한번 들어보소. 참말로 진짜로 환장을 한당게요.

우리 집 이 미친개가 화초란 화초는 다 뽑아불고 방석이란 방석은 죄다 찢어발겨 걸레를 만들고, 나가 시집 올 때 해온 그 비싼 자개장을 완전 아작을 내불고요, 우리 집 가보라고 자랑허는 조선시대 요강을 엎어서 깨뜨려 불고! 참말로 내가 미쳐 부린당게요. 이 쉑기가 전생에 나랑 무슨 철천지원수가 졌다고 멀쩡헌 집 안을 요러큼 쑥대밭을 만든다냐.

선상님들! 지가 공손허게 부탁올립니다요. 돈 드릴 텡게 제발 이 쉑기 어디 멀리 좀 데불고 가 주시오. 아이구, 이놈의 개가 또 들을라. 에그 무서!"

"올해 고2 조민경이에요. 남녀 간의 사랑을 일본어로 고이라고 한다는데 저는 사랑은 고사하고 고난의 고2를 보내고 있답니다.

우리 집 개는요, 이 괴물이요, 밤에 잠을 안 자고 울어요. 그냥 낑낑낑이 아니고 늑대처럼 고개를 쳐들고 와우우우 울어요. 시끄러워서 살 수가 없어요. 빨리 숙제도 해야 하고 밤 되면 할 일이 많은데 아무것도 못 해요.

우리 집도 우리 집이지만 이웃에서 개 좀 조용히 시키라고 매일 난리예요. 따로 나가 방을 얻을 형편도 못 되고 정말 미치겠어요. 못 울게 베개를 던지면 사람을 물어요. 식구들 다 물렸어요. 총이 있었다면 벌써 쏴 죽였어요.

이 못된 개가 우리 집안을 망하게 하려고 들어왔나 봐요. 전문가님들의 도움을 간절히 바랍니다. 제발 부탁.”

“올해 칠십 두 살 할머니인데요. 이 썩을 놈의 개새끼가 꼭 우리 영감만 물어요. 예고도 없이 갑자기요. 그것도 하필 얼굴만. 그동안 성형외과에 갖다 바친 돈이 얼만지 몰라.

손자들만 없으면 내가 벌써 몽둥이로 패 죽였어요. 칠십 평생 살다 살다 이런 미친개는 첨 봐요. 그렇다고 자기 손으로 밥 먹여 키운 개를 경찰에 고발할 수도 없고….

수의사도 영문을 모르겠대요. 광견병은 절대로 아니고요. 세상에 무슨 개가 밥 주고 간식 주는 주인을 문대요. 그것도 사흘이 멀다 하고.”

잠시 후, 다시 투박한 아저씨 목소리가 나오다가 금방 끊겼다.

“내가 정말… 이 갈리는 개새끼를 왜 키우는지… 나는 말이죠, 이 개새끼만 보면… 하여간 내가 이 개새끼….”

계속 새끼… 새끼 하다가 방송이 더 안 나왔다. 너무 감정이 복받쳐 단체방 진행자가 중간에서 자른 것 같았다.

쪼쪼가 전화기를 발로 꾹 눌러 껐다. 얼굴이 시뻘겋다.

나는 딱히 할 말이 없어 발바닥만 핥았는데 쪼쪼가 분통을 터뜨렸다.

162

'이래도 죄 없는 개들이 이유 없이 학대받고 사냐? 개 주인이 나쁜 게 아니고 개새끼들이 돼먹지 않은 거야.'

'소파에서 개껌 먹는 집개들 얘기잖냐.'

'집개가 이 지경인데 유기견은 오죽하겠냐.'

'그래서 어쩌자고? 개를 가르칠 학교라도 세우자고? 우리가 학교 세울 능력이 돼?'

쪼쪼는 벽에다 자기 머리를 쾅쾅 찧었다.

내가 깜짝 놀라 말리는데도 계속 머리를 벽에 박았다. 쪼쪼 머리에서 피가 났다.

우리는 다음 날 숲속의 토박이 원로를 찾아갔다. 공원의 최고서열 늙은 개를 붙들고 늘어졌다.

'원로님 유기견은 도대체 희망이 안 보입니다.'

'냅둬.'

'가족도 형제도 모르고 상하도 없는 버르장머리 없는 개를 가르쳐야죠! 내버려 두라뇨?'

'대학까지 나온 인간들도 저만 알고 제멋대로인데 개가 개판 치겠다는 걸 누가 말리냐.'

'유기견끼리라도 일단 뭉쳐야 합니다, 원로님.'

'인간들도 통합이 안 돼 갈가리 쪼개져 나라를 거덜 내는데

개가 어떻게 뭉쳐. 냅둬야지.'

'유기견 민족이 멸망 직전입니다.'

'멸망할 놈들은 멸망해야지 워쩌것서.'

우리는 다시 원로 할머니 개를 찾아갔다.

'뭐여? 그 영감이 그래? 그냥 망하게 냅두래? 자기도 같은 유기견이믄서 죽을 놈은 그냥 죽어라? 이런 싸가지 없는 영감 탕구! 고추 달고 산다는 사내놈이.'

원로 할머니는 깊이 탄식하고 생각에 잠겼다.

그녀는 주인을 따라 미국, 유럽에도 가 있었고 유명의사, 변호사, 교수댁을 전전한 최고지성 유기견이다.

'젊은이들 내가 먼저 하나 물어보세.'

'???'

'인간들이 왜 개보다 잘 살까?'

'글쎄요, 돈이 많아서 아닙니까?'

'인간들이 오늘날 이처럼 부강하게 된 것은 딱 하나 선거제도 야. 공정한 선거로 왕초를 뽑고 거기 모두가 절대복종! 국가는 혼연일체. 일사불란하게 국가가 굴러간다. 개는 뿔뿔이 흩어져 집이나 지킬 때.'

'그런데 원로님 선거가 뭐죠?'

'이런 무식한 놈들! 내가 쇠귀에 재즈를 틀었지.'

'앗, 압니다.'

'저도 봤어요. 대통령 선거, 시장 선거.'

'인간이나 개나 똑똑한 우두머리! 강력한 추진력이 필수다! 전국의 멍멍이 가족 여러분 요 문제를 요렇게 하면 어떨까요? 이런 나약한 여론 떠보기, 이거 안 돼! 왕초를 우습게 알고 기어오른다! 강력한 철권통치만이 유기견의 소멸을 막는다! 독재도 괜찮다! 자유선거로 뽑은 민주 독재!'

'민주… 독재?'

'독재로 질서를 세우고 나서 뼈다귀와 자유를 준다.'

우리는 그제야 무릎을 쳤다. 선거다! 개 선거 혁명!

TV에서 본 바이킹이나 터미네이터, 라이온 킹 같은 강력한 지도자를 뽑는 것이다. 흩어진 유기견을 결집하는 것이다.

물론 글을 모르는 개들을 상대로 투표용지 같은 것은 불가능하다. 그러나 방법이 있다. 우리는 즉각 실행에 옮겼다.

개는 냄새로 신상정보를 읽는다. 개털 상태, 이빨, 콧잔등 흉터, 뱃가죽 주름살로 그 개의 내력을 99% 밝혀낸다. 그렇게 골라낸 일단의 후보들을 단상에 세워 유권자들의 반응을 체크한다.

– 여러분, 이 개 어떻습니까? 진돗개 순종 만 3세 수캐! 일
단 머리가 좋고 싸움도 동네 짱입니다.

– 네~ 좋군요. 얼굴도 잘생겼고. 왈왈왈왈!

– 이 개는 한국, 독일 교배종으로 일찍이 뮌헨 축구선수 집
에서….

– 생긴 게 딱 조폭인데 무슨 지도자! 저놈 끌어내라!

– 아니다. 착한 조폭은 괜찮다. 일단 명단에 넣어라!

– 저는 개권에 도전하는 유일한 암캐 메아리랍니다. 유기견
발전에 도움이 되는 정보를 메아리처럼 드리겠어용!

– 응 예쁜데~ 결혼은 했냐? 왈왈왈왈!

개들의 박수 소리, 야유, 함성을 종합해서 최고 인기, 최고
득점 개를 유기견 초대 지도자로 낙점한다.

유기견의 생사여탈권을 주고 사료 및 뼈다귀를 독점 배분한
다. 경선 불복 개는 즉결 처단, 재판 없이 현장에서 물어 죽인다.

지능이 낮은 개도 모두 참여할 수 있는 선거 방법으로, 원로
들한테 자문을 구했더니 월월 왈왈! 베리 굿이라고 했다.

나는 쪼쪼를 개 지도자 후보로 내세웠다.

'쪼쪼야, 척박한 유기견 사회를 변화시켜 보자! 우리도 한번
잘살아 보세.'

자칭 타칭 명견 10여 마리가 나섰고, 원로들의 심사 끝에 다

시 4마리로 압축, 본격적인 선거전이 시작됐다.

당연히 4마리에 쪼쪼도 끼었다. 나는 내가 아는 떠돌이 개는 물론 동물보호소 동기, 동기의 친구, 모든 인맥을 총동원했다.

사람들 선거같이 현수막은 없지만, 네 후보의 공약은 비슷비슷했다.

· 아름다운 국제도시 서울! 유기견이 통곡한다!
· 사랑받던 반려견이 안락사가 웬 말이냐?
· 투쟁, 투쟁! 반드시 쟁취하자, 떠돌이 생존권!
· 우리의 소원 유기견 불체포 법안 국회 통과!

그러나 쪼쪼는 다 쓸데없는 짓이라고 공약을 걷어찼다.

'인간들 선거 많이 봐서 나는 너무 잘 안다! 선거는 자금 싸움이다. 현찰 살포 이상 없다! 유세 같은 거 다 때려치우고 현금을 확보하라!'

우리 선대본부도 100% 찬성했다. 물론 개는 돈이 없으니 진짜 돈을 뿌릴 수는 없다.

소뼈다귀, 족발, 닭다리, 햄, 소시지를 다량 확보해 배고픈 떠돌이에게 나눠주면서 깨끗한 한 표를 부탁한다. 사람이 그런 짓 하면 감옥에 가지만 개는 법도 없고 감옥도 없다.

그런데 이런 나쁜 놈들! 부정선거는 우리만이 아니었다. 타

후보들도 멸치와 먹태를 포대째 물고 와서 마구 살포했다. 퀴퀴한 냄새가 진동하는 오징어, 문어, 홍어, 양미리도 등장했다.

어떤 후보는 호박을 전략 살포했는데 전혀 안 먹혔다. 닭발과 쥐포한테 완전히 밀렸다. 그 일로 홍보팀장이 잘렸다는 소문이 파다했다.

한강 둔치가 연일 현금 살포로 흥청망청 난리도 아니었다.

드디어 원로 개들이 선거 날짜를 공표하면서 유기견 선거 축제는 절정으로 치달았다.

내가 대충 판세를 살펴보니 쪼쪼는 2위권으로 당선이 불확실했다. 바로 그때 천군만마와도 같은 원군이 나타났다.

나한테 노가리를 얻어먹은 적이 있는 도베르만 누나! 그녀가 하필 영등포 개껌 공장에서 경비견으로 근무 중이었다.

나는 그날 밤 자정 무렵, 선대본부 개들을 몽땅 끌고 영등포 공장으로 달려갔다. 개껌 중에서도 제일 크고 오래 먹을 수 있는 것만 골라 수십 포대를 훔쳐냈다.

권력을 잡자고 이렇게까지 해야 하나? 나는 살짝 탄식했지만 쪼쪼는 단호했다.

'선거는 지면 만사 끝장이다! 지고 나서 후회 말고 이기고 나서 정의를 찾자.'

우리는 선거 바로 전날까지 개껌을 마구 뿌렸다.

개들이 좋아 죽었다. 어떤 놈은 몇 개씩 숲에 감춰놓고 다시 뛰어와 두 번 세 번 받아 갔다. 한강 둔치에 우리가 살포한 개껌을 받아먹지 않은 개는 한 마리도 없었다. 모두가 탁월한 영도자 쪼쪼를 밀겠다고 군게군게 약속했다.

비로소 다리를 뻗고 잠을 잘 수가 있었다.

하지만 잠이 안 왔다. 쪼쪼가 개통령이 되면 나는 실세 비서 실장 및 개무총리! 가슴이 쿵쿵 뛰었다. 그러나 흥분은 금물이다. 권력에 취해서 초심을 잃고 몰락한 거물들이 얼마나 많았던가.

오만하면 안 된다. 오만하면 오만 원밖에 못 번다.

드디어 결전의 날이 밝았다.

그런데… 어라? 이게 대체 무슨 일인가! 결과부터 말해 쪼쪼는 그날 개 지도자로 선출되지 못했다. 부정한 방법으로 선거운동을 해 경찰에 체포된 것이 아니다.

투표 당일 한강 둔치에 개가 한 마리도 안 나타난 것이다. 선거 날 투표장에 유권자가 아무도 안 오면 더 따질 것도 없다. 군이 무효처리 할 것도 없었다. 선거 감시 원로 개들조차 한 마리도 안 보였으니….

이 멍청한 것들이! 이 망할 놈의 개들이 개껌 먹느라 정신줄을 놓은 것이다. 몇몇 개들이 '아, 참참! 한 표 찍어주러 가야지' 했지만 '에에이! 나 아니라도 많이 왔을 거야', '다들 와서

옳소! 찬성이요! 쪼쪼를 개통령으로! 해줄 거야. 그럼~ 우리 몇 마리 안 간다고 될 놈이 안 되겠어?' 하다가 이 개도 저 개도 개껌 씹느라 엉덩이를 털고 못 일어난 것이다.

쪼쪼와 나는 그래도 혹시… '좀 늦어도 오긴 올 거야!' 하면서 텅 빈 강변을 지키고 기다렸다.

그러나 오지 않았다. 눈이 빠지게 기다려도 끝내 개미 새끼 한 마리 나타나지 않았다.

나는 벌써 다 잊어버렸는데 쪼쪼는 천장만 보고 앉아 있었다. 기분을 풀어주려고 소시지를 물어왔는데 쳐다도 안 본다.

'쪼쪼야, 그만 잊어버려! 권력이 달콤한 사탕 같아도 사탕 많이 먹으면 이빨 썩는다. 이 아파서 병원 다니는 정치인이 전국에 수억 명이다.'
'그게 무슨 권력 때문이야. 하도 먹어서 충치가 생긴 거지.'
'권력에 눈이 멀어 썩었다니까.'
'아니라니까.'
'맞다니까.'

선거 때 손발이 척척 맞다가 선거 다 끝나고 이빨 문제로 싸웠다. 갑자기 쪼쪼가 얼굴을 찡그렸다.

'왜 그래, 쪼쪼?'
'니가 이빨 얘기 꺼내 갖고 이가 아프잖아.'
'어! 너도 그러냐? 나도 이가 시큰거려.'

'개껌을 너무 씹었어! 이가 아프니까 머리도 아파.'

개는 진드기 사상충도 무섭지만, 이 아픈 거 이거 진짜 난리 중의 난리다. 유기견 신분에 병원은 꿈도 못 꾸고, 음식을 못 씹어 아사할 수도 있다.

어떤 개는 이가 더 썩기 전에 어서 빨리 많이 먹자고 까불딱지를 놓다가 더 빨리 상해 걷지도 못하고 주저앉는다. 사람들이 전혀 모르고 있지만 전국의 수십만 마리 유기견 태반이 치통 환자다.

'안 되겠다, 똥개. 빨랑 따라와.'
'응? 어디로?'

쪼쪼는 공원 쪽으로 막 뛰어갔다. 나는 영문도 모르고 따라갔다. 쪼쪼는 연못가 모래땅을 박박 긁었다. 파낸 모래를 입 안에 한가득 넣고 우걱우걱 씹었다.

'미쳤냐? 모래 먹으면 죽어, 임마.'
'먹는 게 아니고 이빨 닦는 거야. 너도 해봐.'

옛날 아주 먼 옛날, 산골 오지마을 사람들은 치약 칫솔 대신 나무뿌리를 씹거나 시냇가 고운 모래로 이를 닦았다. 똑똑한 삽살개가 옆에서 그것을 보고 따라 했다. 그런 전설의 고향 같은 이야기를 도시 개 쪼쪼가 어떻게 알고 있을까?

나는 쪼쪼가 시키는 대로 모래를 열심히 씹고 연못 물로 입안을 헹궈냈다. 진짜로 개운한 느낌이었다. 왠지 이가 하나도 안 아팠다. 쪼쪼는 진짜 쓸 만한 친구였다.

우리는 아지트 라면 박스에 느긋하게 누워 잠을 청할 수가 있었다. 입속이 개운하니 머릿속까지 말끔해졌다.

쪼쪼도 나도 기억력이 좋지만 쓰잘데없는 권력 같은 거 금방 잊고 싹 지운다.

밤이 되면 조용한 동네인데 가끔 술에 취한 사람이 지나가면 개가 짖는다. 한 마리가 짖으면 동네 개가 다 짖어 그만 잠이 깨곤 했는데 그날 밤은 조용했다.

그런데 어디선가 '낑… 끄잉… 깽 끄잉', '낑낑낑낑' 소리가 들렸다. 이것은 개 짖는 소리가 아니고 개가 앓거나 우는 소리다.

'도대체 어떤 개새끼야?'

쪼쪼랑 둘이 동시에 일어났다. 신경이 자꾸 쓰여 잠이 달아나 나가보니 파란 대문 앞에 앉아 낑낑대는 개 한 마리가 보였다.

문을 긁어대는 폼이 카펫에 오줌을 싸고 내쫓긴 개다. 쪼쪼가 빽 소리를 질렀다.

'얌마! 오밤중에 무슨 민폐냐? 그만 낑낑대.'

대문이 덜컹 열리더니 주인이 개를 데리고 들어갔다.

다시 동네가 조용해졌다. 나는 개 주인이 참 고마웠다. 밤중에 벌은 줬지만 아주 내쫓지는 않았다.

개를 키우지 않는 사람은 모른다. 개 있는 집은 매일 매일이 전쟁터다.

"에이그, 이놈의 개털. 감당이 안 돼."

"또 벽지를 뜯어 먹었냐. 그 많은 사료 다 먹고."

"니가 데려왔으니까 개똥 니가 치워."

"또 양말을 물어갔잖아. 빨랑 못 내놔?"

"왜 꼭 내 구두만 물어뜯냐고요. 저 새끼 갖다버려."

그러나 절대로 갖다버리지 않는다. 고맙고 따뜻한 사람들.

자고 깨면 전쟁을 치르면서 왜 악착같이 개를 키울까?

· 허전해서.

· 친구가 한 마리 줬는데 오또케 그럼.

· 집에 오면 꼬리 치고 반기는 게 개밖에 더 있남요.

· 미워죽겠지만 가족이잖아요.

그 가운데 이렇게 말하는 사람도 많다.

"사람은 배신해도 개는 배신 안 해."

믿었던 사람한테 얼마나 뒤통수를 얻어맞았으면 그리도 한이 맺혔을까. 개들은 물고 뜯긴 해도 뒤통수는 안 친다.

병든 개를 끌어안고 안락사만은 안 된다고 우는 할머니도 있다. 그 개는 개가 아니고 할머니의 아들이나 손자다.

견주들의 의식 수준이 날로 높아만 가는데 참으로 이상도 하지 왜 사람들은 여전히 개를 버리는가.

· 애정이 식어서.

· 사료 사댈 형편이 못 돼서.

· 식탐이 심하고 두 마리가 죽기 살기로 싸워서.

· 외국 나가는데 맡길 데가 없어요.

· 그냥 보기가 싫어!

· 버린 게 아니고 키우던 노인이 쓰러지셨어요.

그러나 대다수 유기견은 비양심과 배신의 합작품이다.

병들어 치료도 못 받고 죽어간 늙은 개의 마지막 남긴 말을 들어보라.

'주인은 언제 개를 버릴지 모르는 변덕쟁이다. 개를 몽둥이로 패고 미안하다고 흘리는 눈물, 절대로 속아서 안 된다. 자기의 선한 모습 보이려는 꼼수 연기다. 나는 피부병으로 죽는 게 아니다. 너무 맞아 골병이 들었다. 사람들은 왜 밖에서 열받고 와서 개한테 그걸 푸나.'

옛날도 아니고 누가 무식하게 개를 때려? 말은 잘한다.

자고 있는 개를 지나다가 밟아놓고 왜 하필 거기서 자빠져 자냐고 개를 발로 차는 사람도 있다.

괜히 오며 가며 개를 툭툭 쥐어박고 너무 귀여워서 그런단다.

자기 자식을 누가 툭툭 때린다고 생각해 보라. 기분이 좋은가?

자기들끼리는 '꽃으로도 때리지 말라'고 하면서 개는 왜 툭툭 때리나? 귀여워서, 재미로, 장난삼아 때리는 것은 자기 생각이지 툭툭 맞는 개는 갈비뼈가 흔들린다.

그러고 보면 나도 참 많이 맞았다.

택배기사랑 살다가 고양이한테 쫓겨, 동물보호소에서 두 차례 파양 끝에 다시 분양됐을 때. 신기하게도 주인이 또 오토바이 택배기사였다.

하긴 요즘은 택시나 트럭을 모는 아저씨보다 택배 오토바이를 타는 아저씨가 훨씬 많아 보인다.

두 번째 택배기사는 나를 집에 혼자 두지 않았다. 오토바이 뒤에 나를 태우고 다니면서 일을 했다.

그날도 그는 오토바이를 아파트 앞에 세워놓고 배달 물건을 들고 막 뛰어갔다. 분명히 나보고 '기다려' 했는데 나는 여기는 또 어떤 동네인가 짐칸 밖으로 내다보다가 그만 떨어졌다.

머리를 부딪쳐 잠시 기절했고, 그때 학교에서 돌아오던 남자 중학생이 나를 얼른 안고 동물병원으로 뛰어갔다.

택배기사는 나를 찾는 것보다 배달이 더 급했고 나는 그날부터 중학생 개가 되었다.

나는 입주 첫날부터 맞았다.

중학생은 나를 무척 좋아했지만 그 집 할아버지한테 심심풀이 껌이 되었다.

어린 나를 훈련시킨다고 신문지를 둘둘 말아 들고,

"이리 와! 앉아! 앉아, 임마! 손! 이쪽 손!"

하면서 내 콧잔등을 계속 때렸다. 너무 아팠다.

나는 할아버지만 보면 벌벌 떨었다. 남자 놈이 떤다고 또 때렸다. 신문지가 너무 싫어 할아버지가 외출한 날, 원수 같은 신문지를 모두 갈기갈기 아작을 냈다.

집에 온 할아버지가, '이놈의 강아지가 거실을 난장판으로 만들어?' 하면서 등을 긁는 효자손으로 나를 개 잡듯이 팼다. 옆에 있던 할머니가 '맞을 짓을 했다'고 얄미운 소리를 했다. 할머니는 내가 맞을 때마다 꼭 옆에서,

"싸지 싸! 그러게 내가 뭐랬어. 몽둥이를 번다고 했지?"

꼭 불난 집에 기름을 끼얹고 부채질했다.

나는 할머니가 미워 그 집을 탈출했다.

요즘 주인들은 웬만해서 개를 때리지 않는다. '개 패듯이 팬다'는 무지막지한 옛날 말을 아직도 쓰지만 진짜로 개를 그렇게

패는 주인은 드물다. 착해진 것이 아니고 요즘 그랬다간 이웃이 신고하고 경찰이 오기 때문이다.

대신 버르장머리를 고친다고 개를 현관 밖으로 내쫓는다.

베란다나 골방에 귀양을 보내기도 한다. 그때도 꼭 얄미운 소리를 하는 간신이 집집마다 있다.

"내가 뭐랬어. 멍청이! 왜 쫓겨날 짓을 해."

어떤 짓이 쫓겨날 짓, 귀양을 갈 짓일까? 안 봐도 뻔하다.

대소변 실수, 이태리제 가구에 이빨 자국이 보이면 대개의 여주인들은 비명을 지르고 뒷목을 잡는다.

견주들은 동물을 사랑하지만 의외로 쫀쫀하고 쪼잔하다.

신문지나 두루마리를 찢었다고 화까지는 안 낸다. 껌값이기 때문이다. 운동화나 핸드백을 씹어놔도 이게 웬일? 뜻밖으로 관대하다.

"그래, 잘했어. 어차피 낡아서 버릴까 하던 참이었어."

그러나 몇백만 원 명품 백, 명품 뭐를 아작아작 물어뜯었다!

그날 그 순간 죽었다고 복창해야 한다.

만약에, 이것은 어디까지나 만약이지만, 당첨이 확정된 로또 복권을 개가 찢어서 먹었다!

개를 병원에 데려가 배를 가르든지, 아니 어쩌면 총이 있다면 그전에 쏴 죽였을지 모른다. 사랑, 반려, 힐링 어쩌고… 모두 배부르고 기분 좋을 때 소리다.

옆집 아이를 물어 중상을 입혔다! 민형사 고소를 당했다! 그 날로 인연은 끝난다. 맞고 나가느냐 그냥 나가느냐. 동물보호 소냐 시골 친척 집이냐. 둘 중 하나다.

그러나 견주님들, 딱 10초만 생각해 보시라.

개가 뭐 하는 동물인가? 짖고 꼬리 치고 사료 훔쳐먹고 구두 물어뜯는 게 일과이고 직업이다.

사람이 출근하고 일하고 친구 만나 커피 마시고 핸드폰 만지 고… 똑같다.

감히 개 주제에 사람과 맞먹냐고? 절대로 맞먹지 않았다.

사람은 10억짜리 집에 살고 개는 만 원짜리 집에 산다. 사람 은 땅 투기를 하고 개는 땅을 파제끼고 논다.

같은 잣대로 개를 말하지 말라. 아무리 못생긴 개도 귀를 쫑 긋 세워 집을 지킨다. 아이한테 얻어맞고 콧잔등을 무수히 뜯 겨도 불평 않고 놀아준다.

양말, 장갑, 수건, 지갑, 전화를 물어다 드리고, 불이 나면 뜨 겁다고 도망가지 않고 사람 생명을 구한다. 물에 빠진 아이도 건져내고 쓰레기도 물어온다. 마약도 찾아내고 폭발물도 미리 알려준다. 세상의 어떤 첨단로봇보다 개성이 강하고 매력이 넘 치는 살아 움직이는 생명체가 개다.

어설픈 주식을 보유하고 가슴 졸이느니 차라리 개를 키우시

라! 그 착하고 유능하고 재미난 동물을 차가운 길거리에 내쫓

아서 무슨 이득이 있는가?

개를 버리고 잠이 옵니까? 개를 버려놓고 밥이 넘어갑니까?

개 주폭

떠돌이 유기견은 겨울이 웬수다.

길에 먹을 것이 떨어져 있어도 깡깡 얼어붙어 그림의 떡이다. 나는 국수 줄기 하나를 혀로 살살 녹여서 앞이빨로 긁어먹는다. 쪼쪼는 완전 여우다. 얼어붙은 찹쌀떡 위에다 오줌을 누어 녹여서 먹는다.

아무리 개가 배가 고파도 그렇지! 저런 더러운 놈이 내 친구인가. 너무 창피하고 신경질이 났다.

그런데 앗, 드디어 봄이 왔다.

솔솔 봄바람을 타고 오줌 냄새도 같이 날아왔다. 아지트 앞 전봇대가 동네 개들 공용화장실이기 때문이다.

개뿐인가. 양복 입은 신사 아저씨도 밤이 되면 거기다 쉬를 하고 담배꽁초를 버린다. 가끔은 자동차가 들이받기도 한다.

졸음운전이란다. 봄이 되면서 부쩍 그런다.

쪼쪼랑 밖에 나와 봄볕을 쬐는데 진짜로 졸음이 스르르 왔다.

둘이 신나게 졸고 있는데 엇! 누가 해를 가렸다.

유치원 가방을 멘 여자아이가 졸고 있는 개 두 마리를 신기

한 듯 내려다보고 있다.

비닐봉지에서 감자칩을 꺼내먹으면서 한 개를 툭 던진다.

나는 낼름 받아먹었다. 이번에는 쪼쪼한테 던져준다. 쪼쪼는 거푸 두 개나 받아먹었다. 다시 내 차례인데 칩을 쪼쪼한테만 던져준다. 이 쪼끄만 계집애가 개를 차별하나?

아이는 쪼쪼가 마음에 들었는지 나는 안 주고 쪼쪼한테만 계속 준다. 쪼쪼가 좋아서 꼬리를 치고 난리가 났다.

아이가 가던 길을 가자 쪼쪼가 얼른 따라간다. 내가 재빨리 가로막았는데 쪼쪼는 애한테 완전히 꽂혔다.

'쪼쪼, 이 바보. 빨랑 이리 못 오냐! 야야, 나도 한때 애가 좋아서 스토킹까지 했었다! 그래봐야 비극이다. 결국 잘려, 바보야.'

쪼쪼는 내 말이 하나도 들리지 않는 모양이다.

아이가 조그만 손으로 쪼쪼를 쓰다듬자 아예 발라당 드러눕고 아이 손을 마구 핥고 신났다.

아이가 걸음을 옮기자 겅중겅중 뛰면서 왈왈! '나를 데려가세요' 아양을 떨고 있다. 나는 속이 뒤집혔다. 쟤가 저런 개였나. 그러면서도 마음 한편으로는 조금 짠했다.

쪼쪼는 오랜 거리 생활로 지칠 대로 지쳤을지 모른다. 사람의 손이 애타게 그리울 수 있다. 아이 손이 몸에 닿는 순간, 기회를 잡았다고 생각했을까?

빨리 이리 오라고 악을 쓰던 나는 말을 바꿨다.

'그래, 쪼쪼야. 가고 싶으면 따라가! 야박한 인간 세상 어쩌고 해도, 결국은 개도 안정된 직장 아니겠냐. 들어갈 수 있을 때 들어가는 거야.'

바로 그때였다. 커다란 쇼핑꾸러미를 안아 든 여자가 건물에서 뛰어나오며 소리를 질렀다.

"민지, 뭐 하는 거얏! 엄마가 아무 개나 만지면 안 된다고 말했지."

여자는 아이 손을 와락 잡아끌면서 쪼쪼를 발로 차려 했다.

아니, 진짜로 발로 찼다. 깽! 하고 쪼쪼가 펄쩍 물러났다.

그래도 쪼쪼는 아이를 포기하지 않았다.

"아니, 이놈의 개가 미쳤나. 아우, 더러워!"

"더러우면 샤워시키면 되지. 엄마 우리 애 데리고 가자."

"안돼, 지지 지지! 유기견 만지면 병 옮아."

여자는 아이를 데리고 부리나케 큰길을 건너갔다. 쪼쪼는 물끄러미 보고 서 있다가 터덜터덜 돌아왔다.

'잘했다, 쪼쪼. 그 여자 성깔 더러운 거 봤지? 그런 집은 들어가 봤자야. 금방 개를 버릴 여자야. 아이는 되게 착하던데 요즘 엄마들 왜 그래?'

쪼쪼는 아무 대꾸도 하지 않고 아지트로 들어가 버렸다. 내가 따라 들어가니 아니나 다를까, 화살이 나한테로 날아왔다.

'뭐? 가고 싶으면 따라가라? 안정된 직장 들어갈 수 있을 때 들어가라? 네 눈에 내가 사람 집에 빌붙어 살 개로 보이냐? 한 번 해병은 영원한 해병, 한번 유기견은 영원한 유기견이야, 임마.'
'알았어. 기분 풀어.'
'노상에서 발길질을 당했는데 기분이 풀어지냐? 나는 정말 인간이 싫어. 그들 눈에 개는 사료 몇 알 넣으면 굴러가는 멍멍이 로봇이야. 고장 나면 버리고, 고장이 안 나도 싫증 난다고 새로 사고!'
'모든 인간이 다 그렇지는 않다, 쪼쪼야.'
'인간들의 진짜 정체를 내가 가르쳐 줘? 벌레야, 벌레! 우주의 기생충! 지구를 조직적으로 파괴하는 군집 박테리아!'
'그 박테리아들이 맛있는 음식을 다 가지고 있는 걸 어쩌냐.'
'안 먹어! 오늘부터.'

나는 슬그머니 밖으로 나와버렸다. 흥분한 사람이나 열받은 개 옆에 있어봤자 서로 좋을 게 없다.
오늘부터 안 먹는단 소리는 배고프다, 오늘부터 더 많이 먹겠다는 소리다.
여태 그랬다. 먹을 걸 구해다 줘 봐야지. 먹나 안 먹나.

주꾸미 집은 오늘따라 손님이 없고 내놓은 쓰레기도 없어서 보쌈 집을 살피는데, 엇! 웬 아저씨가 비닐 뭉치를 이리저리 흔들면서 나온다. 고기다!

사람들이 알뜰해진 것인지 짠돌이가 된 것인지. 밥이나 술을 먹다가 남으면 그냥 두고 가는데 요즘은 악착같이 싸간다. 식당에서도 당연한 듯 포장을 해준다.

그런데 비닐 뭉치를 든 아저씨가 작은 고뇌에 빠져있다.

"기껏 가지고 갔더니 먹던 찌꺼기 싸 왔다고 보나 마나 이놈의 마누라 또 종알종알…."

그렇게 혼잣말을 하다가 입간판 뒤에 숨은 나랑 눈이 마주쳤다.

"멍멍이 배고프냐? 그래 너나 먹어라."

비닐 뭉치를 휙 던져주었다. 이게 웬 떡! 나는 잽싸게 물고 달아났다.

아지트로 가니 쪼쪼가 포장도 벗기기 전에 눈을 번득이며 입맛부터 다셨다.

비닐봉지 속에서 종이상자가 나왔고 뚜껑을 열어보니 맛 좋게 삶은 돼지고기가 꽤 많이 들어있었다. 엇, 그런데 웬 술 냄새!

그 아저씨가 실수로 흘린 건지 소주병이 자빠진 건지 상자 바닥이 흥건했다.

쪼쪼는 멀쩡한 쪽을 골라 나를 주고 소주 묻은 고기는 자기가 낼름낼름 집어 먹었다.

'안 돼, 쪼쪼야!'

'괜찮아! 나 술 잘 먹어.'

'뭐? 술을 잘 먹어? 개가?'

'응. 나 많이 먹어 봤어'

'어디서?'

쪼쪼를 6층에서 던진 쪼쪼 주인은 술고래였고, 파출소에서 난동을 부린 적도 있는 주폭이었다.

그는 밖에서 진탕 마시고 집에 와서 또 마셨다. 그날도 대낮부터 곤드레만드레 취해서 들어와 냉장고를 뒤졌다.

쪼쪼는 그게 좋았다. 아저씨가 술을 마시면 대구포를 얻어먹을 수 있기 때문에. 그런데 그날은 대구포를 주지 않고 개 밥그릇에 맥주를 가득 부었다.

"너도 한잔해라."

쪼쪼는 우물쭈물 뒷걸음질을 쳤다. 아저씨가 덥석 목덜미를 잡았다.

"먹어봐. 좋은 거야, 임마. 한 대 맞고 먹을래 그냥 먹을래?"

여대생 딸이 기겁을 하고 뛰어나왔다.

"아빠, 미쳤어? 누가 개한테 술을 먹여! 개는 술 먹으면 죽어요!"

"죽나 안 죽나 한번 보자."

하지만 쪼쪼는 그 맥주를 다 핥아먹었고 죽지 않았다.

'우와~ 쪼쪼, 너 웃기는 개다! 그 주인에 그 개잖아.'

'그런 내가 이까짓 소주 묻은 돼지고기쯤 무슨 대수겠냐. 걱정 마.'

쪼쪼는 계속 낼름낼름, 그 고기를 다 먹었다.

그러나 나는 안다. 술은 무섭다. 일단 몸에 들어가면 불이 붙기 시작한 폭죽하고 똑같다. 크든 작든 반드시 소리를 내고 불꽃을 뿜는다.

아니나 다를까. 쪼쪼는 오줌을 누러 간다고 비틀비틀 일어나더니 옆으로 픽 쓰러졌다. 코 골고 자나 보다 했는데 다시 발딱 일어났다. 하지만 소리 지르거나 난동을 부리지 않고 다시 얌전히 누워 잠이 들었다.

그런데 웃기는 이 쪼쪼 녀석, 중얼중얼 잠을 자면서 주정을 했다.

'누가 나 술 먹였어… 이 새끼… 창밖으로 확 던져버린다.'

나는 깜짝 놀랐다. 아파트 창밖으로 내던져져 죽을 뻔한 개가 나를 창밖으로 던진다고? 소름이 돋았다. 믿어지지가 않았다.

-아이와 개는 뭐든 따라 한다. 못된 짓은 더 잘 따라 한다.-

아무리 그렇기로 개가 주폭 주인 놈 술버릇까지 따라 한단 말인가.

다음 날 쪼쪼는 머리가 아파 죽겠다면서 밥도 안 먹고 종일 누워만 있었다. 그러나 쪼쪼는 결단력 있는 개였다.

그날 이후, 골목에서 술 냄새가 나면 얼굴을 찡그리고 피해서 갔다.

제발 개 좀 그만 버려라

쪼쪼는 실추된 사나이 명예를 회복한다고 갑자기 부지런해졌다. 아직 해가 지지도 않았는데 야식거리 구해온다며 아지트를 나섰다. 그리고 우당탕 다시 뛰어 들어왔다.

'야, 똥개. 낮잠 그만 자고 일어나 봐. 빨리!'

'왜 그래? 동물구조대 떴냐?'

'너 나 몰래 여자 만나고 다녔냐?'

'무슨 소리야, 갑자기.'

'빨리 나가 봐. 너 찾아왔나 봐.'

얼른 나가보니 진짜로 암캐 한 마리가 축대 밑에 앉아 있다.

하지만 처음 보는 전혀 모르는 개였다.

'내가 아니고 쪼쪼 너 찾아왔나 본데?'

'나도 생판 모르는 갠데?'

'어디가 아픈가 봐. 기운이 하나도 없어 보이잖아.'

'너무 오래 굶었나? 북어 대가리 하나 줄까?'

우리는 같은 유기견이라고 암캐를 안으로 데려갔다. 3살쯤 된 비쩍 마른 개가 배만 유달리 빵빵하다 했더니 앗! 아니 이런!

출산이 임박한 임산부 암캐였다.

숨을 몰아쉬던 암캐가 갑자기 끙끙 제자리를 뺑글뺑글 돌고 있다. 북어 대가리를 먹지도 않고.

'새끼를 낳을 모양이야. 얼른 비켜주자.'

우리는 군말 없이 아지트를 비워주고 공원으로 갔다. 개나 고양이나 누가 옆에 있으면 새끼를 못 낳는다.

아카시 나무 밑에 앉아 달구경을 하는데 쪼쪼가 자꾸 '몇 마리 낳았을까?' 빨랑 가보자고 했다. 나는 안 된다고 했다.

두 밤을 자고 가니 꼬물이 세 마리가 암팡지게 엄마 젖을 빨고 있었다. 어미 개가 크르르르 이빨을 드러냈다. 우리 은혜도 모르고. 하지만 엄마 개가 기특하고 장하고 존경스러웠다.

나도 쪼쪼도 저렇게 태어나 저렇게 젖을 먹었다.

아이는 하늘의 선물, 아이는 어른의 아버지, 아이는 국력이라고 하면서 아이 키울 자격도 없는 인간들이 아이를 몰래 낳아 화장실에 버리고, 교회 앞에 버린다. 젖도 안 주고, 시끄럽게 운다고 때리고, 땅에 파묻기도 한다. 개는 절대로 그러지 않는다. 제 목숨이 끊어져도 새끼를 포기하지 않는다. 지진이 나고 시뻘건 산불이 덮쳐와도 새끼를 끌어안고 아기를 살리고 대신 타죽는다.

꼬물이들을 핥아주다 보니 한 달이 금세 지나갔다.

그런데 오잉? 쪼쪼랑 꼬물이 주려고 간식거리를 구해왔더니 꼬물이들이 안 보인다. 엄마도 안 보인다.

소 떼가 풀을 찾아가듯 엄마 개가 가족을 이끌고 떠나버린 것이다. 이제 곧 진드기한테, 모기한테 뜯기면서 세상 지옥맛을 볼 것이다. 자동차는 더 무섭다. 차라리 보호소로 끌려가는 게 나을지도 모른다. 그러나 분양이 안 되면 전 가족이 안락사 할 수도 있다.

1년에 버려지는 개 10만 마리 중, 엄마가 되는 개를 10%만 잡아도 수만 마리 강아지가 쏟아진다.

동물구조대가 무섭다, 야속하다 해도, 그들 덕분에 유기견 대홍수를 한 해 한 해 기적처럼 버티고 있다.

쪼쪼는 강아지 유기견을 볼 때마다 분통을 터뜨린다.

'새끼를 배게 하는 수캐 유기견 놈들 고추를 잘라버려야 해.'

하지만 그게 쉬운가. 아무리 비참하게 사는 유기견들이라 해도 사랑을 할 자유는 있다. 고추를 자르고 말고는 신의 소관이다.

"개를 버릴 때 중성화수술을 시켜서 버려라" 말하기야 쉽다. 바랄 걸 바라야지. 피부병 약값 든다고 개를 버리는 사람이 그런 돈을 쓰겠나.

"개 유기 무조건 구속수사!" 목이 터져라 외치지만 그러면 더

은밀하게 개를 버릴 것이다.

"키울 여건이 안 되면 제발 개를 키우지 마시라!" 통사정을 해도 말 안 듣는다.

자유민주주의 국가에서 남이사 개를 키우든 코뿔소를 키우든 웬 잔소리냐! 왜 국민의 취향까지 국가가 간섭하느냐 고래고래 악을 쓴다.

개뿐만 아니라 고양이, 토끼, 미니 돼지, 다람쥐, 사막여우…. 예쁘고 귀여우면 무조건 집으로 데려가려 한다. 그리고 얼마 후 나 몰라라 아무 데나 버린다.

길거리에, 들판에, 골목에 처참한 몰골을 한 희귀동물이 너무 많다. 꽃을 마구 꺾어가서 쓰레기통에 처박는 것과 별로 차이가 없다.

"동물을 지옥으로 내몰면 온 세상이 지옥."

이 말은 개를 함부로 버린 사람들이 지옥을 만드는 데 힘을 보탰단 소리다. 지옥을 조성하는 데 성금을 낸 셈이니 반드시 지옥 유공자 명단에 이름이 오를 것이다.

개도 구천을 떠도는 원혼이 있다.

살아생전 개를 버렸던 이들도 인생을 마감하고 황천을 건너갈 때 그들 원혼을 만날지 모른다. 성난 원혼들은 유공자들을 호락호락 놓아주지 않을 것이다.

쪼쪼의 첫사랑

쪼쪼는 보면 볼수록 알면 알수록 웃기는 개다.

그가 소시지보다 좋아하는 것은 곱창도 막창도 아니다. 햄버거도 닭발도 양꼬치도 아니다. 쪼쪼가 진짜로 좋아하는 것은 꽃이다.

개도 가끔 풀을 뜯어 먹지만 쪼쪼는 꽃을 먹는 게 아니다.

지그시 감상을 한다. 꽃송이에 빨려 들어가듯 냄새를 맡는다.

돼지껍데기 집은 그냥 지나쳐도 꽃집은 그냥 못 지나간다.

멀찍이서 혹은 바짝 다가가 감상을 하고 이야기를 주고받고 꽃향기를 맡아보고서야 간다.

"아아니, 저놈의 개가 어따가 더러운 코를."

쪼쪼는 꽃집할머니 빗자루에 몇 번을 맞았는지 모른다.

그 쪼쪼가 꽃이 만발한 4월 어느 날 지독한 사랑에 빠졌다.

연두색 철책을 둘러친 그 이층집은 마당 안이 훤히 보였다.

이름 모를 꽃들이 '나 좀 봐주세요!' 다투어 피었고 쪼쪼는 당연히 그 집에 꽂혔다.

철책 사이로 삐죽삐죽 얼굴을 내민 꽃에 미친 듯 코를 대고 쿵쿵쿵! 쪼쪼는 매일매일 좋아 죽었다. 쪼쪼는 행복했다.

게다가 그게 금상첨화인지, 그 집에는 예쁜 암캐도 있었다. 그녀는 유기견을 경계하지 않고 꼬리를 치면서 호감을 표했다. 암캐도 첫사랑, 쪼쪼도 첫사랑.

두 암수캐는 어느새 뜨거워진 가슴을 서로 확인하고 매일 철책 사이로 주둥이를 비벼댔다.

그러나 사랑은 고난의 수레바퀴였다. 이층집 사모님은 떠돌이 유기견을 사위로 맞을 생각이 1도 없었다.

"아니, 저런 더러운 개가 어딜 와서."

앙칼지게 소리치며 물바가지를 퍼부었고, 예쁜 암캐를 이층 구석방에 가두어 버렸다. 암캐는 슬피 울었고 쪼쪼도 이층을 올려다보며 까옹까옹 울부짖었다.

사모님은 그 꼴마저 못 보겠다면서 고교생 아들딸까지 동원했다. 식초를 잔뜩 탄 물을 준비했다가 쪼쪼가 나타나면 분무기로 집중 난사했다. 쪼쪼가 화들짝 놀랐지만 물러나지 않았다.

사모님과 아들딸은 멧돼지를 사냥하는 엽사를 방불케 했다. 덕분에 쪼쪼는 거의 매일 물에 빠진 생쥐 꼴로 캑캑거리며 몸을 털어댔다.

옆에서 보다 못한 내가 쪼쪼를 붙들고 애원했다.

'얌마, 이게 무슨 꼴이냐? 그만 포기해라! 다른 동네 가도 암캐는 많다. 아주 깔렸다. 내가 책임지고 알아봐 줄게. 그만 가

자! 제발 쪼쪼야.'

그러나 쪼쪼는 듣지 않았다. 놈은 정말로 사랑에 빠져있었다.

운명의 그날.

사모님의 유기견 퇴치 작전은 식초 탄 물만이 아니었다.

오, 세상에! 철책 안으로 얼굴을 디민 쪼쪼를 향해 보기만 해도 아찔한 하이힐 한 짝이 바람을 가르며 날아왔다.

악! 하고 전봇대 뒤에 있던 내가 먼저 비명을 지르는 순간, 쪼쪼 머리에 뾰족한 하이힐이 명중했다. 쪼쪼는 개앵! 나무토막처럼 고꾸라졌다.

사람이면 119를 부를 텐데 개가 핸드폰이 있나. 나는 그저 피가 나는 쪼쪼 머리만 핥았다.

그때 오토바이 한 대가 급히 멈춰 섰다. 반마리치킨 배달 기사였다.

"뭐야? 큰 개한테 물린 거냐?"

그는 쪼쪼를 이리저리 살피고 '죽지는 않았다'면서 1회용 반창고를 꺼내 붙여 주었다. 그리고 바삐 오토바이 시동을 걸면서,

"미안하다, 멍멍아. 병원에 데려가야 하는데. 야, 어떡하냐. 나도 먹고살아야지.'

하면서 부르릉 사라졌다.

쪼쪼는 한참 만에 눈을 떴다. 겨우 몸을 일으켰지만 술 취한 사람처럼 똑바로 못 서고 비틀거렸다.

이층집은 쥐 죽은 듯 고요했다. 자기들도 놀라서 숨을 죽이고 있는 듯했다. 암캐가 요란하게 짖어댔지만 유리창에 막혀 볼륨을 죽인 TV 화면 같았다.

나는 쪼쪼를 부축해 일단 무시무시한 그 집을 벗어났다.

쪼쪼를 공원에 뉘어놓고 사방을 뛰어다니며 물과 빵조각을 물어왔다. 개 몸에 좋다는 북어와 먹태, 닭발도 주워 왔다.

그러나 쪼쪼는 먹지 않고 잠만 잤다. 북어 대가리를 잘게 씹어서 입에 넣어주는데도 쪼쪼는 삼키지 않고 뱉어냈다. 아파서가 아니고 굶어서 죽을 것 같았다.

애간장을 태우며 세 밤을 보냈다.

갑자기 음악 소리가 났다.

등산복을 입은 할아버지가 핸드폰 소리를 잔뜩 높이며 지나간다. 노랫소리가 쩌렁쩌렁 공원을 울렸다.

이왕 노래를 틀 거면 쪼쪼가 좋아하는 '곰 세 마리가 한 집에 살아 엄마 곰 아빠 곰~' 같은 것이나 틀지. 그러나 핸드폰에서 터져 나오는 노래는 아주 슬픈 대중가요였다.

"앞산 노을 질 때까지 호밋자루 벗을 삼아

화전밭 일구시고 흙에 살던 어머니~"

돌아가신 어머니를 애타게 부르는 아들의 사모곡이었다.

가뜩이나 쪼쪼 때문에 심란한데 그 노래에 나는 더 울적해졌다. 사람이나 짐승이나 어머니 소리에는 왜 그냥 눈물부터 나고 가슴이 미어지는 것일까.

하지만 우리 엄마는 어디 사는지, 죽었는지 살았는지 알 수도 없다. 그 흔한 동영상은 고사하고 빛바랜 사진 한 장 없다.

등산복 할아버지도, 다 늙어 할아버지가 돼서도 엄마 생각을 할까? '응, 그래! 나도 엄마 생각을 해!' 하듯이 할아버지가 볼륨을 더 높였다.

"자나 깨나 자식 위해 학처럼 살다 가신 어머니,

이제는 눈물 말고 무엇을 바치리까~"

그 순간 나는 결심했다.

쪼쪼가 죽으면 마포 강변, 지 엄마 곁에 묻어줘야지!

하지만 쪼쪼야, 나는 너한테 눈물 말고 바칠 게 없다.

하지만 걱정 마라. 네가 그토록 좋아하던 장미꽃 한 송이랑 매운맛 소시지 한 개는 꼭 구해서 네 무덤에 놓아줄게. 약속!

앗! 그런데 이게 웬일! 3일간 잠만 자던 쪼쪼가 부스스 일어나는 게 아닌가!

'쪼쪼, 어떻게 된 거야? 살아난 거냐?'

쪼쪼는 휘청휘청 컵라면 그릇 있는 데로 걸어갔다. 그 속에 든 생수를 할짝할짝 먹고 있다. 옆에 놓인 빵조각도 먹고 북어포도 먹는다. 쪼쪼가 살아난 것이다.

'쪼쪼야!'

나는 어찌나 반갑고 고마운지, 녀석을 와락 끌어안고 깽깽 깨갱갱! 목 놓아 울었다.

그런데 쪼쪼 이 나쁜 놈!

내가 그렇게 기쁨에 복받쳐 울면 저도 같이 '똥개야, 고맙다!' 하면서 함께 붙들고 울면 어디가 덧나.

쪼쪼는 아무 말도 안 하고 비틀비틀 떡갈나무 밑동으로 가더니 다리 한 짝을 들고 오줌을 누었다.

아주 오래 오래 오래.

개 눈치

우리가 끔찍한 산전수전을 겪을 때 세상도 변해갔다.

-늘어진 상팔자 부잣집 개-

이것은 수천 년간 '만고불변'으로 통했는데 이제는 아니다.

부잣집 개가 잘 먹고 잘사는 게 아니고 부잣집 개는 너무 못 먹는다!

개들이 여기저기서 수군대고 전국의 개 민심이 들끓고 있다.

대체 어찌 된 일일까?

"개를 잘 먹이면 안 돼. 큰일 나! 동물병원 약값, 치료비가 한두 푼이냐! 밥도 쪼끔 주고 운동을 빡세게 시켜라."

잘사는 집일수록 개 살기가 힘들어진 이 풍진세상!

사료를 저울에 올렸다 내렸다 정도는 아날로그 구두쇠다.

냄새만 맡아도 고소한 기름 덩이, 삼겹살, 닭가슴살은 물론 햄, 소시지까지 개 밥상에서 없애는 추세란다. 그 맛있는 걸 개는 안 주고 자기네만 먹는단다. 개도 고혈압, 당뇨, 관절염이 걸릴 수 있기 때문이란다.

자기들이 의사인가? 그럼 지들은 왜 먹나? 앞뒤가 맞는 소리를 해야지!

개들이 와글와글 들고 일어나자 개 박사가 TV에 출연해 성명을 발표했다.

"전국의 멍멍이 가족 여러분을 사랑하기 때문이다. 이 자리를 빌려 견주님들께도 간곡히 부탁드립니다. 반려견을 정말 사랑하신다면 적게 먹이세요! 반려견이 미워서 빨리 병원 보내고 싶으면 고기를 주고 짜장면 먹이세요!"

나는 귀가 번뜩! 즉각 호응했다.

'괜찮습니다! 저를 미워해 주세요! 아주 학대하고 저주해 주세요.'

내가 그렇게 난리를 치는데도 쪼쪼녀석은 덤덤했다.

'뭘 그리 소란을 떠냐? 소파에 누워 편히 사는 집개들 얘기지. 떠돌이들은 해당 사항 없다.'

'무슨 소리야. 사회 분위기, 쓰레기 흐름이란 게 있다! 결국 그만큼 유기견도 숟가락 걸칠 데가 없어진다.'

'신경 꺼! 세상은 넓고 쓰레기는 많다.'

'더 심해지기 전에 뼈다귀와 북어 대가리를 확보해 놔야 한다.'

'염려 마. 인간들은 여전히 낭비하고 버리고 흘린다.'

'세상이 자고 깨면 변한다니까.'

그랬다. 주부들 분리수거가 부쩍 깐깐해졌다.

갈비탕, 족탕 집에서도 뼈다귀를 바닥에 버리는 것은 옛날에나 그랬고, 뼈 담는 그릇을 따로 준다. 식당 바닥이 말끔하다. 사장님들 왜 그러세요? 그렇게 할 일이 없으면 경마장에 가시든지 고스톱이라도 치세요!

나쁜 일은 거푸 일어났다. 횡단보도를 건너가다 말고 쪼쪼와 나는 얼어붙고 말았다.

서서갈빗집 우리 아지트가 헐리고 인테리어 공사가 한창이다.

간판도 어느새 '토종 곱창'으로 바뀌었다. 할 수 없이 우리는 별장(공원)으로 거처를 옮겼다.

사람들은 방을 빼면 짐을 싸고 이삿짐센터랑 교섭을 하고 야단법석이지만 개는 짐이라야 개털뿐이다. 우리는 라일락 나무 아래서 북어 대가리를 뜯으며 집들이를 대신했다.

저쪽에서 누가 담배를 피워 연기가 우리 쪽으로 날아왔다.

쪼쪼가 캑캑 기침을 하고 오만상을 찌푸렸다.

담배 연기 범인은 대학생 같다. 당장 왈왈왈 따지고 싶지만 참았다. 힘들게 사는 요즘 젊은이들 건드리면 안 된다.

대학생은 담배 연기랑 한숨을 같이 뿜었다. 저 나이에 무슨 고민이 많아 저리도 한숨을 쉴까? 한숨은 원래 할머니들 것인데 요즘은 젊은이들도 자주 애용한다.

쪼쪼가 '여자친구랑 싸웠거나 취업 문제'라고 했지만, 아니다. 내가 냄새로 때려보니 둘 다 아니었다. 쓸쓸히 사라지는 뒷

모습을 보고 나는 그의 고민을 금방 알아냈다. 그것은 바로 눈치라는 것이었다.

그는 요즘 엄마 아빠 눈치를 살피느라 괴롭다. 대학생은 대체 무슨 문제로 그렇게 눈치를 볼까?

그것까지는 알 수 없지만 눈치라는 거 이거 별것 아닌 것 같아도 절대로 무시 못 한다. 개가 웬 눈치가 그리 빠삭하냐고?

개는 코로 먹고살지만 개는 원래 눈치의 신이다.

개들을 잘 보라. 큰 개든 작은 개든, 잘생겼든 못생겼든 개는 1초도 쉬지 않고 눈알을 굴린다. 쉴 새 없이 눈치로 정보를 모으고 눈치로 살아갈 궁리를 한다.

개의 일생은 눈치의 일생. 만약 눈치를 보지 않는 개가 있다면 그 개는 죽은 개다.

나 역시 유기견으로 살면서 하루하루를 눈칫밥으로 생존해 왔다. 외롭고 서러운 삶에 눈치가 없었다면 벌써 죽었고 이 자리에 없다.

개만큼은 아니지만 인간도 눈치 속에 한 인생을 산다.

역사를 거슬러보면 눈치는 원래 왕을 모시던 내시나 상궁들의 전유물이었다. 그것이 언제부터인가 보신에 효험이 있다 하여 급속도로 유행하게 되었다.

"상감마마, 아니 되옵니다. 그리하면 나라가 망합니다."

바른 소리를 하면 당장 목이 뎅겅 날아갈지 모르던 시대.

벌벌 살살살 눈치만 살피면서 시간을 때우고 자리를 보전했다. 충신, 간신을 불문하고 눈치 잘 보는 신하는 대부분 살아남았다.

눈치 빠른 삽살개도 복날을 무사통과해 대를 이어갔다.

눈치는 일반백성들에까지 만병통치 테크닉이 되었고, 그것이 해를 거듭할수록 진화했고, 오늘날까지 회사마다 조직마다 널리 보급돼 절찬리에 애용되고 있다.

오늘날 재벌이나 권력자는 눈치에 온통 포위되어 있다고 해도 과언이 아니다. 좋은 아이디어보다 눈치로 일관하는 참모 및 부하 직원들. 그것을 뻔히 알면서 용인하는 보스.

사실은 보스도 눈치 하나로 그 자리에 올랐다. 참으로 개탄할 일이다. 개가 탄식할 일이다.

그런데 쪼쪼 녀석이 부쩍 내 눈치를 살핀다.

언제나 솔직하고 직설적인 쪼쪼가 무슨 일일까? 혹시 나 몰래 숨겨놓은 양갈비라도 있나? 혹시 나 몰래 유부녀 암캐라도 만나나?

왜 자꾸 내 눈치를 볼까?

탈서울

빌라촌에 노다지가 널렸다는 소문이 있어 가봤더니 진짜였다.

경비가 허술한 데다가 일반 쓰레기 봉지에서 쿠키와 막대과자, 초콜릿 부스러기가 엄청 나왔다.

쪼쪼랑 신나게 먹고 있는데 응? 이게 무슨 비명소리?

"아이구, 아파라! 이놈 새끼가 엄마를 물어."

빌라 4층 할머니가 자기 집 개한테 물렸단다. 15년이나 키워준 주인을, 그것도 밥을 주는데 물었단다.

하기는 유학까지 갔다 온 아들이 돈에 눈이 뒤집혀 제 부모를 해치는 일도 있다. 4층 개는 그렇게 주인 재산을 노린 게 아니고 이런 쯧쯧! 개가 치매란다.

개도 치매가 온다. 우편집배원이나 택배기사가 오면 좋다고 꼬리를 치고, 십몇 년 밥을 준 주인은 물고….

다시 들려오는 긴급 소문.

4층 빌라 큰아들이 개를 안락사시키기로 했단다. 그 결정을 내리기까지 얼마나 고심했을까. 우리도 무척 마음이 아팠다.

'제발 다음 생에는 치매 같은 거 모르는 건강한 개로 태어나

라! 이왕이면 고기 많이 주는 부잣집 개로.'

　내가 무심코 혼잣말을 했는데 쪼쪼가 발끈했다.

　'개가 꼭 부잣집에 태어나야 행복하냐?'

　'당연하지. 굶기고 학대하는 집보다야.'

　'개로 태어난 그 자체가 불행인 거야. 부자들이 개가 예뻐서 비싼 옷 입히고 사진 찍고 그러냐? 개는 단지 자기 자신을 돋보이게 하는 소품인 거야.'

　'왜 화를 내? 나는 덕담 한마디 한 건데.'

　'그럼 개로 태어나지 말라고 해야지.'

　'개로 안 태어나면?'

　'차라리 모기나 파리! 걔들은 쫓겨나지도 않고 비참한 떠돌이 생활 안 하잖아.'

　'그래 그럼 쪼쪼 너는 요담에 모기로 태어나라.'

　'나는 하늘을 훨훨 나는 참새로 태어날 거야.'

　'바보! 참새구이가 되는 수가 있어요.'

　'그럼 배추나 시금치.'

　'동물이 아니잖아. 걸어 다닐 수가 없잖아.'

　'더 좋지. 다리 안 아프고.'

　확실히 쪼쪼가 이상해졌다. 하지만 치매는 절대 아니다. 기억력이 좋아 고기를 준 주방장 누나 뺨에 묻은 튀김가루도 정

205

확하게 기억한다. 그런데 왜 자주 화를 낼까?

바로 다음 날 쪼쪼의 속셈이 전부 드러났다. 갑자기 정육점을 가잔다. 나는 녀석이 뼈다귀 루트를 새로 하나 뚫었나? 기대를 품고 쫓아갔다. 그런데 그가 간 곳은 정육점이 아니고 그 바로 옆 가게 '농산물 직거래 버전'이었다.

'뭐야? 웬 농산물?'

쪼쪼는 아무 말 않고 직거래 버전 주차장을 가리켰다.

'좀 있으면 아저씨 올 거야.'

'아저씨?'

'버섯, 고사리, 더덕을 트럭에 싣고 오는 지리산 아저씨.'

'그래서 그거 얻어먹자고?'

'아저씨가 그거 내려놓고 설탕, 소금, 식용유를 싣고 9시에 다시 출발할 거야. 지리산으로.'

그제야 쪼쪼의 흉계를 알아챘다.

녀석은 트럭을 훔쳐 타고 지리산을 갈 작정이다. 그는 도시 탈출 야망을 포기하지 않고 꾸준히 기회를 노려왔던 것이다.

나는 펄쩍 뛰며 초를 쳤다.

'또 그놈의 도시탈출이냐? 덜렁 산에 갔다가 아닌가비어! 되돌아오는 사람이 수억이다. 도시 살던 개는 산에 가면 그냥 죽음이야, 멍청아.'

'산에도 많은 동물들이 잘 살고 있어.'

'영하 20도 30도 겨울 돼 봐라. 멧돼지들도 못 견디고 민가로 내려오는 거 TV로 못 봤어?'

'폭설 때는 가까운 절에 가면 돼. 부처님은 유기견이라고 차별하지 않고 재워주고 밥도 주셔.'

'그동안 연구 많이 했네! 그래, 그렇다 치자! 너 나를 두고 혼자 산에 가서 곰, 토끼랑 이야기할래? 대화가 돼? 너는 혼자 고독사하는 거야.'

'내가 왜 혼자야?'

'!?'

골목 저쪽에서 낯익은 개 한 마리가 숨을 헐떡이며 달려왔다. 바로 그 개! 꽃이 만발했던 이층집 그 암캐!

그동안 둘이 무슨 첩보작전을 폈는지 타이밍도 절묘했다.

암캐는 왕실도 버리고 쪼쪼와 운명을 같이하겠다는 것일까?

사람이나 개나 여자는 세다. 너무 용감하고 겁이 없다.

안정된 직장, 부귀영화를 다 내던지고 오직 사랑을 향한 일직선. 저 험준한 지리산 계곡으로 남자와 함께 떠나겠단다.

나는 떡 벌어진 주둥이를 다물지 못했다.

농산물 트럭이 시동을 걸었다.

숨어있던 쪼쪼 커플이 번개같이 트럭 뒤로 뛰어올랐다.

앗! 하는 사이 트럭이 부르릉 출발했다.

사람이나 개나 이별의 순간이 오면 '잘 가라! 몸조심해라!'
인사말을 주고받는데 쪼쪼는 조용히 손만 흔들었다.

내가 뒤늦게 '쪼쪼야, 저기…' 하는데 트럭이 금방 시야에서
사라졌다. 나는 한참을 멍청히 앉아 있었다.

배고픈 개로 보였는지 정육점 아저씨가 기름 덩이 하나를 던
져주었다. 나는 먹지 않고 자리를 떴다.

사람들은 친구나 애인이 멀리 떠나면 별별 소리를 다 한다.
가슴이 찢어진다. 창자가 끊어진다. 가슴에 구멍이 뻥 뚫렸다.
가슴에 구멍이 나면 죽는데 죽지 않고 펑펑 엉엉 운다.

콧날이 시큰해지고 눈이 아파 오네요~ 노래도 한다. 가슴이
찢어지도록 아픈데 노래가 나오나. 나는 울지 않았다.

개는 콧날이 시큰해지면 큰일 난다. 개 코는 생명의 대동맥
이다. 눈이 아파도 안 된다.

나는 오솔길을 더듬어 마포 강변으로 갔다. 쪼쪼를 따라 몇
번 가본 적이 있는 개나리 숲. 녀석은 자기 엄마가 잠든 곳이라
면서 갈 때마다 꺼잉꺼잉 울었다.

하지만 그 자리는 해마다 홍수로 몇 번이나 휩쓸려 간 곳이
라서 솔직히 무덤이랄 수도 없었다. 나는 쪼쪼 대신 성묘를 간
것이 아니다. 따지러 갔다.

'아줌마! 쪼쪼 어머니! 내 말 들려요? 세상에 이럴 수가 있는
겁니까? 아줌마 아들이 나를 배신하고 못생긴 암캐랑 지리산

으로 튀었다고요! 그런 싸가지를 어떻게 자식이라고 낳았죠? 책임지세요! 나 지금 가슴에 구멍이 뚫리고 눈이 아파 온다고 요.'

그러나 아무리 모래바닥을 긁어도 대답이 없었다.

찌그러진 콜라 깡통 두 개와 담배꽁초들이 '어떤 미친개가 남의 무덤을 파헤치고 난리야?' 화를 내고 나를 쏘아보는 것 같았다.

나는 머쓱해져 엉덩이를 털고 개나리 숲을 나왔다.

정직하게 고백하자면 나는 쪼쪼를 욕할 자격이 없는 개다.

내가 처음 마포 강변에 갔을 때 쪼쪼가 불쑥 물었다.

'똥개 느이 부모님은 살아계시냐?'

나는 우리 엄마 아빠 얼굴도 모른다고 했다. 거짓말이었다. 쪼쪼는 뭐든 내게 솔직히 다 말했는데 나는 친구를 속였다. 세상에서 제일 나쁜 짓이 친구한테 거짓말을 하는 것이다.

보호소 시절. 내가 두 번째로 안락사 직전까지 갔을 때.

보호소를 방문한 교회 집사님이 나를 구해주셨다. 그런데 참으로 신기하게도 그분의 집이 서울 근교, 나를 시장에 처음 내다 판 할머니 동네였다. 그것도 불과 서너 집 건너 이웃.

어느 날 그 집에 놀러 온 할머니가 나를 뚫어지게 살피더니.

"오마나 오마나! 야가 갸 아녀! 시~ 상에! 이 멍멍이가 지 고향 찾아와 부렀네! 니 엄마가 보믄 알아볼 텐디 워쩌냐. 니 엄마 강원도 목장으로 가부렀으니….”

할머니는 나를 데리고 내가 태어난 이장님 댁으로 갔다.

이장님은 안 계시고 마당 구석에 작달막한 누렁이 한 마리가 뼈다귀를 뜯다가 발딱 일어났다.

“인사 허랑께. 느이 애비여! 아부지.”

누렁이는 자식을 알아보기는커녕 무시무시한 이빨을 드러냈다. 개 줄만 아니면 나는 물려 죽었다. 할머니는 얼른 나를 데리고 밖으로 나왔다.

그 후로 나는 몇 번 이장님 댁을 기웃거렸는데, 누렁이가 제 밥그릇 근처에도 안 간 나를 잡아먹을 기세로 경계했다.

쪼쪼한테 창피해서 말을 못 꺼낸 우리 아빠, 우리 아버지.

그래도 진짜 친구라면 말해야 했을까?

제 자식을 밥그릇 노리는 적으로 보는 아버지의 야만적 태도는 겨우 빙산의 일각이었다.

말하기 부끄러워 쪼쪼한테 입을 꾹 다물었지만 우리 아버지는 동네에서 소문난 바람둥이 개였다.

옆집 암캐랑 관계를 맺고, 다시 그 이웃집 암캐를 꼬셔 일을 내고 다시 옆집, 그것도 성에 안 차 이웃 동네로 원정을 가서 닥치는 대로 사랑을 했다. 이 동네 저 동네 암캐들이 새끼를 뱄

다. 모두 나랑 형제다. 배다른 형제.

그런 짓을 하는데도 동네 사람들은 야단도 안 치고 껄껄 웃기만 했다. 오히려 부러워하는 할아버지 할머니까지 있었다.

"난 놈이야, 난 놈! 여기도 후궁, 저기도 후궁! 조쪽에는 애첩, 요쪽에는 작은 마누라."

"썩을 놈이 새끼들 양육비나 제대로 준대요?"

"양육비가 어딨어. 카사노바 한량이."

"암컷들이 더 좋다고 지랄이여, 암컷들이."

"쪼깐한 것이 힘도 좋아. 인삼 뿌리 먹었다냐."

"아이구 징해라. 그늠 땀시 동네 평판이 뭐가 되아."

"여복을 타고 난 놈을 누가 말려. 어허허."

뒤늦게 사태의 심각성을 알았는지 어느 날 담 너머를 보니 이장님이 우리 아버지를 개 줄에 잡아맸다. 콧잔등을 연신 쥐어박고 호되게 야단을 치고 있었다.

"사방팔방에 씨를 뿌려놓고 또 다른 데 전을 벌여? 이눔 이눔! 도대체 윤리 도덕이 있는 개여? 이 잡것."

그래 놓고 하루나 이틀 지나면 슬그머니 풀어주곤 했는데 이번에는 달랐다. 절대로 풀어주지 않았다.

아버지는 밥도 안 먹고 꺼잉꺼잉 울었다. 밤에 잠도 안 자고 늑대처럼 울어대 동네가 다 시끄러웠다.

아무리 못된 짓을 했기로, 자식으로서 가슴이 아파 나도 잠을 편히 못 잤다.

나는 살그머니 집을 빠져나와 이장님 댁으로 갔다.

아버지가 나를 보더니 이빨을 드러내지 않고 처음으로 꼬리를 쳤다. 나는 그만 눈물이 났다.

얼른 아버지 곁으로 다가갔다. 나는 온 힘을 다해 아버지를 묶고 있는 개 줄을 물어뜯기 시작했다. 쇠줄도 아닌 나일론 빨랫줄이 뜻밖으로 질겼다.

그러나 나는 효도 일념으로 기어이 개 줄을 끊어냈다. 아버지가 후다닥 집 밖으로 뛰어 나갔다. '아들아, 고맙다!' 인사 한마디 없이…. 보나마나 침 발라놓은 옆동네 암캐에게 가는 거 나는 안다.

내가 고향을 뜬 것은 개 줄을 끊은 후환이 두려워서가 아니다.

꿈에 그리던 핏줄이었지만 나는 그 개가 싫었다. 그 개 옆에 있기 싫었다. 그냥 싫었다.

마포 강변에 앉아 곰곰 생각해 보았다.

콜라 깡통 뒹구는 엄마의 무덤을 수시로 찾아가 꺼잉꺼잉 우는 쪼쪼가 효자일까. 암캐를 못 만나러 가 늑대처럼 울던 우리 아버지 개 줄을 끊어준 내가 효자일까.

그러나 나는 창피해서 끝내 말을 못 했다. 세상에서 가장 더

티한 아버지와 아들의 감춰진 비밀.

쪼쪼야, 미안하다. 몇 번이나 털어놓으려고 눈치를 살피다가 번번이 기회를 놓쳤다. 용서해라.

사랑은 아무나 하나

아지트를 정리하고 공원을 나와버렸다.

대로변 미니공원 풀섶에 얼렁뚱땅 새 거처를 마련했다.

떠난 친구를 잊으려고 이사까지 했는데 그래도 눈에 밟힌다.

사람들은 상처받으면 기분 전환한다고 머리를 자르거나 게임에 몰두하는데 나는 게임기도 자를 머리도 없다.

사방에 핀 꽃을 보니 꽃을 좋아했던 쪼쪼 놈이 또 생각난다.

나도 쪼쪼처럼 사랑을 해볼까? 그걸 하면 어떤 기분일까?

노래방 기계가 찌끔 가르쳐 주기는 했었다.

"사랑이 무어냐고 물으신다면 눈물의 씨앗이라고 말하겠어요~"

옛날에는 분명 그랬었단다. 정이 넘치고 눈물이 수돗물처럼 흔했던 시절. 청춘남녀들이 울고 울고 또 울었다.

"헤일 수 없이 수많은 밤을~"

"돌아와요, 부산갈매기~"

"비 내리는 호남선 차창 밖으로~"

"끝도 시작도 없는 사랑의 미로여~"

214

초등학생, 중학생, 아가씨, 아줌마는 물론 개밥 주는 할머니까지 따라불러 멍멍이들도 다 아는 이별과 눈물의 노래.

그러나 세상이 변했다. 눈물도 말랐다. 떠나가도 울고불고하지 않는다. 갈 테면 가라! 애끓는 사랑도 가슴을 찢던 미련도 다 멸종했다.

'먹고살기 바빠 죽겠는데 그런 거 할 시간이 어딨어?'

'우리 집 소 뼈다귀 열 개 있는데 느이 집은 뭐 뭐 있어?'

'나랑 결혼하면 한 달에 닭발 몇 개 들여올 거야?'

개는 이러지 않는다. 쩐 없다고 사랑 못 하는 개가 어디 있는가. 개는 다 식은 커피 앞에 놓고 잔머리 굴리고 거짓말하지 않는다. 단지 번갯불에 콩 구워 먹듯 사랑을 나누고 화살처럼 떠날 뿐이다.

뒤끝도 없고 데이트 폭력도 없다. 흉기 감추고 스토킹도 안 한다. 그런데 사실은 뒤끝이 있다.

암캐가 새끼를 낳으면, 니가 낳았으니 니가 키워라! 수캐만 쿨한 개들의 사랑이다. 수입이 전혀 없는 백수 개니 개 같을 수밖에 더 있나.

그래도 사랑은 유익한 것임에 틀림없어 보인다. 많은 방송국이 그걸로 드라마를 만들고 돈을 벌고 직원들 월급을 준다.

그래, 나도 사랑을 해보자!

나도 유기견이지만 유기견 암캐는 하고 다니는 꼴이 일단 싫다. 하지만 유기견이 말쑥한 집개를 만나기는 물리적으로 불가능하다. 한 마리는 집 밖에, 한 마리는 집 안에 있으니까.

할머니 개들 얘기를 들어보면 옛날이 좋았단다.

길에 혼자 다니는 선남선녀 개들이 걸리적거릴 정도로 많았단다. 시도 때도 없이 집집마다 들려오던 저 소리.

'야, 멍돌아 멍순아! 빨랑 나가서 똥 누고 와.'

그런데 어느 날 '개가 어딜 혼자 돌아다녀' 계엄령이 내렸다.

모두 집으로 들어가라는, 계엄령 아닌 개엄령! 멍멍이 단속법.

졸지에 개 줄에 매여가는 개와 밀착 수비 개 주인.

어떤 개는 입마개까지 했다. 개 뽀뽀 원천 봉쇄! 그래도 맹견한테 물려 병원 가는 것보다 낫다. 개가 개를 더 잘 무니까.

그러나 도시 개들의 원초적 적군, 진짜 원수는 아파트다.

쓸 만한 개가 모두 그 안에 있으니 볼 수도 만날 수도 없다.

거기다 경비원이 24시간 철벽수비!

더러 입주민 출입 시 슬쩍 끼어 암캐를 만나러 간 수캐도 있었다. 그러나 다시 엘리베이터 관문! 그거 돌파해도 다시 문! 경비원이 화를 내고 달려와 엉덩이를 차서 쫓아냈다.

유기견 신분이 들통나 보호소로 인계돼 안락사당한 개도 있다. 여자 만나려다가 염라대왕을 만났다.

아파트 장벽에 이를 가는 게 수캐뿐인가. 수캐랑 콧등 한번 못 대본 암캐들이 오뉴월 서릿발 한을 품고 늙어간다.

정보에 어두운 꺼벙이 수캐들만 모른다.

왜 바보같이 아파트를 탓해. 물론 산책로에도 암캐들이 많지만 견주가 붙어있어 접근 불가!

나는 널찍하고 잔디 푹신한 개 놀이동산을 노렸다.

물 반 고기 반! 처녀 개, 엄마 개, 돌싱 개, 강아지… 다 있다.

게다가 줄도 안 매고 뛰어다니는 완전 개판 개천지!

나는 일단 풀밭에 누워 난리 발광을 쳐 털에 윤기를 세운 다음 잠입한다. 유기견 티가 나면 헌팅에 지장이 있다.

우와~! 예쁘고 귀여운 암캐들이 내 가슴에 불을 지른다. 도도한 것들이 나한테는 눈길 한번 안 주고 끼리끼리 뛰고 논다. 그래도 나는 절대로 기죽지 않고 바쁘다.

저기 쟤가 나은가, 요쪽 애가 나은가. 저쪽 공주도 날씬…

아니, 너무 말랐어. 나는 빼빼 싫어! 토실토실한 쟤가 왠지 푸근해 보이잖아? 조쪽 암캐가 수캐를 끄는 야릇한 무엇이 있다.

멀리서나마 이 암캐 저 암캐 골라 먹는 이 맛!

나는 외제 차를 타고 오는 부잣집 개를 좋아한다. 그녀들은 벌써 냄새부터 다르다. 지금 지나간 개 냄새, 프랑스 향수다.

저쪽 암캐가 먹고 있는 간식은 뉴질랜드산 양갈비다. 저거

한 대 값이면 우리 똥개들 사료 일주일 분을 살 수 있다.

눈을 맞추려 하면 피하고, 눈을 맞추려 하면 달아나는 암캐들. 어떤 논은 잘 오다가 나를 보고 급브레이크, 급좌회전한다.

오늘도 역시 안되나? 맥이 풀린다.

예쁜 암캐는 올라갈 수 없는 절벽 끝에 핀 꽃이다. 어쩌다 기적처럼 예쁜 논과 눈이 맞았는데, 개 주인이 번개같이 양산으로 가려버린다.

아무리 위장해도 내 정체를 다 안단 말인가. 개 주인도 개도. 화를 내면 지는 거라는데 나는 마침내 화가 났다.

'야, 내가 대체 니들과 무슨 중뿔난 신분 차이가 있냐! 니들도 눈 두 개, 코 하나, 꼬리 하나! 나도 눈 두 개, 코 하나, 꼬리 한 개! 조쪽 논은 꼬리도 없네, 뭐! 도대체 별것도 아닌 니들이 도대체 뭐가 그리 잘났어. 일제 샴푸, 프랑스 향수 빼면 나랑 다른 게 뭐 하나 있냐고! 개 훈련소서 비싼 돈 내고 배운 품위 있는 걸음걸이? 교양 있는 식사 습관, 배변 매너? 사회화 훈련? 야! 나도 포복 앞으로, 사료 약탈, 시가전, 반군훈련 다 받았다. 잘난 당신들이 차가운 거리에서 다 가르치고 단련시켰다!'

주변의 개들이 슬금슬금 다 도망갔다.

넓은 잔디광장을 열 몇 번 왔다 갔다 하는 동안 예쁜 것들이 모두 차 안으로 들어가 버렸다. 어둠이 깔리자 사람도 개도 다 떠나버린 텅 빈 광장. 나는 10대 0으로 깨진 축구선수처럼 쓸쓸히 거리로 나왔다.

그래도 암캐잖아. 예쁜 것들은 원래 비싸. 그게 논들의 매력이야. 매력 있는 암캐니까 매력 있는 수캐한테 갈 거야. 당연한 걸 뭘 일일이 얘기해. 예쁜 것들은 끝내 다 가더라.

'간대요. 간대요, 글쎄. 남의 암캐 되려고 간대요, 글쎄.'

하지만 나는 예쁜 것들 행복을 절대로 빌어주지 않을 거야.
매력 있는 수캐랑 며칠 못 가 찢어지라고 기도할 거야.
나도 내가 이렇게 뒤끝 있는 못난 수캐인 줄 정말 몰랐다.
그러나 예쁜 암캐들 덕분에 나는 총명을 되찾았다. 나는 내 꼬라지를 정확히 알게 되었다. 나는 기꺼이 포기했다.

'사랑은 아무나 하나,
사랑은 아무 개나 하나.'

저승사자를 만나다

터덜터덜 미니공원으로 돌아가는데 눈물이 나게 배가 고팠다.

앗, 그런데 이게 웬 떡? 떡은 떡인데 호떡이다. 누가 호떡을 딱 한 입 베어먹고 버렸다.

나는 빛의 속도로 먹어 치우고 느긋하게 나의 단독주택 라면 박스에 들어가 누웠다.

그런데 응? 이상한 낌새. 무언가 싸한 느낌. 길 건너 가로수 밑에 서 있는 자동차와 골목에서 풍겨오는 이 냄새! 포획 틀 냄새다. 동물구조대가 뜬 것이다.

초보 때는 무조건 달아났다. 미끼를 문 개는 다 잡혀갔다.

메리, 진순이, 멍돌이, 찌찌, 마이클, 촐삭이…. 그날 이후 그 애들을 봤다는 개는 한 마리도 없다.

유기견 구조작전은 대개 2~3일, 특별한 경우 많은 인원이 동원돼서 한 달씩 개하고 끈기 싸움을 벌인다.

오늘 구조대는 젊은 남자만 3명. 나는 침착하게 자리를 떴다. 주방용품 창고에 숨어있다가 다음 날 저녁때 슬쩍 다시 가봤다. 자동차 불빛 속에 유기견 두 마리가 잡혀 있었다.

그때 자전거를 탄 여자 하나가 나타났다.

"밤들 샜구나. 애썼다."

"그러고 보니 누나 동네였네. 그쪽 전과는 어때요?"

"응, 겨우 한 마리. 어찌나 빠른지 애를 먹었어. 내일 보자."

"네. 들어가세요, 누나."

온몸에 소름이 돋았다. 머리를 노랗게 물들인 여자. 유기견 사이에 악명 높은 저승사자 '노랑머리'였기 때문이다.

서둘러 아지트를 비우고 달아나는 게 사는 길인데 그날 밤 내가 그만 정신이 나갔다. 나도 모르게 자전거 뒤를 밟고 있었다. 미국영화, 중국영화를 많이 본 탓일까?

자전거가 초록색 대문 앞에 멈춰 섰다.

놀랍게도 노랑머리는 내 아지트랑 불과 50미터 저택에 살고 있었다. 나는 리벤저스 주연배우같이 이를 갈았다.

'메리, 진순아, 기다려! 이 오빠가 느그들의 피맺힌 원한을 풀어주마! 조금만 기다려.'

하지만 나는 총도 없고 칼도 없다. 장풍도 소림권법도 쓸 줄 모른다. 내가 휘두를 수 있는 무기라야 고작,

· 유기견을 떼로 몰고 가 저택에 똥오줌을 난사한다.

· 화들짝 놀란 주민들이 경찰에 신고한다.

· 동네 망신 개망신, 집을 팔고 이사한다.

· 급하게 집을 싸게 팔아 막대한 손해를 본다.

이걸 과연 화끈한 응징이라 할 수 있을까.

상대는 저승사자다. 거꾸로 몽땅 보호소로 끌려가 몽땅 살처분 당할 수도 있다. 나는 적진을 더 꼼꼼하게 염탐해 보기로 했다.

다음 날 새로 알아낸 사실, 노랑머리는 저택의 주인이 아니었다. 지하 단칸방에 월세를 살고 있었다.

'당연히 그래야지! 개잡이가 부자로 살면 안 되지.'

나는 그녀가 출근한 틈을 타 그 집 지하로 몰래 잠입했다.

빈틈이 없다는 저승사자가 문도 안 잠그고 나가 너무 쉬웠다.

방에는 별로 훔쳐 갈 것도 없고, 벽 여기저기 액자 같은 게 잔뜩 붙어있었다. 무슨 자격증, 표창장, 감사장, 또 감사장….

'이런 못된 것! 그 나이 그 얼굴이면 시집이나 가지, 얼마나 많은 개를 포획 틀에 넣었으면 이렇게 많은….'

약이 바싹 오른 내가 다시 반대편 벽을 보았다. 앗! 커다란 패널 속에 태권도 검은띠를 맨 노랑머리. 그 옆으로 권총 사격, 양궁대회에서 상패를 받고 있는 노랑머리.

갑자기 두 다리가 후들거렸다. 나는 화살을 맞은 멧돼지처럼 방을 튀어나왔다. 괜히 까불다 죽느니 서둘러 그 동네를 뜨기로 했다.

'메리, 진순아, 멍돌아, 미안하다. 오빠를 용서해라. 복수라

는 것은 성질 나쁜 인간이나 하는 것이란다.'

참으로 부끄럽고 면목이 없었다. 원래 이런 겁쟁이였었나.

나의 스승 군대 간 대학생 얼굴이 떠올랐다. 그가 걸핏하면 쓰던 말.

"남자가 칼을 뽑았으면 꽥하고 죽어야지. 나무젓가락이냐? 픽 쓰러지게."

얼굴이 화끈했다. 내가 나무젓가락이었단 말인가!

나는 밤이 되기를 기다려 다시 저택으로 갔다.

경솔하게 덤비다가 그녀의 이단옆차기에 아작이 날 수 있지만 나도 한 성깔 하는 개다. 뭔가 타격을 안겨주고 가야 한다. 자전거가 있는 것으로 보아 그녀는 퇴근했고 집에 있다.

자전거를 못 쓰게 만들자!

나는 즉각 자전거 타이어를 물어뜯기 시작했다. 그런데 이놈의 도시에 웬 카메라가 그리 많은가. 나는 까맣게 몰랐는데 노랑머리가 처음부터 다 보고 있었다.

응? 뭐야? 하는 순간 잠자리채 같은 게 번개처럼 나를 덮쳤다. 깽! 나는 너무도 간단히 철망 상자 속에 갇히고 말았다. 싸늘한 미소를 머금은 그녀가 나를 내려다보고 있었다.

"똥개가 겁도 없이 범굴로 들어와? 늘 두 마리가 붙어 다녔는데 한 마리 어디 갔어? 037! 내 말 알아들었으면 알아들었다고 짖어봐."

과연 노랑머리였다. 037은 내가 마지막으로 보호소에 있을 때 붙여진 내 번호다.

그녀는 다시 스마트폰을 이리저리 눌러 내 화려한 전과기록을 모조리 들춰냈다.

"이게 다 뭐야? 분파, 분파, 분파, 분파(분양과 파양). 무슨 개가 한 집에 찐득하게 정착 못 하고, 이게 다 뭐야. 개도 사람처럼 역마살이 있냐? 이건 또 누가 써 준 거야? 배변 규칙을 아주 잘 지키고 사료를 한 알도 흘리지 않는… 모범 유기견? 니가 모범 유기견이야? 야, 그렇게 할리우드 액션으로 점수 따놓고 밤에 몰래 방충망 뚫고 담을 넘어 내뺐냐? 이 도둑 좀 봐! 고양이 사료 훔쳐 친구랑 나눠 먹고 나눠주고… 니가 로빈 후드냐? 무슨 개가 사과, 참외, 방울토마토에 수박 서리까지! 그 큰 수박을 저보다 큰 수박을 어떻게 깨뜨려 먹었어? 이건 완전 상습절도에 날치기, 들치기, 아리랑치기까지 완전 사형감일세."

사형 소리에 가슴이 덜컥했지만, 솔직히 처음도 아니다.

안락사 후보에 올라 저승 문턱까지 몇 번을 갔는지 모른다. 그러나 나는 죽지 않았다. 가슴 졸이고 깨지고 터져도 늘 살아남았다.

다음 날 아침, 노랑머리가 내 목에 개 줄을 채워 길 건너 숲으로 데려갔다.

개를 보호소에 데려갈 때는 절대로 밥 안 준다. 물도 안 준다. 오히려 물을 빼고 간다.

배고프고 불안해서 잠 한숨 못 잤을 것 같지만 아니다. 나는 푹 잘 잤다. 위기 때일수록 체력을 비축해야 한다.

상대는 저승사자 노랑머리다. 조용히 때를 기다리자!

바보들이 무모하게 맨땅에 헤딩하고 달걀로 바위를 치지만 그래봤자 대가리만 아프고 달걀값만 날린다.

나는 시키는 대로 똥오줌을 누고 죽었소~ 기다렸다.

배가 너무 고파 이왕 갈 거면 빨리 가고 싶었다. 보호소에 가면 일단 밥은 먹는다. 따뜻한 물로 몸도 씻겨준다.

자동차에 태우느냐 자전거에 태우느냐? 자동차면 먼 데고 자전거면 가까운 보호소다.

그런데 노랑머리는 전화 통화만 하고 있다. 너무 길다.

무슨 전화를 여기저기 그렇게 많이 하나. 엿들어 보려고 해도 한 손으로 개 줄을 꽉 잡고, 돌아선 채 통화를 해 알아들을 수가 없다. 혹시… 혹시… 이 못된 인간이 동물보호소에다,

"이런 개는 말이죠. 분양해 봤자 100% 또 달아납니다! 완전 상습 민폐 유기견이니만큼, 주변 개를 선동해 집단 탈출도 우려되고요…. 규정에 따를 게 아니고 즉각 살처분하는 것이 백 번 좋을 듯합니다."

이렇게 꼬드기고 있는 게 아닐까. 나는 갑자기 소름이 돋았다.

앗! 드디어 긴 통화가 끝났다.

나를 처단하기로 합의를 본 것일까? 나는 바짝 긴장했고 그녀가 개 줄을 끌어당겼다. 나는 본능적으로 뒷다리에 힘을 주고 버팅겼다.

"이리 와."

'싫어요! 나를 어쩔 건데요?'

"왜? 생매장이라도 할 것 같아 무섭냐?"

그러나 그녀는 자동차도 안 부르고 자전거에도 안 태웠다.

나를 한참 동안 노려보더니 그녀가 느닷없이,

"야, 똥개!"

'?'

"니가 그렇게 유명 인사냐?"

'그게 뭔데요?'

"보호소마다 그 뺀질이 제발 데려오지 말라고 난리다. 파양 신기록에 할리우드 액션! 아주 지능적인 반찬 투정! 방충망마다 구멍을 숭숭 뚫는 감당 안 되는 유기견! 제발 안 오는 게 보호소 일손을 돕는 거란다."

나는 대체 무슨 소린가~ 어안이 벙벙했는데 앗! 이게 뭐야.

그녀가 짤그락! 개 목줄을 풀어주었다.

"???"

"내가 어제 사형감이라고 그랬지? 다시 무기징역으로 감형이다. 어서 가봐라! 어차피 세상도 유기견들 감옥일 테니."

이게 무슨 소리? 잡혔던 개를 풀어준다고? 그 한마디가 왜 그리 황송하게 들리나. 버려진 개를 또 버린단 소리가 왜 그리 고맙게 들리나.

나는 세상 감옥으로 가지 않고 그녀 뒤를 쫓아갔다.

"뭐야, 어딜 따라와? 어서 가, 임마! 마음 변하기 전에 빨랑 가라고 했다~"

나는 땅바닥에 발랑 누웠다 일어났다. 개가 할 수 있는 모든 존경의 몸짓을 그녀에게 바쳤다. 억지로 웃기려고 개다리춤에 물구나무 디스코까지 추는데, 뭐지? 완전 관객 제로였다.

그녀는 물끄러미 나를 보더니 한참 만에,

"니가 아무리 똑똑해도 사람 말을 모두 알아듣겠냐마는."

'다 알아들어요. 외국어만 아니면.'

"석 달 전…."

'?'

"서울 시내 어느 3층 건물, 철거공사가 시작됐다. 그런데 어찌 된 일인지 옥상에 유기견 한 마리가 남아있었다. 사람들이 비명을 질러댔고 나랑 후배 세 명이 출동했다."

'….'

"정말 어렵게 어렵게 개를 구해 보호소로 넘겼다. 그런데 누전으로 보호소에 불이 났다. 다행히 다친 사람이 없었고 개들도 다 피신시켰는데… 딱 한 마리가 불길에서 못 빠져나오고 죽었다. 건물 옥상에 있던 그 개였다."

'…'

"난치병에 걸린 새끼 고양이가 있었다. 어떡하든 살려보겠다고 대원들끼리 모금을 했다. 여섯 시간 대수술 끝에 고양이가 살아났다. 그런데 퇴원하던 날 불도그한테 물려 죽었다."

'……'

"동물구조… 정말 거지 같다."

그녀는 우두커니 하늘을 보고 있다가 손등으로 눈물을 훔쳤다.

나도 마음이 아파 땅바닥에 물끄러미 내려다보았다. 그러자 갑자기 그녀가 무서운 얼굴로 나를 쏘아보면서,

"똥개! 마지막으로 누나가 부탁한다. 절대로 잡히지 마라. 악착같이 살아서 자연사해라."

(악착같이 살아서…?)

(악착같이 살아남아서 죽어라?)

내가 고개를 들었을 때 그녀는 길 건너 저택 쪽으로 사라지고 보이지 않았다.

나는 공원에 감춰두었던 돼지 뼈와 북어 대가리를 모두 꺼내

길냥이들 먹으라고 던져주었다.

가라고 풀어줄 때 후딱 사라져야지 계속 남아서 얼쩡대면 노랑머리에 대한 예의가 아닐 것 같다. 나는 그녀의 저택을 바라보며 마지막 작별 인사를 올렸다.

노랑머리 누나, 세상 지옥으로 다시 풀어준 은혜 잊지 않을게요.

하지만 세상은 유기견 지옥이 아니고 사람 지옥 아닌가요? 죽어라 공부해야 하고 어른이 돼서도 노예처럼 죽어라 일하지 않으면 밥을 안 주죠. 돈이 밥이잖아요.

개는 졸리면 아무 때나 자는데 사람은 걱정이 많아서 자지도 못하고 잠 오는 약까지 먹잖아요. 사랑하지 않으면서 사랑한다고 거짓말하고 매일 욕하고 싸우고 갑질하고….

개는 화나면 물지, 거짓말하고 욕하고 사기 치고 뒤통수 안 쳐요.

내가 시인 집에 살 때 '견공, 자네는 인생이 뭔지 아는가? 인생은 한바탕 연극이라네' 시인 아저씨가 가르쳐 주었어요.

그 말이 사실이라면 노랑머리 누나는 운이 좋은 배우 같아요.

국민을 속여먹는 정치인 역할도 안 맡았고 도둑놈, 살인강도, 성추행범 역도 안 맡았잖아요.

결혼도 안 해 아이도 없으니 엄마 찬스도 없고요. 하지만 후

손이 없으니, 이담에 누가 누나 무덤에 꽃을 놓아줄지 걱정도
되네요.

메리, 진순이, 멍돌이 복수를 하겠다고 누나 자전거 바퀴 물
어뜯은 거 너무 창피해요.

누나, 항상 건강하셔야 해요.

진드기 물리지 말고, 술취한 친구 차 덜렁 타지 마세요.

세상에는 나쁜 사람도 많지만 좋은 사람도 많았어요.

그중에서 누나가 최고였어요. 누나 안뇽~

사랑의 배신자

복작대는 시내로 다시 들어왔다.

사람 눈이 많아 위험할 것 같아도, 시내에도 폐점포가 많아서 개 한 마리쯤 숨어지낼 곳은 얼마든지 있다. 남의 불행이 나의 행복일까? 그러나 비렁뱅이 떠돌이도 다 안다.

장사가 잘돼야 돈이 돌고, 돈이 돌아야 개들이 먹을 부스러기도 생기는 것이 시장원리다.

개는 냄새로 빌붙을 동네를 찍는데 개코도 한계가 있다.

앗, 맛있는 냄새! 여기다 닻을 내리자! 눌러앉았더니 이게 뭐야. 폐업한 지 일주일도 더 된 고깃집! 자기 코를 쥐어박을 수도 없고 어쩌겠나, 다시 떠나야지.

빈 택시가 손님을 찾아가듯 떠돌이도 다시 음식 냄새를 쫓아 떠나간다.

빈 택시는 불을 켜고 '나 빈 차입니다' 광고를 하면서 달리지만 유기견은 '나 유기견입니다' 광고하는 동시에 죽음이다.

유기견은 야음을 틈타 조심조심 살짝살짝 이동한다.

다니다 보면 한 지역만 굳세게 지키는 꼴통 개도 많이 본다.

재개발 굴삭기가 오는데도 안 떠나고 뻗대면 얼마 못 가 아사한다. 내가 선배다! 원로다! 실력도 없으면서 목청만 큰 정치인과 똑같다.

시대 흐름을 못 읽는 장강의 앞 물결. 썩었구나 싶어 보면 증발하고 없다. 하늘 같은 정치인을 개랑 비교하는 게 무례일지 몰라도, 개도 정치인도 좋은 시절은 너무 빨리 지나간다.

앗! 그 학생이 국회의원이 됐어?

앗! 그 강아지가 할아버지 개가 됐어?

그러나 금방 다른 사람, 다른 개가 그 자리를 차지한다.

남의 얘기할 처지가 아니었다.

몇 지역을 헤맨 끝에 드디어 마음에 쏙 드는 맛집 동네 정착을 하는구나! 했더니, 아니었다.

흑갈치 집이랑 오겹살 집이 나란히 붙어있어, 됐다! 했는데 하루아침에 끝장이 났다. 두 집이 동시에 업종 변경을 했기 때문이다. 한 집은 화장품, 한 집은 스마트폰 대리점.

둘 다 개가 못 먹는 물건이다. 두 사장님이 먹는 장사는 아예 때려치우고 기원에서 바둑만 두신단다.

바둑판도 바둑알도 개가 먹을 수 없는 절망적 업종이다.

신장개업을 한 인형뽑기 집이 그나마 믿을 맨인가 했는데 소시지를 잘 주던 종업원 청년을 내보내고 무인점포가 됐다.

사람이 있어야 뭘 끓여 먹든지 시켜 먹어서 국물이라도 나오지, 유기견 2년 차에 무인점포가 벌서 몇 집쨴가.

세상이 완전히 미쳐 돌아가고 있다. 애까지 안 낳는다니 장차 점포는 소, 돼지, 염소가 지키나.

할 수 없이 나는 또 빈 택시처럼 굴러갔다. 그런데 오잉? 이게 뭐야. 이게 어찌 된 일인가. 서울이 이렇게 좁았나?

왠지 낯이 익은 동네다 싶어 찬찬히 둘러보니 에구머니나! 저승사자 노랑머리 집 앞이었다.

"똥개야, 절대로 잡히지 마라! 악착같이 살아서 자연사해라."

그렇게 신신당부했는데 다시 나타나 얼쩡대면? 안 된다! 은인에 대한 도리도 예의도 아니다. 얼른 지나쳐 가려는데 어! 대문이 열려있다.

나는 그만 쓱 들어가 버렸다. 빨래가 잔뜩 널려있고 노랑머리도 머리 새하얀 주인댁 할머니도 안 보인다. 보일 턱이 없지.

할머니는 성당 봉사활동, 노랑머리는 동물구조 한다고 또 어디서 포획 틀을 놓고 잠자리채를 휘두르고 있겠지.

갑자기 꽃밭에서 시커먼 개 한 마리가 튀어나왔다.

'아이쿠, 놀래라! 왈왈왈왈!'

'월월월! 나는 하나도 안 놀랐는데?'

'너 누구야? 이층 주인 할머니 개냐?'

'응, 나 깜보야. 나 심심하다. 나랑 놀아.'

'깜보, 너 혹시 이 집 지하에 세 들어 사는 머리 노랗게 물들인…'

'응. 무서운 누나? 이사 갔어.'

'뭐! 이사 갔어? 어디로?'

'미아리 엄마 집으로 들어갔다나 봐.'

'미아리!'

'무서운 누나 출세했어. 동물구조단 부단장 됐어.'

'부단장!'

나는 잠시 말문이 막혔다. 구조단 부단장이면 아주 본격적으로 개를 구조하는 야전군 사령관이 됐다 소리 아닌가!

이런 못된 인간! 무자비한 여자! 할 게 따로 있지!

아냐 아냐, 일약 출세했으니 축하해 드려야지.

아냐! 메리, 진순이들을 봐서라도 개잡이 부두목이 말이 되나.

노랑머리 당신은 배신자다. 10만 유기견의 공적!

아냐 아냐 아냐! 사람마다 가야 할 길이 다르고 자기 길이 있다. 노랑머리 누나는 노랑머리 누나의 길이 있는 거야.

미움, 원망, 존경, 그리움이 한데 뒤엉켜 어지러웠다.

그러나 어쩌겠는가. 머리가 어지러워도 나는 누나를 존경한다. 존경하는 누나의 앞날을 축복해 주어야지!

나는 터벅터벅 발길을 돌렸다. 공놀이하자고 깜보가 붙잡았지만 가만히 뿌리쳤다.

나는 내 아픈 마음을 조용히 시 한 수로 달랬다.

이래 봬도 시인 집에서 석 달을 살았고, 출판사 아가씨랑 동거까지 했던 개다. 나는 삼행시를 가장 좋아한다.

나의 시 낭송을 깜보가 고개를 갸웃거리며 경청해 주었다.

'오백 년 도읍지를 필마로 돌아드니

미아리 눈물고개 님이 넘던 이별고개

배신자여 배신자여 사랑의 배신자여'

울창한 숲을 일직선으로 뚫고 남산을 넘어갔다.

참으로 오랜만에 밟아보는 다운타운.

내가 안 간 사이 식당가 터줏대감들이 많이 세상을 떴다.

맛집 골목 노른자위 포지션을 신참 유기견들이 어느새 꿰차고 있다. 주먹 자랑을 하던 건달 개들도 여러 놈 안 보인다.

놈들은 갯바위 잔파도처럼 하얗게 까불대다가 밀어닥치는 큰 파도에 철썩! 하고 사라져 갔다. 세월이라는 큰 파도.

다행히 몇몇 젊은 개들이 늙은 개를 보살피고 참전용사를 극진히 모신다고 해 위안이 되었다. 참전용사는 타 지역 유기견들과 쓰레기 쟁탈 혈투를 벌이다가 다친 개들이다.

그런데 오늘따라 개들 표정이 비참하지 않고 밝다. 웬일로?

곧 국회의원 선거가 있단다.

갈빗집, 치킨집이 붐빌 테고 거리마다 음식 찌꺼기가 쏟아져 나올 게 거의 확실하단다. 이런 한심한 놈들!

나는 바랄 걸 바라라고 야단을 쳐 주었다. 누가 당선돼도 개랑 1도 상관없다!

좋은 세상이 올수록 예산이 배정되고 유기견 안락사도 늘어난다! 오히려 개들의 지옥문이 열린다. 이 멍청이들아!

기껏 바른 소리를 해주는데 다들 콧방귀만 뀌고 흩어졌다.

광장에 나랑 카카만 남았다. 늙은 개 카카는 내 말이 맞단다. 무수한 선거를 겪어봤지만 닭발 한 쪽 나온 적이 없단다.

나는 비가 올 것 같으니 어서 들어가시라고 했다. 그러나 카카는 불 꺼진 상가 골목 시멘트 바닥이 자기 집이란다.

'자네나 어서 가게. 나는 기다리는 사람이 있다네.'

'기다리는 사람? 기다리는 개가 아니고?'

'응, 사람.'

'이 밤중에 누구를요?'

혹시 자기를 버린 옛날 주인을 아직도 기다리는 멍청이 카카? 설마! 내가 자꾸 캐묻자 카카가 실토했다.

나는 내 귀를 의심했다. 카카가 기다리는 사람은 저승사자 노랑머리였다.

'노랑머리 누나를 왜요?'

'잡혀가려고.'

'무슨… 말씀이세요?'

'내 나이 벌써 14살. 눈도 침침하고 귀도 잘 안 들려! 가야지, 뭐! 나 안락사 하나도 겁 안 나. 잠깐이면 끝난대.'

'정신 나가셨어요? 암만 그렇다고 개가 자청해서 안락사해요? 안 됩니다!'

'자네도 나이 더 먹어봐. 사는 게 사는 게 아니야.'

'안 됩니다. 악착같이 살아서 자연사하세요.'

'악착같이 살 기운이 없어.'

'동물구조대 떴다는 정보가 없어요! 기다려도 안 와요.'

'알았네, 언젠가 오겠지.'

그래도 걱정이 돼 잠시 숨어서 지켜봤는데 그날 밤 동물구조대는 오지 않았다.

그래도 마음에 걸려 아침 일찍 상가로 달려갔다. 무슨 일인지 식당 종업원들이 밖으로 나와 웅성거렸다.

나는 일단 입간판 뒤에 숨어 동태를 살폈는데 고깃집 사장님이 화를 내며 카카를 발로 차고 있다.

"이런 미친개가 왜 하필 여기 와서 죽어."

카카는 노랑머리를 기다렸지만 염라대왕을 먼저 만났다.

점심 무렵 카카는 시커먼 비닐봉지에 넣어졌고 쓰레기차가 와서 실어 갔다. 일반 잡동사니 쓰레기와 함께.

죽은 카카가 만약 사람이었으면 형사가 오고 신문기자, TV 카메라까지 달려와 자살이냐 타살이냐 수사를 했을 텐데 아무도 오지 않았다.

학교를 오가며 카카를 보면 비스킷을 던져주던 여중생 몇이 카카가 숨을 거둔 자리에 꽃 한 송이를 놓아주고 갔는데, 사장님이 나오더니 꽃을 치우고 소독약을 마구 뿌렸다.

멀리서 그걸 보면서 나는 잠시 생각했다.

내가 만약 죽으면 나 죽은 자리에 누가 저렇게 소독을 할까?

개도 잘못 죽으면 민폐구나! 남한테 민폐 끼치지 말고 죽어야 할 텐데 그게 맘대로 될까?

안 된다. 악착같이 살아야 한다. 효도하는 방법도 많지만 개는 사는 것이 제일 큰 효도란다. 원로 할머니 개가 그랬다.

왠지 그 동네가 싫어 마포 강변으로 내려갔다.

강 건너가 요즘 새롭게 뜨기 시작했다는 여의도다. 강물에 살짝 발을 넣어보니 하나도 차갑지 않고 시원했다.

살금살금 개발 헤엄을 치기 시작하는데 누가 같이 가자고 소리를 질러서 돌아보니 '땡큐'라는 개였다.

땡큐는 유기견 데뷔 연도나 나이 모두 대선배다. 그는 매일 수영으로 체력단련을 한다는 섬 개인데, 마치 자기가 여의도 주인이라도 되는 양 폼을 잡았다.

'어서 와! 전 세계 젊은이들이 오고 싶어 하는 먹자섬 여의도 새 식구가 된 것을 환영합니다~'

나는 우선 땡큐라는 이름부터 마음에 안 들었다. 얻어먹고 주워 먹고 사는 유기견이 땡큐 땡큐 할 일이 뭐가 있단 말인가.

졸졸 따라오면서 말을 시키는 땡큐가 하도 성가셔 나는 얼른 반대 방향으로 내뺐다.

여의도는 개들 사이에 격투기로 소문난 동네다.

격투기라고 강가에서 개싸움을 한다 소리가 아니다. 개싸움이 아니고 사람끼리 치고 받고 꺾고 조르는 살벌한 육탄전.

그 박력 있고 재미난 격투기를 직접 본 적이 없는 나는 잔뜩 기대에 부풀어 웅장한 체육관 가까이 가보았다.

언제 다시 나타났는지 땡큐가 배꼽을 잡고 웃고 있다.

'격투기? 격투기라고 했냐? 격투기를 보러왔다고?'

'왜 오늘은 시합이 없나요?'

격투기 체육관이 아니고 대한민국 국회의사당이란다.

옛날에는 죽기 살기로 싸우는 격투 시합이 거의 매일 벌어졌는데 지금 선수들은 기운이 없는지 주먹 대신 말로만 싸운단다.

그들은 백성들이 먹을 뼈다귀보다 자기들 먹을 뼈다귀부터 챙긴단다.

나는 크게 실망해 발걸음을 돌렸다.

개는 음식을 주워 먹는 버릇이 있어 곧잘 땅만 코 박고 다니는데 앗! 내가 무심코 고개를 들었더니 우왓! 저게 뭐야.

강가에 어마어마하게 큰 배가 정박해 있었다.

나는 기차를 좋아하지만 배도 좋아한다. 갑자기 항공모함만

한 배를 보니 가슴이 쿵쿵 뛰었다.

저렇게 큰 배면 바다로도 나가고 외국도 갈 텐데. 혹시… 혹시 아프리카도 갈까? TV를 볼 때마다 개들이 왈왈! 멍멍! 열광하는 아프리카 대초원! 동물의 왕국! 코뿔소, 코끼리, 표범….

땡큐가 또 킥킥킥킥 웃었다. 외국은 안 가고 한강만 왔다 갔다 하는 한강 유람선이란다.

'그럼 아프리카는 안 가요?'

'꼭 가자면 못 갈 것도 없지만 꼬맹아, 너 같은 개가 아프리카 가면 안 돼. 큰일 나.'

'왜요?'

'하이에나들이 떼로 몰려 와. 맛있는 K푸드 생고기다! 그 자리에서 5초 만에 갈기갈기… 한입거리나 될랑가. 그래도 한번 가볼래, 아프리카?'

그래도 여의도는 좋았다. 소문 그대로 먹자섬 맞았다. 날이 따뜻해지면서 북적대는 인파! 푸른 초원 여기저기서 나들이객들이 뭔가를 펼쳐놓고 먹고 있다.

내가 가까이 가면 저리 가! 하는 사람도 있지만 대다수 시민들은 쿠키나 닭뼈를 던져준다. 날개 하나를 통째로 주기도 한다. 오기 정말 잘했다. 나는 그날 결심했다. '여기구나!'

사방팔방으로 뻥 트인 하늘, 시원한 강바람, 섬이라고 등대

지기 외딴 섬이 아니다. 고층 건물이 있고 전철이 있고 항구가 있는 환상의 도시.

음식을 마구 흘리고 버려주는 섬 주민들의 따뜻한 인간미!

'내가 뼈를 묻을 곳은 바로 여기다. 여기가 종점이다. 떠돌이 생활 오늘로 끝이다. 보헤미안 안녕!'

내가 여의도 개가 되기로 다짐한 기념비적인 그날.

하늘마저 내 편이었을까. 여신까지 나타났다. 잔디밭에서 양산을 펴들고 책을 읽는 아름다운 여인!

지금까지 내 경험으로 여자가 혼자 앉아 뭘 하나 가서 보면 거의 100% 스마트폰이다. 책을 읽는 여자는 처음이었다. 그것도 눈부신 20대 꽃다운 나이!

나도 모르게 살그머니 다가갔다. 살짝 얼굴을 살피는데 그녀도 나를 흘끗 보더니 가만히 웃었다. 나는 그만 뻑이 갔다.

이런 아름다운 여인이 내 주인이면 얼마나 좋을까. 하늘이 보낸 천사일까. 그냥 지나가는 여신일까.

그녀는 다음 날도 같은 시간, 같은 장소에서 책을 읽었다.

나는 한껏 품위 있게 꼬리를 치면서 옆에 가서 앉았다.

그녀는 너 누구니? 어디서 왔어? 묻지 않았다. 귀엽다고 머리를 쓰다듬지도 않았다. 나는 더 좋았다. 개를 무례하게 만지고 함부로 껴안는 거 나는 오히려 경계한다.

하지만 3일째가 되던 날. 나는 은근히 그녀의 손길을 기다렸다. 따뜻한 사람 손, 아름다운 여인의 손에 쓰다듬을 받아본 게 언제였던가. 어서 좀 만져주라! 덥석 안아 들고 볼을 비벼달라! 그러나 미소만 보낼 뿐 만져주지도 쓰다듬지도 않았다.

그래도 좋았다. 야단스러운 애정 표현보다 미인의 중량감!

다음 날 갔더니 그녀가 예쁜 도시락을 꺼내서 먹고 있었다.

나는 게걸스럽게 턱받침을 하지 않았다. 그저 바라만 보았다. 그녀가 예쁜 젓가락으로 소고기김밥 한 덩이를 집어서 내 앞으로 가만히 밀어놓았다.

나는 가슴이 울컥했고, 너무도 황송해 그것을 차마 먹지 못하고 바라만 보았다. 개가 소고기 김밥을 얼른 안 먹고 바라만 보는 것은, 도둑놈이 5만 원권 돈뭉치를 가만히 바라보는 것보다 열배 백배 어려운 일이다.

나는 그날 확신했다. 그녀도 나한테 호감이 있는 것이다.

그녀가 양산을 접고 자리를 뜰 때 나는 고뇌에 빠졌다. 얼른 뒤쫓아가면 나를 받아줄까? 가만히 나를 안고 집으로 갈까?

그러나 나는 쫓아가지 않았다. 그녀 쪽에서 먼저 손을 내밀지 않았기 때문이다. 하지만 시간문제일 뿐. 그녀가 내 주인이 된다는 것을 나는 믿어 의심치 않았다.

지금까지 걸어왔던 고난의 가시밭길, 혹독한 떠돌이 개의 시련들이 그녀를 만나면서 눈 녹듯 사라졌다.

모두 여신을 만나기 위한 훈련이었다. 이제 훈련은 끝났다. 한 송이 국화꽃만 피우면 된다.

다음 날. 읽던 책을 다 읽었는지 그녀가 일찍 양산을 접었다. 혹시… 급한 볼일이 생긴 것일까?

그녀가 바쁘게 주차장을 향할 때, 나는 더는 못 참고 쫓아갔다.

그녀가 빨간 자동차에 올라앉아 시동을 걸었다.

나는 그녀를 만나고 처음으로 힘차게 짖었다. 왈왈왈!

'데려가 주세요.'

그녀가 운전대를 잡고 물끄러미 나를 보더니 자동차 유리를 내렸다. 나는 더 우렁차게 짖었다.

'당신도 나를 원하잖아요. 목숨 바쳐 충성할게요.'

그러자 그녀가 처음으로 입을 열었다.

"안 돼."

'네? 안…돼? 여보세요, 우리 솔직합시다! 당신도 분명히 나 좋아하잖아요.'

"유기견은 안 돼. 두 번이나 실패했어."

'!'

그녀는 뼈를 때리는 그 한마디를 남기고 부르르릉! 사라졌다. 갑자기 낭떠러지에서 떨어진 것처럼 멍해져 나는 숫제 눈물도 안 났다.

땡큐가 또 낄낄거리며 나타났다.

'결국 까였냐? 개가 주제를 알아야지. 오르지 못할 바오밥나무를 왜 올려다봐?'

땡큐도 양산 펴들고 책 읽는 여자를 아주 잘 알고 있었다. 아름다운 그녀한테 간택 받으려고 여러 마리 유기견이 대시했지만 줄줄이 헛물만 켜고 물러났단다.

'완전 얼음공주야. 절대로 입양 안 해.'

'그런 것 같아요.'

'이 똥개 진짜로 상처받았나 보네. 엇, 어디로 가! 어디로 가! 정신 차려, 꼬맹아! 젊은 놈이 그깟 일로 물에 빠져 죽으면 안 되지.'

사랑이라는 거, 그거 말짱 꽝! 등 돌리면 단번에 미움으로 바뀐다. 나쁜 여자! 처음부터 나 유기견 안 키워! 똑 부러지게 의사를 밝혔으면 나도 기대 품고 엉기지 않았다.

유기견이 사람한테 꼬리치고 접근하는 것은 일종의 방문판매다.

'저 좋은 갭니다. 믿고 한번 써보세요.'

안 살 거면 안 사! 하면 깨끗이 돌아선다. 사지도 않을 거면서 왜 살 듯이 미소 던지고 소고기 김밥까지 줘놓고 클라이맥스 다 와서 퇴짜냐? 개 놀려먹는 게 취미생활이냐?

뼈를 때리다 못해 뼛골까지 흔드는 기억이 되살아났다.

보호소 시절, 엄마와 딸이 개를 분양받으러 왔다. 레스토랑 여사장과 여자대학생이었다.

예쁜 개도 많은데 그녀들은 수더분한 내가 마음에 든다고 했다. 나도 두 여인이 다 마음에 들었다.

나는 드디어 부잣집 반려견으로 등극했다. 나는 행복했다.

엄마는 레스토랑 일로 늘 바빴고, 딸이 어느 날 태국으로 배낭여행을 떠났다. 집에는 할머니만 계셨고 개 산책을 주로 할머니가 시켰다.

나는 여기저기 냄새를 맡고 오줌을 누고 길에 떨어진 껌딱지를 주워 먹었다. 갑자기 할머니가 화를 버럭 내면서 내 주둥이를 강제로 벌려 껌을 뱉게 했다.

"내가 이래서 더러운 유기견은 안 된다고 했는데."

끝이 아니고, 시작이었다.

그날부터 나는 갑자기 찬밥 신세가 됐다. 푹신한 소파가 있는 거실에서 쫓겨나 마당에서 자야 했다.

"어머나 엄니! 개집을 볕 쪼이려고 내놓으신 거예요?"

"아냐. 개는 원래 밖에서 키우는 거야."

"춥지 않을까~"

"괜찮아, 괜찮아! 유기견으로 단련이 된 개잖아."

또 쇼크였다. 유기견을 유기견이라고 하는 게 왜 그리 불쾌하고 섭할까.

개는 몽둥이로 맞는 것만큼 기분 나쁜 소리에 아주 민감하다. 잘 놀다가도 풀이 죽고 식음을 전폐하기까지 한다.

충격은 박해로 이어졌다. 날이 춥다고 사모님이 낡은 털조끼를 개한테 입혀주고 나갔는데 할머니가 도로 벗겼다.

"개는 춥게 키워야 해! 이런 멀쩡한 조끼를 아깝게…."

옷을 몰수당한 나는 언 몸을 양지쪽에서 녹였다.

그런데 그날 무심코 거실 안을 들여다보니 할머니가 고양이 발톱을 깎아주고 있었다. 너무 부러웠다. 나는 유리창을 박박 박박 긁었다.

발톱 깎는 것을 좋아하는 개가 없지만 나도 저 고양이처럼 관심받고 싶었다. 나도 할머니 무릎에 앉고 싶었다.

내가 유리창을 계속 긁어대자, 할머니가 고양이를 내려놓고 밖으로 나왔다. 아! 드디어 내 발톱도 깎아주려나 보다! 그러나 아니었다. 할머니는 내 목덜미를 잡더니 악! 으악! 손톱깎이로 내 수염을 싹둑싹둑 잘랐다.

"개나 고양이나 수염을 잘라야 얌전해져. 특히 너는 더러운 유기견 티를 빨리 벗어야 돼."

더러운 유기견 티라니! 여대생 딸이 비싼 샴푸로 몇 번을 씻어 줬는데 아직도 더러운 유기견! 그놈의 유기견! 유기견! 교도소 한 번 안 갔는데 왜 전과자 낙인입니까? 한번 유기견은 죽어야 지워지는 주홍 글씨입니까?

나는 더는 못 참고 그날 밤 그 집을 탈출했다.

'유기견은 안 돼. 두 번이나 실패했어.'

땡큐가 졸졸 쫓아다니면서 불난 집에 계속 부채질을 했다.

'얼음공주가 그렇게도 니 마음을 사로잡았냐? 그래서 저 배를 타고 떠나가겠다고? 그래서 아프리카에 가면? 가서 뭐 할 건데? 누가 밥 준대? 사자들이 먹고 남긴 거 하이에나가 먹고, 하이에나가 먹고 남긴 거? 꿈 깨라. 하이에나는 뼈까지 먹어 남기는 게 없다. 너는 그 먼 데 가서 개미 밥이 되는 거야.'

'어차피 여기서도 개밥에 도토리인 걸요 뭐.'

'꼬맹아, 나도 한때 주인 잘 만나 외국 가봤다. 하지만 아그야, 죽었다 깨어나도 이 나라만 한 데 없다.'

'이 척박한 나라가요?'

'척박이라니! 사시장철 황금어장이 대한민국이다. 산꼭대기까지 코를 찌르는 돈가스, 햄버거, 김밥, 컵라면 향기! 다리 아프게 산까지 왜 가. 시외버스 종점 쓰레기통만 뒤져도 배가 터진다. 그것만 다 모아도 아프리카, 동남아 개까지 먹여 살리고 남는다! 한국 개만 모른다. 지 나라가 얼마나 먹자 천국인지.'

'그래서 유기견 생활이 행복하세요?'

'대한민국 떠돌이는 세계 최고 고소득 자유직이다! 나는 매일

매일이 땡큐다!'

'아예 홍보대사로 취업하지 왜 유기견으로 썩고 있어요?'

'사실은 있잖냐, 꼬맹아.'

'?'

'여의도가 요란짭짤한 것 같지만 있잖냐, 여기도 시즌 끝나면 금방 먹거리 불경기다. 추워지기 전에 서둘러 신천지를 개척해야 돼.'

'신천지가 어딘데요?'

'강남.'

'여기도 강남이잖아요. 한강 남쪽!'

'오리지널 강남, 임마.'

'강남역 말씀인가요?'

'꼬맹이 나랑 같이 강남 가자! 압구정, 서초, 청담동 개는 벌써 때깔부터 틀려요.'

'고기 엄청 먹는 부자들 많이 사는 동네 소리는 나도 들어봤어요.'

'쥐뿔도 모르는 개들이 강남에는 고급 레스토랑만 있는 줄 아는데 노노노! 서민풍 돼지갈빗집, 닭발, 양꼬치, 칼국수, 해장국, 설렁탕집이 꽉이다. 당연히 연중무휴 24시간 내내 살점 붙은 뼈다귀가 넘쳐난다! 나랑 같이 가자!'

땡큐가 집요하게 꼬셨지만 나는 같이 가지 않았다. 냉정하게 뿌리치고 다시 강북으로 갔다.

한 가지 풀지 못한 의문, 땡큐같이 빠삭한 늙은 개가 왜 나 같은 개를 그렇게 끈질기게 쫓아다니면서 꼬셨을까?

풀지 못하는 의문이란 없다. 한참 나중에 그 의문이 풀렸다. 땡큐는 눈이 아주 나빠 밤이 되면 앞을 거의 못 보는 개였다. 그래서 똘망똘망한 젊은 따까리가 절대로 필요했다.

뒤늦게 그 사실을 알고 같이 강남을 가줄 걸 그랬다! 많이 후회했다. 사람도 개도 나이가 들면 왜 눈이 나빠질까?

인간들이 얼마나 개를 무시하고 차별하냐면, 개가 아무리 눈이 나빠져도 절대로 안경 안 사준다. 자기들은 몇 개씩 여벌까지 갖고 있으면서.

서울 사수

강변 숲에 낯익은 떠돌이 개들이 여전히 진을 치고 있었다.

엇, 그런데 이게 대체 무슨 소리? 놈들이 이상한 말을 했다.

'분명히 쪼쪼였다니까.'

'지리산 간 개가 한강에 왜 와?'

'그걸 우리가 어떻게 알아.'

'비슷하게 생긴 개를 잘못 봤겠지.'

'아니라니까. 틀림없이 쪼쪼였다는데 왜 우겨?'

나는 어안이 벙벙했다. 그 암캐랑 그렇게 죽고 못 살더니. 그래서 왕실도 버리고 손잡고 서울을 떠났는데 왜? 혹시 무슨 일이 생겼나? 혹시 둘이 싸우고 헤어졌나?

TV에 나온 교수님이 괴상한 말을 하기도 했다.

"영원불멸한 사랑이라고요? 허허허! 젊은 커플들한테 죄송한 말씀 같지만 둘이 처음 만나는 순간이 이별의 시작이랍니다."

하지만 변덕쟁이 인간들 이야기다.

쪼쪼가 그럴 갠가. 쪼쪼는 착하다. 암캐랑 싸울 수캐가 아니다.

아냐! 쪼쪼는 학습 능력이 워낙 뛰어나 막장 드라마를 보면서 불륜을 익혔을지 몰라! 익혔으면? 자기 짝 두고 다른 암캐랑? 아냐 아냐! 거꾸로 암캐가 다른 수캐랑 바람이 날 수도 있다. 그래서 '내 짝 돌려 줘' 쪼쪼가 서울 한강까지 필사적 추격전을? 하지만 막연한 추측일 뿐 자세한 사정은 알 수가 없다.

쪼쪼 이 자식! 친구를 내동댕이치고 떠나더니 떠나고 나서까지 친구를 걱정시키나. 나 살기도 허리가 휘는데.

개살구공원에 갔더니 거기서도 쪼쪼가 돌아다니는 것을 봤단다. 뭔지 몰라도 무슨 일이 나기는 난 것 같다. 하지만 난들 어쩌겠나. 골 때리는 남의 가정사. 나도 골 아프다. 외로운 떠돌이가 바람난 커플 개 보살필 군번인가.

강변을 거슬러 성수대교까지 왔다.

아름다운 여신한테 버림받은 쇼크로 덜렁 강북으로 건너왔지만 배가 출출해지자 집요하게 나를 꼬시던 땡큐 생각이 자꾸 났다. 강 건너 부자 동네 아파트 물결을 보니 더욱 그랬다.

아, 저기가 강남! 신천지! 벌써 갈비 냄새가 솔솔 풍겨오는 것 같다.

'나도 신천지 부자 동네로 진출할까?'

나는 강변 둔덕에 엉덩이를 걸치고 그림 같은 신대륙을 굽어살폈다. 그때, 어…!

어떤 할아버지도 나랑 똑같이 강남 쪽을 하염없이 바라보고 있다. 산책을 나왔다가 다리가 아파서 잠시 쉬는 노인일까?

노인들은 대개 개를 좋아하지만 동물을 귀찮아하는 노인도 있다. 나는 살짝 눈치를 살피며 살랑살랑 꼬리를 흔들며 다가갔다. 다행히 동물을 싫어하는 노인이 아니었다.

할아버지는 나를 보더니 인자하게 웃으며 조그만 손가방에서 비스킷을 꺼내주었다. 나는 경계심을 풀었다.

할아버지랑 나란히 앉아 강남 신대륙을 함께 굽어보았다.

그런데 할아버지 표정이 어둡다. 산책을 나온 게 아니고 혹시… 살고 있던 집을 전세 사기를 당하고 오갈 데가 없어져, '아! 저 건너에는 저렇게 아파트가 많은데 어찌하여 내 집 하나 없느냐?' 탄식하고 있는 것일까?

할아버지는 내 추리를 다 무시하고 전혀 딴소리를 했다.

"너는 체구가 작지만 우리 사자는 엄청 컸어."
'사자요?'
"응."
'사자를 키우셨어요?'
"우리 개."
'아, 기르던 개 이름이 사자.'
"적어도 경기, 충청도에서 우리 사자를 이기는 개가 없었어."
'쌈대장 개였군요.'

"난다 긴다 하는 놈도 우리 사자 앞발 후려치기 한 방에 그냥 고꾸라졌지. 나는 그때마다 안 돼! 사자야, 물지 마! 기를 쓰고 말렸지. 왜냐? 사자가 물면 바로 즉사하니까."

'완전 챔피언이었네요.'

"사람들이 우리 사자한테 반해서 참 성가셨어."

'왜요?'

"사자를 안 판다는데 계속 사자 사자 했거든."

'사자를 사자 사자.'

"절대로 못 팔지."

'그런데 오늘 왜 안 데리고 나오셨어요?'

"딱 요 자리에서 없어졌어."

'?'

"사자 나이 그때가 13살이었으니 갈 때가 되긴 됐지. 영악한 짐승은 죽을 날이 되면 주인 몰래 없어져요."

'그래도 찾아보셔야죠.'

"없지, 아무리 찾아도! 아마 사람들 눈에 안 띄는 곳에 가서 죽었을 거야. 우리 사자."

할아버지는 힘겹게 지팡이를 짚고 일어나 자전거도로로 옆으로 쓸쓸히 걸어갔다.

마음이 찡했다. 차라리 안 듣느니만 못했다.

사실일까? 개가 주인 몰래 나가서 죽으면 영악한 짐승이라는 말. 말도 안 된다. 요즘은 좋은 주인 만나면 장례식도 치러주고 가족이 다 함께 찬송가도 불러 준다. 어떤 집은 자식 같은 반려견이 죽었다고 며칠씩 슬퍼하고 스님이 와서 목탁도 두드려 주고 무덤에 '우리 마음 늘 네 곁에' 조그만 비석도 세워준다.

사자라는 개는 정말로 사람들 눈에 안 띄는 곳에 가서 죽었을까? 혼자 너무 외롭지 않았을까?

강남 신대륙 진출을 단행했다.

부자 동네 소문은 과장된 가짜뉴스가 전혀 아니었다.

아파트 부근 먹자골목만 쓱 한번 훑었는데도 우와~! 음식 부스러기만 주워 먹어도 한 끼 양으로 거뜬했다.

깡패 개를 은근히 걱정했는데 세상이 싹 변했다. 골목에 버티고 앉아 꼬장은커녕, 덩치 큰 개가 목줄만 안 해도 즉각 보호소로 연행 조치 된다. 일부 잔당들이 고정간첩처럼 암약 중이라지만 놈들 스스로 몸을 사린단다.

부자 동네라 개들이 배가 불러 여유가 있어 그럴까.

닭뼈, 꽁치 대가리 정도는 너나 먹어라 거들떠보지도 않았다.

역시 경제가 돌아야 피 터지는 개싸움도 안 일어났다.

산동네에 비해 밝은 조명이 신경에 거슬리지만, 살짝 한 걸음만 벗어나면 나무가 많은 한강 변이다. 숨기 좋고 편히 잠 잘 수 있는 곳이 사방에 널렸다.

나는 라면박스 단독주택을 두 군데나 꾸렸다. 개는 1가구 2주택은 물론이고 1가구 10주택을 보유해도 아무 제약이 없다.

진작 이 동네로 올 걸 그랬다.

유기견 2년 차에 마침내 여생을 편히 보낼 수 있는 탄탄한 터전을 굳혔다. 물을 싫어하던 내가 매일 수영도 했다.

맛집 주방장과 친분 쌓기도 정치인들 지역구 다지듯 중요하지만, 유기견은 체력에 문제가 생기면 안 된다. 금방 아사한다.

강남 정착 일주일쯤 되던 날.

강 건너 개 짖는 소리가 귀에 익다 싶어서 가봤더니 앗! 사람도 귀신도 아닌, 개가 개를 보고 내가 그렇게 놀란 적이 없었다.

지리산으로 떠났던 쪼쪼가 강가에 서 있었다.

입을 딱 벌린 나를 보자마자 쪼쪼는 화부터 냈다.

'며칠째 네 냄새를 추적했는데 강물 땜에 딱 끊겼잖아.'

'어이가 없네. 지리산 개가 왜 갑자기 나타났는데? 함께 간 네 짝은 어쩌고 혼자야? 그새 싸우고 찢어진 거냐? 대체 어떻게 된 거야?'

'싸우기는 누가 싸워.'

'안 싸우고 이혼만 한 거냐?'

'이혼을 누가 해. 개가 사람이냐?'

'그럼 대체 뭐야? 그 먼 데서 왜 왔냔 말이야!'

'왜 오기는 친구 보러 왔지. 혹시 보호소 끌려가 안락사는 안

당했나, 밥은 먹고 다니나, 걱정돼서 와 봤지.'

'단지 그 이유로?'

알고 보니 녀석은 혼자 올 수밖에 없었다. 여자친구 암캐가 글쎄 새끼를 낳았단다. 무려 일곱 마리나.

'그랬구나. 쪼쪼! 정말로 축하한다. 나는 그런 줄도 모르고….'

'똥개 너 찾는다고 공원 다섯 군데를 다 뒤지고 다녔다.'

'그래서 애 아빠 된 거 자랑하러 왔냐? 그 먼 데서?'

'그동안 고생도 많았지만 이제 우리 완전히 자리 잡았다. 별 장도 마련하고 송어랑 가재도 잡고 산딸기도 따 먹고! 밤이면 하늘에서 별이 쏟아진다. 그때마다 니 생각이 나더라. 똥개야, 더러운 도시 생활 그만 접고 나랑 지리산 가자! 강아지 태어났다고 절간 스님이 산모 미역국도 끓여주시고 우리는 지리산 명물로 완전히 떴다. 등산객들이 매일 사진 찍고 난리다. 우리 어쩌면 TV에도 나올지 몰라. 세상에 이런 일이! 귀촌 개 부부 탄생! 세계 최초! 가자, 친구야! 오늘 나랑 함께 가는 거지?'

함께 지리산에 가면 점찍어 놓은 절간 암캐 삽살개도 소개시켜 준다. 아주 잘생긴 암캐란다. 성격도 좋고 나랑 딱이란다.

그러나 나는 단호하게 뿌리쳤다.

'절대로 못 가지.'

'이유가 뭐야?'

'물 좋고 공기 좋다고 모두 산으로 가버리면 쪼쪼야, 이 미세
먼지 서울은 누가 지키냐?'

'니가 무슨 국경수비대냐?'

'나는 쓰레기 동산 도시 지옥이 좋아! 촌개가 서울개 바람 넣
지 말고 그만 꺼져주라.'

쪼쪼는 고개를 끄덕이고 더 이상 아무 말도 안 했다.

어느새 산골 개가 다 됐지만 녀석은 여전히 쿨한 데가 있다.

나는 대신 농산물 트럭이 있는 '직거래 버전'까지 배웅해 주
었다.

'잘 가라, 쪼쪼. 강아지 잘 키우고.'

'몸조심해라, 똥개. 다시 서울 올 때 보자.'

쪼쪼는 지리산 특산품이라면서 기다란 풀 한 포기를 선물로
주고 갔다. 몸에 좋은 산삼이란다.

야릇한 냄새가 나는 산삼을 물고 압구정 식당 골목으로 갔
다. 눈을 몇 번 맞춘 적이 있는 주방장 누나 앞에 턱 내려놓았
더니,

"옴마야, 이기 머꼬?" 하다가 밝은 데로 가져가 확인하고 무
척 좋아했다.

내 머리를 두 번 세 번 쓰다듬어 주면서 큼직한 쇠고기 덩어리도 하나 주었다.

강변 아지트로 물고 가, 반은 먹고 반은 배고프다고 냥냥대는 새끼 고양이를 주었다. 풀섶에서 다른 새끼들이 우루루 튀어나와 이리 뺏고 저리 뺏고 소동이 벌어졌다.

예의라고는 발끝만큼도 없는 짐승 놈들! '잘 먹겠습니다' 인사하는 고양이는 한 새끼도 없었다.

전설의 귀환

딱 한잠만 자고 출근해야지!

큰 뼈다귀, 골라 먹을 만한 쓰레기 뭉치는 주로 새벽에 많다. 어제는 '잠깐만 자고' 해놓고 늦잠을 자버렸다. 안 된다!

어… 그런데 이 냄새!

사실은 며칠 전부터 풍겨 오는 개 냄새다. 누가 죽은 개를 갖다버렸을까? 얌통머리 없는 인간들이 강변에 뭐든 몰래 갖다버린다. 그런데 이것은 시체 냄새가 아니다. 하루 이틀도 아니고 찝찝해서 잠을 잘 수가 없다. 에에잇!

나는 잡목 사이 덤불을 헤치고 깊숙이 한번 들어가 보았다. 전혀 상상도 못 한 별천지 숲이 떡하니 나타났다.

소나무 아래 늙은 개 한 마리가 앉아 있다.

응? 오잉? 나는 내 눈을 의심했다. 사자다! 나는 직감했다.

죽을 자리를 찾아갔다는 그 개가 살아있었다.

'저… 혹시?'

'응? 누구여?'

'혹시….'

'너 누구야? 갑자기 웬 놈이야?'

'사자 할아버지 아니세요?'

'나를 알아? 어디서 굴러온 놈이여?'

'맞죠? 전설의 싸움대장 사자 할아버지!'

사자는 너무 늙어 제대로 걷지도 못했다. 하나도 무섭지 않
았다. 당장 맞짱을 떠도 내가 이길 것 같았다.

그러나 그의 콧잔등과 눈가에 패인 흉터, 한쪽 귀도 반쯤 뜯
겨져 나갔다. 아무나 범접 못 할 싸움 개의 위엄이 아직도 남아
있다. 나는 잽싸게 꼬리를 내리고 존경 모드로 나갔다.

'정말 영광입니다. 전설을 이렇게 직접 뵈니.'

'숨만 깔닥깔닥 쉬는 퇴물이다.'

'아닙니다. 여전히 정정하세요.'

그는 정말 어떻게 지금까지 살아남았을까?

궁금증이 조금 풀렸다. 할머니 개들이 먹을 것을 가져오고
생수병을 물어다 주고 있다. 나는 순간 바람둥이 우리 아버지
가 떠올랐다. 나는 사자랑 저 할머니들이랑 어떤 사이냐고 절
대로 묻지 않았다. 늙은 전설은 뜻밖으로 친절했다.

느닷없이 날파리처럼 날아든 나를 조금도 경계하지 않고 말
동무로 스스럼없이 대해 주었다.

'젊은 친구, 이 닭발 한번 먹어봐. 아주 맛있어.'

'감사합니다.'

'나는 이가 없어서 못 씹어. 할멈이 잘게 씹어줘야 먹어.'

'할머니도 이가 시원찮을 텐데 제가 씹어드릴까요?'

'아냐. 나 그렇게 많이 못 먹어.'

'그럼 이쪽 물렁뼈.'

'그보다 젊은 친구. 나를 한눈에 알아봤다면 혹시 아버지의 아버지. 그 위 아버지가 싸움꾼이었나? 혹시 자네 깡패 지망생인가?'

'아닙니다. 저는 싸움 싫어합니다.'

'암 그래야지! 개나 인간이나 머리로 살아야지 싸우면 못써. 무식해! 싸움 같은 거 잘해 봐야 한평생 이용만 당해. 개만 그런 게 아냐. 사람도 똑같아요. 싸움 잘하는 인간은 자기 가족하고 있는 시간보다 교도소 벽을 보고 앉아 있는 시간이 훨씬 많아. 내 말 무슨 말인지 알아?'

'네. 다 알아듣습니다.'

'싸움꾼은 밤낮 여기저기 깨져 가지고 병원만 먹여 살려. 늙어서 지팡이 없이 못 걷고 계단도 잘 못 올라가. 거기 비하면 개가 훨 낫지! 개는 수명이 짧아서 사람보다 빨리 죽고 지팡이 짚고 다니는 개 없잖아?'

'하하하, 정말 그렇네요.'

'에구구구구! 말을 좀 했더니 힘드네.'

'어… 할아버지.'

사자는 옆으로 눕더니 이내 코를 골고 잠이 들어버렸다.

나는 갑자기 따분했다. 자는 개 옆에서 멀뚱멀뚱 앉아 있기도 뭣해 나도 자리를 떴다.

그러나 농담하듯 툭툭 던지던 늙은 사자의 한 마디 한 마디.

그는 내가 만난 어떤 개보다 지혜로운 개였다.

아지트로 돌아오니 새끼 고양이들이 야옹야옹~ 라면박스를 물어뜯고 난리가 났다. 그새 고기 맛을 알고 또 안 주냐, 빨리 내놔라 시위다.

'야, 이놈 새끼들아!' 내가 싫은 소리를 하자 어디서 나타났는지 엄마 길냥이가 새끼들을 데리고 얼른 사라졌다.

눈을 붙이려는데 늙은 사자가 자꾸 머릿속을 맴돈다.

힘도 없고 닭발도 못 씹는 개가 어째서 그리 지혜로울까?

지혜는 대체 어디서 생기는 물질일까? 물질? 그것도 물질?

졸릴 때 나오는 하품처럼 눈에 안 보이니 물질치고는 특수한 물질?

그것은 일종의 콧김 같은 것일까? 하지만 콧김은 별로 유익해 보이지 않는다. 지혜는 사람이나 개한테 이득을 줘야 한다.

라디오에서 얼핏 들은 적이 있다.

"지혜는 늙은이가 받는 최고의 훈장!"

사람은 나이가 들어야 지혜가 생긴단 소릴까? 그럼 개는? 지혜는커녕 소파 밑에서 다리를 떨고 앓는 소리만 하는데? 혹시 끄잉, 끼잉, 깨개개갱 속에 깊은 의학의 지혜가 숨어있을까?

나를 스쳐 간 주인들 중에 가장 똑똑한 인물은 군대 간 대학생이다. 그가 진정한 내 스승이었다. 나는 모르는 것이 있으면 언제나 그에게 물었고 그는 항상 친절하게 가르쳐주었다.

'왈왈왈 주인님!'

"네, 말씀하세요."

'대학생은 뭐 하는 직업이죠?'

"이런 띨띨이! 대학생은 직업이 아니고 지식을 쌓는 학생."

'많이 쌓으셨나요?'

"응, 좀."

'그럼 반려견한테도 좀 나눠주시지.'

"1, 2, 3도 모르는 똥개가 무슨 지식씩이나! 하지만 똥개야, 지식보다는 지성이 한 단계 더 높단다."

'축구선수 이름이잖아요. 남의 이름 도용하면 안 되지.'

"지성보다 높은 게 또 있다. 지혜라고 한단다."

'지혜는 또 뭐야.'

"지식은 많을수록 삶이 고단하고 지혜는 한 줌만 있어도 삶이 즐겁다."

'나 좀 주지. 그렇게 좋은 거면'

"여기 당첨이 확정된 로또복권과 지혜 주머니가 있다."

'어디요? 안 보이는데요.'

"진짜 있는 게 아니고 있다 치고 임마."

'좋아요. 있다 쳐요. 로또와 지혜 주머니.'

"사람 100명을 불러놓고 어떤 것을 가질래 묻는다면?"

'음… 뭐가 좋을까?'

"하하하하 이건 문제랄 수가 없다. 100명 모두 복권을 집어 갈 테니! 띨띨이 너라면 어쨌겠냐?"

'나는 지혜 주머니요.'

"로또를 안 갖고?"

'복권을 물고 가봤자 개한테 돈을 주남요! 준다고 해도 그 많은 돈 쓸 줄도 모르고.'

"말 되네! 똑똑한 똥개일세."

'그러는 주인님은 로또와 지혜 어떤 쪽을 집어요?'

"나를 시험하냐?"

'주인님은 똑똑한 대학생이니까 지혜를 집겠죠, 당연히.'

"미쳤냐! 현찰을 집어야지!"

'주인님은 속물이네요.'

"영웅호걸은 다 속물이란다."

'하지만 나는 돈 싫어! 지혜로운 개가 되고 싶어요.'

"하아쭈!"

'왜 어쭈 안 하고 하아쭈 하죠?'

"서당개 3개월에 그만 하산해도 되겠다, 너."

'하산은 또 뭐죠?'

"더 가르칠 게 없단 소리야."

'맨날 저 소리! 그러면서 맨날 띨띨이 똥개 무지렁이.'

"띨띨아, 내가 진짜로 가르쳐 줄게! 지혜는 뼈다귀처럼 얻어 먹는 게 아니고 스스로 깨우치는 것이란다."

그러나 어떻게 깨우치는지는 끝내 가르쳐주지 않았다. 대학 생은 똑똑했지만 오만했다.

그런데 대학생을 찜쪄먹을 원조 오만이 있었다. 대학생보다 다섯 배, 열 배로 나를 다글다글 볶아먹은 침묵의 스승.

보호소에서 파양을 거듭하던 소년 시절.

나는 하도 사고를 쳐 한 집에서 3일을 못 넘기고 내쫓기거나 달아났다. 기적처럼 일주일까지 붙어있다가 돌아간 적도 있는 데, 자원봉사 누나가 "아이구, 네가 웬일이니? 7년 만에 오다 니" 놀라워했다.

그런 내가 딱 한 집! 한 달 반이나 안 쫓겨나고 개긴 집이 있 었다. 생태탕 전문집이었다.

그 집 생태탕 맛 얘기는 생략하고, 그 집에 오는 손님들 중에 지혜로운 이가 엄청 많았다. 대개가 지위가 높은 사장님이나 전무님, 부장님이었다.

그이들은 생태탕을 먹으면서 부하들에게 아낌없이 귀한 지혜를 나누어 주었다. 덕분에 나도 귀를 쫑긋 세우고 들었다.

"부동산은 끝났다. 괜히 막차 타지 마라."

"장사 아무나 하냐. 친구 따라 강남 가면 쪽박 찬다."

"절대로 쫓아가지 마라. 돈하고 여자."

"한번 이혼하면 두 번 이혼한다. 그냥 참고 살아라."

"여성을 존중해라. 조금만 존중해라."

그런데 참 이상했다. 주옥같은 지혜의 말씀을 쫄따구들은 듣기 싫어했다. 마지못해 듣는 척만 했다. 고작 한두 명이 핸드폰으로 받아적었다.

나도 받아적고 싶었지만 개가 글을 아나. 종이하고 불펜이 있나. 쫄따구들은 설교식 지혜를 싫어했다. 아주 질색했다.

사실은 나도 그랬다.

개를 불러 앉혀놓고 엎드려! 일어나! 기다려! 손! 이쪽 손! 딱딱 짧게 끊어줘야 얼른 알아듣고 익히지.

"야, 멍멍아. 저기 가서 대걸레 물고 와! 아니다 아니다! 대걸레는 됐고 물티슈 뽑아와. 아니 그냥 통째로 물고 와."

염병을 한다. 개가 그 긴 문장을 어느 천년에 해석하나. 그런데 가끔은 받아적을 만한 짧은 문장도 있었다.

"이모~ 고기 더 줘요."

"이모~ 소주."

"김군아, 8번에 소주 한 병 추가다."

"네네, 6번 계산요."

"그럼요, 당연히 또 오셔야죠."

"굿 럭!"

'굿 럭'이 무슨 소린지? 혹시 감기 기운이 있어 '쿨럭' 소리를 내가 잘못 들었는지 몰라도 모두 짧고 간단한 문장이다. 그런데 그게 모두 외우기만 쉬울 뿐 삶에 아무런 도움이 안 됐다.

고기 더 주라! 소주 추가! 이게 과연 지혜 축에 드는가?

나는 그만 생태탕집이 싫어졌다. 차라리 다시 파양되고 싶었다. 바로 그때 여사장님이 중대 결단을 내렸다.

손님 식사하는데 웬 개가 자꾸 왔다 갔다 하느냐 불평이 쏟아지자, 개를 집에 갖다놓기로 한 것이다.

하지만 내가 빈집이나 지킬 갠가. 나는 드디어 튈 기회가 왔구나 싶었다. 아무리 잘 가둬놔도 빈집 탈출쯤 일도 아니다.

앗! 그런데 집에 가니 이게 뭐야.

40대 처녀 사장님으로만 알고 있었는데 남자가 있었다.

명문대학을 나온 연하의 남편이 직장도 안 나가고 집에만 있었다. 산더미같이 책을 쌓아놓고 공부만 했다. 사법고시 지망생인 그는 도무지 말이 없는 남자였다.

나는 그가 무척 마음에 들었다. 이래라저래라, 뭐 어째라 잔소리를 전혀 안 하기 때문이다. 말만 안 하는 게 아니고 그는 할 줄 아는 게 하나도 없었다.

집에 있는 남자들이 다 하는 청소, 빨래, 밥 짓기…. 알고 보니 그는 세탁기, 청소기도 돌릴 줄 몰랐고 쌀 씻을 줄도 몰랐다.

남편이라는 사람이 부인이 만들어 놓고 나간 음식을 꺼내먹기만 했다. 그가 하는 가사노동은 냉장고와 보온 밥솥을 열고 닫고, 숟가락을 꺼내는 것뿐이었다. 잠을 자고 이불도 안 개고 공부만 했다.

부인은 그런 그를 조폭 두목보다 더 극진히 모셨다.

그러나 집안은 백날 가도 사람 사는 소리가 안 나는 적막강산.

처음에는 조용하고 편했지만 나는 기가 찼다.

아무리 내가 짧은 문장을 좋아하는 개라 해도 최소 식사 때만이라도 "멍멍아, 이리 와", "밥 먹어", "물 먹어" 최소한의 명령어는 읊어줘야 개 주인이고 반려견이지.

그는 끼니때가 되면 느릿느릿 걸어와 사료 그릇을 발로 쑥 디밀어 놓고 임무 끝났다는 듯 책만 읽었다. 나는 마침내 부아가 치밀었다.

남자가 왜 이리 무뚝뚝해! 누가 불고기 등심을 구워 달랬냐?

개한테 다정한 말 한마디 못 해 주냐? 무게 그만 잡고 말 좀 해라! 나는 짜증이 나다 못해 신경질이 났다.

혹시… 말을 못 하는 언어장애가 있나? 그러나 그것도 아니었다.

아주 가끔 부인이 전화를 걸면 응응응 응대를 했다.

혹시 아는 단어가 응응밖에 없나? 응응만 가지고 요담에 판검사가 되면 지장이 많을 텐데….

이리저리 머리를 굴려봐도 방법이 없었다. 만약 내가 사람처럼 말이라도 할 줄 아는 개면 날을 잡아서,

'여보슈, 주인장! 나한테 혹시 무슨 불만 있소? 내가 그리 싫소? 말을 못 하는 거야, 말하기가 싫은 거야? 아무리 그렇기로

한집에 살면서 계속 침묵 모드로 지내야겠소? 말 좀 해봐, 이 사람아!'

라고 호통을 쳐주고 싶지만 얻어먹고 사는 개 주제에 그럴 수도 없다.

부인한테 따지고 싶어도 아침 일찍 나가 밤늦게 오니 항의할 기회가 없었다. 그런데 앗! 어느 날. 이게 웬일?

부인이 남편한테 획기적인 건의를 했다.

"개를 집에만 두면 병나요. 가끔씩 산책 좀 시켜."

참으로 훌륭한 여주인이었다. 소파 옆에 웅크리고 있던 나는

옳다구나! 살았다! 얼른 일어나 기지개부터 폈다.

그러나 공부밖에 모르는 이 남편. 무슨 생각인지 다용도실에서 기다란 빨랫줄을 꺼내왔다. 빨랫줄이면 어떻고 쇠사슬이면 어때! 드디어 산책을 나가는구나! 나는 그저 좋아서 경중경중 뛰었다.

그런데 이런 게으름쟁이 남편! 20미터쯤 되는 빨랫줄을 내 목에 매더니 그 줄을 끌고 나가는 게 아니고 한쪽 끝을 대문 기둥에 묶었다. 그리고 나를 혼자 놀고 오라고 문밖으로 내보냈다.

그래 놓고 자기는 개 산책 다 시켰다고 안으로 들어가 버렸다.

최대 20미터까지만 갈 수 있는 한정된 자유 산책이긴 해도 거실에 갇혀있는 것보다 좋기는 했다.

그러나 다음 날 파출소에서 젊은 경찰관이 와 문을 두드렸다. 골목에 개를 풀어놓아 아이들이 무섭다고 민원이 들어왔단다.

남편이 20미터짜리 빨랫줄을 몇 번씩 들어 보였지만 경찰관은 어이가 없다는 듯 웃었다.

"지금 개를 잡아 묶었다고 주장하시는 겁니까. 줄이 이렇게 긴데 개를 골목에 풀어놓은 것과 뭐가 다릅니까. 안 됩니다."

경찰관이 시정명령을 내리고 돌아가자 남편이 잠시 생각하더니 빨랫줄을 5미터짜리로 바짝 줄여 나를 다시 방목했다.

경찰관이 다시 왔다. 경찰관은 화가 나 있었다.

남편이 다시 줄을 바짝 당겨 1미터 길이로 나를 대문 기둥에
잡아맸다. 그제야 젊은 경찰관은 만족하고 돌아갔다.

이번에는 내가 만족할 수 없었다. 나는 열통이 터졌다.

고작 겨우 기껏 1미터 이내 자유 산책이 말이 되는가. 이것
은 동물 학대를 넘어 동물 조롱이다. 하다못해 뜀뛰기라도 할
수 있게 3미터로 늘여라!

나는 집 안을 향해 왈왈왈 짖고 항의했다. 남편은 고시 공부
하느라 내가 아무리 짖어도 내다보지도 않았다.

나는 온 힘을 다해 빨랫줄을 물어뜯기 시작했다. 그런데 이
게 뭐야. 무슨 빨랫줄이 이빨이 들어가지 않았다. 개 이빨로 끊
어지는 줄이 아니었다. 나는 당황했다. 이런 적이 없었다.

요리조리 목을 비틀며 몸부림을 쳐봐도 빠지지도 않았다. 짜
증이 나고 악에 받쳐 나는 온 동네가 떠나가라 짖어댔다.

이웃집 할머니 할아버지가 내다보고 "시끄러, 이놈아!" 했다.

내 목소리보다 그 목소리가 더 컸다.

그 소리가 남편 귀에 들렸을까? 덜컹 대문이 열리고 그가 나
왔다. 순간 나는 하마터면 기절을 할 뻔했다. 으악! 아니…!
그의 손에 주방용 식칼이 들려 있었기 때문이다.

그렇게도 개를 귀찮아하더니 드디어 나를 찔러 죽이겠다고?

안락사면 몰라도 가정집 식칼에 죽고 싶지 않았다.

어… 그런데 그가 칼을 내 목에 갖다댔지만 나를 죽이지 않았다. 싹둑! 빨랫줄을 끊었다. 그날 나는 확실하게 알았다.

그는 언어장애가 아니었다. 그는 나를 만난 지 정확하게 10일 만에 처음으로 입을 열었다.

"가! 니 꼴리는 대로 해."

나는 다시 보호소로 가지 않았다. 거리를 헤매는 떠돌이가 되었다. 다시 붙잡혀도 다시 달아났고 떠돌이 유기견의 그 피할 수 없는 운명을 불평 없이 받아들였다.

하지만 나는 아직도 이해하지 못한다. 그가 처음이자 마지막으로 내뱉은 짧았던 그 문장.

명문대학을 나온 법학도가 한 말이니 분명히 어려운 법률용어일 것이다. 그러나 나도 대충 때릴 줄은 아는 개다.

"남의 눈치 볼 것 없다. 니 뜻대로 살아라. 니 맘대로 하세요."

그것은 유기견으로 살면서 척박한 인간 세상에서 살아남을 수 있는 큰 힘이 되었다. 그것은 지혜였다.

사람들은 입만 열면 '각박한 세상'이란다.

개들도 좀 알아듣게 쉬운 말을 쓰면 안 되나. 각은 뭐고 박은 뭔가? 박은 박치기, 각자 박치기를 한다는 소리일까?

인간 세상도 그런데 개 세상은 오죽하겠는가. 믿고 마음 줄

개 한 마리 없는 세상.

믿고 뼈다귀 하나 맡길 개가 없는 세상. 믿고 맡기기는! 먹고 있는 뼈다귀도 뺏어 먹는 너무도 살벌한 유기견의 세계.

그래서 개도 나 혼자 산다. 혼자는 약한 듯해도 혼자는 강하다. 혼자 힘으로 혼자 일어난다. 어떻게 지혜롭게 살 것인가 혼자 생각한다.

생태탕집 부인의 소원대로 남편은 사법고시에 패스했을까?

사람들이 존경하는 지혜로운 판검사가 되었을까?

나는 다음 날, 살점이 많이 붙은 돼지갈비 뼈 한 개를 물고 숲속의 사자를 다시 찾아갔다.

'어서 와, 어서 와! 또 놀러 안 오나 기다렸다네.'

사자는 나를 귀찮아하지 않고 반갑게 맞아주었다.

나는 그의 지혜를 원했고 늙은 싸움꾼은 대화상대가 그리웠을까? 그런데 그는 내가 준 돼지 뼈를 몇 번 핥아먹더니,

'왜 이리 졸립나. 손님 앉혀놓고 자면 안 되는데….'

하면서 또 스르르 잠이 들어버렸다. 황당했다. 괜히 돼지 뼈 하나만 날린 기분이었다. 그냥 갈까 하다가 나는 본전 생각이 나 잠든 사자를 깨웠다.

'좀 일어나 보세요. 얘기하는 거 좋아하시잖아요.'

'골 아픈 문제를 가지고 왔잖아!'

'제 얼굴에 그렇게 쓰여 있었나요?'

'어떻게 하면 동물구조대 피해 가며 배불리 잘 먹고 잘살 수 있나?'

'잘못 아셨습니다! 저 충분히 먹고살 만합니다.'

'그런데?'

'먹고는 살 만해졌는데 그게 있죠.'

'뭐가 있는데?'

'왜 행복하지가 않죠? 왜 늘 불안하죠?'

'행복 문제였어?'

'떠돌이 유기견은 행복할 수 없나요?'

'이런 맹추. 제일 쉬운 게 행복인데.'

'어떻게요?'

'가르쳐 주지. 멸치 세 마리의 행복.'

'그게 뭔데요?'

'배가 고파 숨이 넘어가는 개한테 멸치 세 마리를 줘봐. 아이구, 웬 세 마리씩이나 주십니까? 이게 뭐야? 멸치 세 마리 간에 기별이나 가겠어? 둘 중 누가 행복한 개야?'

'그러니까 행복은….'

'마음먹기에 달린 거야. 마음을 내려놓고 감사하면서 살아! 마음을 무겁게 이고 지고 다니지 말고.'

'목사님 같은 말씀을 하시네.'

'목사도 마음을 내려놓으면 더욱 훌륭한 목사가 된다.'

'마음이 뭐죠? 마음이 몸속 어디에 있죠?'

'나야 모르지. 직접 찾아봐.'

'가슴속에 있을까요, 아니면 머릿속?'

'나도 찾다가 말았네.'

'개는 코가 급소니까 혹시 코에 있지 않을까요?'

'마음이 코에 있으면 남의 눈에 다 보이게?'

'그럼… 가장 예민하고 눈에 잘 안 띄는 개 발바닥.'

'발바닥은 아닐 거야. 저 개 마음이 어떤가 하고 모두 발바닥을 뒤집어 보려 할 텐데 그러다 큰 싸움 나지.'

'마음을 어떻게 굴려야 마음이 편안해지죠?'

'정말 알고 싶나?'

'네.'

'꼭 알고 싶나?'

'그래서 할아버지를 다시 찾아오지 않았겠습니까.'

사자는 잠시 졸린 눈을 앞발로 비비더니, 커다란 소나무 밑동을 조용히 가리켰다.

'개들이 먹을 것을 하도 많이 가져와 저 소나무 밑이 늘 소뼈다귀, 족발, 치킨, 소시지, 빵조각으로 수북했었다네. 나는 그걸 바라보면서 내가 죽을 때까지 저걸 다 먹을 수나 있을까,

즐거운 걱정도 했었다네.'

'정말 그러셨겠네요.'

'정말 든든했지. 처음 며칠간은.'

'?'

'든든은 했는데 갑자기 이놈의 벌레들이 꼬여들고⋯ 벌레뿐이냐? 들고양이, 오소리, 수달, 까마귀, 참새까지 먹겠다고 밤낮 몰려드니 이거야 신경이 곤두서 잠을 잘 수가 있나.'

'그래 가지고요?'

'늘그막에 그놈들하고 한바탕 전쟁을 치렀지. 난리도 그런 난리가 없었어. 그 빠르다고 소문난 청솔매도 내가 두 마리나 물어 죽였어. 그래 났더니 다들 함부로 근접을 못 하더군.'

'전쟁에서 승리하였군요.'

'우리가 이겼지. 하지만 이기면 뭐 하나.'

'?'

'소나기가 쏟아지고 여기저기서 콸콸콸콸 흐르고 스며드는 빗물을 막아낼 재간이 있나. 속수무책이었지. 쌓아놓고 잠시 좋았을 뿐 모조리 뭉개지고 썩고 떠내려가고⋯. 결국 땅이 다 먹었어.'

'그래서 지금은 아무것도 안 두네요.'

'먹거리가 생기는 족족 그날그날 다 나눠 먹었지. 하지만 봐! 벌레도 안 오고 타 동물하고 싸울 일도 욕할 일도 잠 설칠 일도

없어졌지.'

'그렇군요.'

'뭔가 감이 오는가?'

'인간들은 그래서 창고를 짓고 냉장고를 만들었죠.'

'냉장고!'

'인기 짱, 최고 발명품입니다! 세계적으로 보급되서 아무리 가난한 집도 그거 하나는 꼭 있습니다.'

'인간을 게을러 터지게 만든 비만의 최고 원흉이다! 지구자원을 급속도로 고갈시키고 기상이변까지 부르는 아주 못된 기계다.'

'하지만 비축해 두어야 춥고 배고픈 날….'

'하긴 개도 사료 한 알 구경조차 못 하는 날이 있기는 있지.'

'맞습니다! 그런 때를 대비해야죠.'

'개는 일주일을 굶어도 안 죽는다.'

'그냥 굶자고요?'

'이것 봐, 젊은 친구! 아무리 장대비가 쏟아지는 날도 잘 살펴보면 하늘 어딘가에 별 한 개는 보인다네! 먹을 게 씨가 마른 것 같아도 눈을 까집고 찾아보면 반드시 있어요. 어딘가 쥐포 쪼가리, 꽁치 대가리 하나는! 세상이 무질서한 것 같아도 거짓말처럼 공평하다네. 오늘은 재수 대가리 없는 날! 오늘 드디어 굶어 죽는구나! 싶어도 다음 날 반드시 고깃덩어리나 소시지 뭉텅이가 얻어걸린다네. 미리 겁먹고 감출 필요, 파묻어 놓을 필요가 전혀 없어.'

'그래도 할아버지.'

'내일은 내일 해가 뜬다.'

'모레는요?'

'개한테 모레는 없다.'

맞는 말일지도 모른다. 내일조차도 알 수 없는 유기견이다.

오늘 잘 먹고 잘 놀다 내일 안락사 주삿바늘 앞에 설지 모른다.

그런데 사자는 역시 흘러간 전설일까.

주옥같은 지혜는 고마웠지만, 전사답지 않은 속셈을 드러냈다. 그것은 내 생애를 통틀어 최고로 달콤한 유혹이었다.

'젊은 친구, 요리 앉아 봐.'

'앉았는데 또 앉아요?'

'어때 젊은 친구. 요기 요 자리는 강변에서 최고 노른자위! 모든 들개들이 탐을 내는 명당이다. 여름에는 시원, 겨울은 따뜻! 이 일대 숲을 다 뒤져도 이런 곳 없어. 내가 살아야 앞으로 얼마나 더 살겠나. 늙은이 보살펴 주고 숨 끊어지면 묻어주는 것도 보람 있는 일 아니겠나. 대신 이 자리. 나 죽으면 자네가 물려받는 거야! 암캐 누나들도 모두 자네 차지가 되고.'

부귀영화까지는 몰라도 제법 거들먹거릴 수 있는 개 권력이다. 그러나 권력이란 내 맘대로 못 사는, 이 역시 굵은 개 줄이다. 떠돌이는 떠돌이가 자기 길이다.

사람도 개도 자기 길을 가야 한다. 편하다고 눌러앉으면 게을러지고 약해지고 병든다. 나는 인사치레로 두 밤을 소나무 밑에서 사자랑 함께 보내고 작별 인사를 드렸다.

늙은 싸움꾼은 내 어디를 잘 봤는지 못내 아쉬워했다. 숲속의 할머니 개들이 배웅한다고 주루루 따라나섰다.

개도 인간들처럼, 내가 자기네 대빵이랑 담소를 나누며 며칠같이 놀았다고 나를 동급 거물로 여겼을까. 아니면 젊은 수캐를 하도 오랜만에 보아서일까.

그녀들은 내 손을 꼭 잡고, 마치 군대 가는 자식을 보내듯 차례차례 내 콧잔등을 핥아주었다.

서열이 제일 높은 왕할머니 개가 은근히 공갈 협박도 했다.

'꼭 떠나야겠나? 웬만하면 우리랑 같이 살지! 젊은 똥개가 고집 있네. 이렇게 여럿이 붙잡을 때는 못 이기는 척 붙잡혀 주는 게 싸나이지.'

'박수 칠 때 떠나야죠.'

'누가 박수를 쳐? 우리 아무도 박수 안 쳤어.'

'가야죠. 더는 민폐 못 끼치죠.'

'아따! 이 젊은이 가는 거 되게 좋아하네! 그래봐야 찬 바람 불고 폭설 쏟아지면 자네도 여기 이 명당자리 숲이 생각날걸? 다치고 병들어 다리 절룩거리면서 돌아올걸?'

'알았습니다. 정 죽게 생겼다 싶으면 올게요.'

'이런 맹추. 그때는 우리 다 죽고 없지.'

겨우 뿌리치고 숲을 빠져나오는데 왕할머니 개가 또 쫓아왔다. 그녀는 나를 다리라도 부러뜨려서 진짜로 눌러 앉히고 싶은 눈치였다.

'에그 숨차! 기다려 봐, 좀.'

'왜요, 또?'

'그래서 어느 쪽으로 가려고? 압구정? 뒷구정? 논현? 청담? 아니면 멀찍이 잠실? 뭐 어딜 가든 자네 자유지만… 세상이 겁나 바뀌어서 옛날 우리 때랑 완전 딴판인 거 알지? 어딜 가더라도 깔끔한 유기견 매너 지킬 줄 알아야 살아남아요! 고기 얻어먹고 금방 또 안주나 디저트 없나~ 이거 안 돼, 안 돼! 그거 미련 갖고 기다리다가 여러 놈 보호소 끌려갔어. 내 전남편, 전전남편, 내 새끼, 내 손자….'

'너무 잘 압니다. 어서 들어가세요.'

'기다려 봐! 뭐가 그리 급해, 젊은 놈이.'

자꾸 꼼지락대는 왕할머니 흉계를 나는 그제야 눈치챘다. 저쪽 버드나무 뒤에 숨어있는 젊은 암캐 한 마리!

'진작 정식으로 소개했어야 하는데 영감 눈치가 보여서 매번 기회를 놓쳤지 뭐야. 그렇다고 그 영감 씨도 아냐! 제니 뭐 하니~?'

'제니면 등짝 누런 진돗개 잡종…'

'제니 어여 이리 나와 봐! 새끼도 낳아 본 눈이 뭘 숨어서 내숭 떨고 난리야. 고개 파묻지 말고 언능 이리 나와 봐!'

'새끼도 낳아 본…?"

'자네보다 쪼께 연상이야. 개나 사람이나 연상이 엄청 좋은 거여. 진짜 사랑받는 거여! 제니 뭐 하니?'

제니는 무엇이 그리 부끄러운지 끝내 나무 뒤에서 나오지 않았다. 왕활머니가 그쪽으로 뛰어갔다.

나는 왕할머니의 고함 소리를 뒤로한 채 잡목 사이로 빠져 자전거도로를 가로질러 달렸다. 저만치 가다 뒤돌아보니 왕할머니가 제니 머리를 쥐어박고 있었다.

전설의 싸움 개 사자는 참 질기게 살아남았다. 무려 18년. 사람도 싸움을 잘하면 오래 살까?

그래서 남 하는 일에 일일이 반대하고, 기를 쓰고 어깃장을 놓는 노인들이 그리도 많은가.

싸움 못 하는 나는 빨리 죽을까?

개 수명은 짧다. 떠돌이 유기견은 길어야 5~6년. 그나마 자꾸 줄어, 거지 생활 1년을 못 넘기는 개가 전국에 널렸다. 초단명 유기견의 일생. 그야말로 밤새 안녕이다.

나는 얼마나 더 살까? 병 안 걸리고 자동차만 잘 피하면 5~6년? 욕심일까? 그럼 3년? 사람들은 3년쯤 눈 깜짝할 새라고 헐리우드 뻥을 치지만 셈을 못 하는 개 머리로도 3년은 길다.

봄하고 여름이 몇 번인가. 가을 겨울까지 합치면? 얼른 계산이 안 된다.

땡큐 선배가 말하지 않던가. 사시사철 전국에 버리고 흘리는 산해진미, 행락객이 없는 겨울이 힘들지 않냐고? 천만의 말씀 만만의 콩떡!

계절 바뀐다고 한국인들이 먹던 음식 안 먹던가. 삼겹살에 불갈비, 소주에 육회는 기본이다. 겨울에 냉면, 겨울에 아이스크림, 겨울에 팥빙수, 겨울에 아이스커피.

한국인 옆에 잘만 개기면 얼마든지 살찔 수 있다. 그것을 무려 3년? 배 터진다. 뱃살 늘어난다.

사실 개는 시간도 날짜도 계절도 공휴일도 제대로 모른다.

인간들 몰려다니는 쪽수를 보고 '아, 오늘이 토요일. 내일이 일요일이구나!', '아, 창틀에 국기를 걸어놨네. 특별한 날이구나!' 때릴 뿐이다.

유기견이나 집개나 먹는 것밖에 모르는, 쓸데없이 예민한 멍청이들이다. 앗, 해 떴다. 밥 먹자! 앗, 깜깜하다. 자자! 앗앗앗! 고기 냄새다. 돌격 앞으로! 앗, 나를 좋아하는 사람이다. 꼬리치기 일발 장전! 단순하지만 치열하다.

유기견은 오늘 하루 사력을 다해 쓰레기를 뒤진다.

오늘 하루 주방장님 앞에서 앞발을 비비고 충성과 아부의 꼬리를 친다.

오늘이 생애 최고의 날이다. 오늘을 지배하는 개만이 평생을 지배한다. 오늘 게으른 개는 평생 게으르고 평생 배고픔을 친구로 달고 산다. 내일을 기대하느냐? 내일은 주방장이 바뀔지도 모른다. 오늘의 주방장만이 나의 보스, 나의 군주다.

아무것도 안 주면 번개처럼 미련을 접고 다음 집! 또 안 주면

284

그다음 집! 수백 년을 그렇게 살아왔다. 구박받고 박해를 받았지만 멸종하지 않았다.

그러나 아무리 걸신이 들어도 후손이 먹을 뼈다귀를 앞당겨 먹어 젊은 세대 앞날에 재를 뿌리진 않았다. 개가 천둥 번개에 놀라도 벼락을 두려워하지 않는 이유다.

괜히 그놈의 수명 따지다가 눈이 아물아물, 깜박 잠이 들고 말았다. 해가 지고 사방이 깜깜한데도 정신없이 자다가 앗! 하고 눈을 떴다. 나는 화들짝 라면박스에서 튀어나왔다.

저녁밥을 굶고 잠을 자다니! 끼니는 한번 놓치면 평생 다시 못 찾아 먹는다. 나는 서둘러 숲을 나왔다.

밤 12시가 다 돼 저녁 식사를 하겠다고 나선 것도 처음이다. 사람들이 모두 집에 가고 압구정 번화가도 텅 비었을 줄 알았는데 웬걸! 거리는 여전히 휘황찬란했고, 큰길가로 택시를 잡으려는 취객들이 와글바글 했다.

조심조심 불빛 적은 뒷골목을 더듬어 갔다. 여기저기 쓰레기를 많이 내놨는데 사람이 다녀서 선뜻 뒤질 수가 없었다.

그때 큰길 쪽에서 뭐가 시끌시끌해서 슬쩍 보니 으악! 동물구조대 차량이다. 이런 시간 저런 번화가에는 잘 오지 않는데 누가 신고를 했을까? 조심해야 한다.

불빛 없는 가로수 뒤로 몸을 숨기고 동태를 살피는데 오잉?

이 낯익은 개 냄새는? 혹시 내가 아는 개?

젊은 구조대원이 뜰채로 포획한 유기견 한 마리를 조심스럽게 자동차로 옮기고 있다. 나는 순간 하마터면 소리를 지를 뻔했다. 땡큐였다.

밤이 되면 눈이 나빠 거의 앞을 못 본다는 땡큐가 압구정 번화가에서 붙잡힌 것이다. 그가 평소 그토록 동경하던 압구정에서. 앞을 볼 수 없을 정도면 어디 적당히 처박혀 있다가 아침에 기어 나오지, 뭐 먹겠다고 멍청이!

하지만 애만 태우고 바라만 볼 뿐 내가 해줄 수 있는 일은 아무것도 없었다. 땡큐는 아무 저항 없이 차에 실려 금방 시야에서 사라졌다. 저녁 식사고 뭐고 다 때려치우고 나는 터덜터덜 발걸음을 돌렸다.

맛집 골목 영업도 끝나가고 있었다.

내가 산삼을 갖다주었던 목살 집도 불만 켜져 있고 손님이 없다. 주방장 누나가 자판기에서 커피를 꺼내 마시고 있다. 그 누나는 가게 문을 닫기 전 꼭 커피를 마신다. 그게 그렇게 맛있냐 쳐다보면,

"오늘 하루 수고했다 카는 보상 아이가! 내가 얼굴이 예쁘냐 몸매가 있냐. 이 자판기가 애인이다."

그녀는 따로 집이 없다. 사장님이랑 서빙 하는 할머니가 퇴근하면 식당 간이침대에서 잔다.

다른 날 같으면 슬쩍 들러볼 텐데 나는 그냥 지나갔다.

"머꼬! 멍멍이 아이가?"

'!'

"이 밤중에 니 어데를 짤짤거리고 다니노? 이리 와바라."

머뭇거리는 나를 굳이 안으로 데려가 손님이 남긴 목살을 주었다.

"니 오면 줄라꼬 모아놨다 아이가. 빨리 무라."

저녁 식사고 뭐고 다 때려치웠던 나는 이게 웬 떡이냐 허겁지겁 먹었다.

고기를 파는 고깃집에 맛도 없는 채소가 사방에 널려있다. 무, 배추, 파, 미나리, 콩나물…. 주방장 누나는 그걸 모두 다듬고 잘 모양이다.

"고기에 채소는 필수재! 옷감만 있다고 옷이 되나. 단추도 달고 단춧구멍도 뚫고… 먹는 장사도 똑같다."

누나는 소도시 여고를 졸업하고 식당 설거지로 데뷔해 주방장이 된 입지전적 인물이다. 그녀는 개를 몹시 좋아했다.

"앞으로 2년, 길어야 3년이다. 멍멍아."

'?'

"적금 붓는 거 끝나고 내가 독립하맨 니도 내한테 온나! 니 그때까지 안 죽고 기다릴 자신 있나?"

늘 고마운 누나지만 나는 다시 가슴이 찡했다.

개를 좋아하는 사람은 개를 안 키워도 언젠가 키워야지 하는 꿈을 안고 산다. 개를 떠나보낸 상처가 너무 깊어 목각인형이나 돌멩이를 키우는 사람도 있다.

끊임없이 사랑을 쏟아붓고 싶어 하는 마음이 따뜻한 사람들이다. 그런데 왜 유기견만 관심이 없나. 왜 유기견만 미워하나.

"아직 안 끝났냐? 할매 먼저 들어간다이."

오뎅탕 집 할머니가 퇴근하면서 인사를 하고 간다. 그런데 할머니 표정이 썩 밝지 않다. 오늘 장사가 시원찮았을까?

누나가 그 사연을 말해주었다.

"이 동네 주방장들 요즘 부쩍 신경이 예민해져 있다 아이가."

'왜요?'

"그놈의 인공지능인가 지랄인가 하는 거 땜에 뒤숭숭하다! 주방장을 다 모가지 해뿌리고 로봇이 음식을 만든다 안카나!"

'설마.'

"내 말이 그 말이라! 하늘이 무너질까 봐 우찌 사노? 나는 겁 안 난다. 기계랑 사람 손맛이랑 누가 이기나 한번 붙어볼 끼다."

'인공지능하고요?'

"다 사람이 만든 기계다. 와 몬 이기노? 내가 요 쪼맨한 목살집 주방장을 해묵고 살지만! 옷으로 치면 단추 한 개도 안 되는, 단춧구멍 정도 되는 존재지만도 단춧구멍 없이 옷이 되나! 나는 그 자부심 한 개로 산다. 우째 하면 손님한테 더 맛있고 배부른 기쁨을 줄 수 있을까. 나는 세상에서 제일 괜찮은 단춧 구멍이 되고 싶은 기라."

나는 누나가 그날만큼 크게 보인 적이 없었다. 그녀는 왕갈 빗집 사장보다 육군 대장보다 검사, 판사보다 더 크고 높아 보 였다. 나는 왈왈왈왈 우리 누나 최고! 힘차게 짖어주고 목살집 을 나왔다.

차가 쌩쌩 달리는 강변도로를 잽싸게 건너왔다.

그날도 유달리 달이 밝은 밤이었다. 나는 골똘히 생각했다.

주방장 누나는 그처럼 자부심을 가지고 사는데, 나는 자부심 은커녕 왜 매일매일 꿍얼거리며 살까?

다 인간들 때문이다. 인간들한테 불평불만만 죽어라 학습하 고 자부심은 못 배웠다. 나는 보름달을 쏘아보며 유기견 신세 를 한탄하며 다시 툴툴대기 시작했다.

'떠돌이 유기견은 대체 뭔가요? 모래 한 알 풀포기 하나에도 신의 뜻이 있다는데 유기견은 뭔가요? 뭐 하러 유기견을 세상 에 내보냈나요?'

갑자기 숲속이 어두워졌다. 조각구름이 달을 가려버렸다. 달 을 가린 구름이 대답했다.

'고기 잘 얻어먹고 와서 또 꿍얼대느냐, 말 많은 개야.'

구름이 말했다기보다 그런 말이 퍼뜩 머릿속을 스쳤다. 나는 깨갱! 얼른 아지트로 들어가 군말 없이 잠을 청했다. 달을 가린 조각구름이 다시 점잖게 충고해 주었다.

'개는 툴툴대면 안 된다. 강물이 왜 우리는 쉬지도 못하고 밤낮 흘러만 가냐고 툴툴대냐. 강변 아스팔트가 왜 우리는 납작하게 누워만 있느냐 불평하더냐. 공원의 벚나무가 왜 예쁜 꽃을 몽땅 바람에 날려 보내느냐 투덜대더냐. 뱀, 지렁이가 왜 우리한테 전동 킥을 안 만들어 줘 이리 힘들게 기어다니게 하는가 불평하더냐.

개한테 불평 말라고 말을 만들어 주지 않은 것에 감사해라. 대신 지렁이보다 빨리 뛸 수 있고 귀뚜라미보다 크게 짖을 수 있지 않으냐. 아무리 먹어도 배가 터지지 않는 철밥통도 주었다. 늘 신께 감사하고 먹다가 남은 뼈다귀를 친구에게 주어라. 떠돌이 유기견의 분복이니라.'

내가 뭐라 한마디 하려는데 구름이 사라지고 보름달이 다시 얼굴을 내밀었다. 그 순간 이상하게도 마음이 편해졌다. 나는 그날 밤, 잠을 푹 잘 수 있었다.

그런데 웬 사건이 그렇게 꼬리를 물고 일어나나.
아침에 눈을 떴더니 앗! 우앗! 누가 먹음직스러운 닭 다리를 아지트 안에 던져놓고 갔다.

개미 떼가 그걸 먹겠다고 라면박스 성벽을 기어올라 아지트 안까지 침공해 왔다. 혹시 나한테 고기를 얻어먹은 길냥이들이 혹시 은혜 갚은 제비? 절대로 그럴 놈들이 아니다.

혹시 누군가가 유기견을 해코지할 목적으로 고기에 독극물을 발라 상자 안으로 슬쩍? 나는 얼른 닭 다리에 코를 대봤다. 앗! 이것은 그 암캐, 버드나무 뒤에 숨어있던 부끄럼쟁이 제니 냄새다. 아니 고것이! 제니는 정말로 나를 좋아하는 것일까?

맛 좋게 먹기는 했지만 왠지 불길한 예감이 스쳐 지나간다.

혹시 이것이 사랑의 도화선?

안 된다. 사랑은 유기견의 사치다. 세상에서 일어나는 크고 작은 다툼이 모두 사랑 때문에 일어난다.

사랑이 사랑하는 사랑이 아니고 잔머리 계산이 돼버린 세상.

내가 꽃을 바치고 돼지족발을 줬으니 곧 쥐포나 개껌이라도 주겠지 하는 기대는 사랑이라기보다 비즈니스다. 낮은 단계의 탐욕이다. 탐욕은 끝이 안 좋다. 반드시 콧잔등이 깨지고 코피를 쏟게 된다.

사랑 경험이 없는 초보 연인들은 코피 대신 눈물을 쏟는다. 눈물보다는 차라리 코피가 화끈하고 깨달음을 준다.

하지만 나는 깨달음 같은 거 싫다. 개나 인간이나 무언가를 깨닫기까지 너무 많은 비용이 든다.

하늘을 보고 잠시 누웠더니 지난 일들이 영화 장면처럼 스쳐간다.

나를 한없이 울리고 거리로 내쫓은 아름다운 악녀들. 그리고 여러 성질머리 남자들.

나를 지방 국도에 내동댕이친 왕짠돌이 4인방. 받들어총! 애국자 할아버지 소령님. 주택 30채를 단칼에 거부한 여고생.

세상 지옥으로 나를 다시 풀어준 공포의 노랑머리.

생태탕집의 추억, 침묵의 사나이. 끝내 보호소로 끌려 간 땡큐 땡큐 우리의 땡큐 선배. 수줍은 암캐의 닭 다리 고백….

사람도 개도 세상을 산다는 것은 크고 작고 우습고 슬픈 사건의 연속이다. 절대로 피할 수 없고, 그렇다고 벌벌벌 겁낼 것도 없었다.

툴툴대지 말고 어깨에 주렁주렁 매달고 살 수밖에 없다. 아니, 뭐 매달 필요까지는 없다. 그냥 친구삼고 살아가면 된다.

세상에서 제일 좋은 약은 시간이다. 고난도 아픔도 부끄러움도 시간과 함께 다 지나간다. 개는 시계가 없어 모르는 사이 뭔지도 모르게 지나간다.

그사이 또 하루가 지나가고 있다. 아까는 어제고 지금이 오늘이다. 아까 먹은 고기는 어제 먹은 고기다.

오늘 생각해 보니 어제 먹은 고기가 치킨인지 삼겹살인지 기억이 안 난다. 그걸 정확히 기억하면 개가 아니다.

그러나 아무리 멍청한 개도 배꼽시계 하나는 정확하게 작동한다. 먹는 시간 맞추는 것만은 인공지능보다 단연 형님이다.

그런데 먹는 시간은 예정이 없다. 오늘 지금 먹어라!

오늘 쓰레기를 내일로 미루면 딴 놈이 빼먹고 빈 봉지만 날아다닌다.

내일은 없다. 실패한 사람은 내일을 믿은 사람이다.

내일은 내일 해가 뜬다고? 비만 억수로 퍼붓고 우박까지 쏟아지는 날을 나는 너무 많이 봤다. 오늘 떠오른 해만 믿어라.

오늘 잘 먹고 오늘 잘 놀고 오늘 잘 자는 게 행복이다.

세상의 개들아!

하루라도 힘 안 들고 거저먹는 개가 단 한 마리라도 있던가. 너무 힘에 부쳐 도저히 못 살 것 같아도 살아보면 살아진다.

떠돌이 유기견 생활, 깔딱깔딱 숨이 넘어갈 때도 있지만 깔딱깔딱 숨이 넘어가는 스릴, 떠돌이만의 짜릿한 쾌감이다.

세상의 유기견들아!

진드기, 사상충, 못된 인간, 술 취한 자동차 조심하면서 악착같이 살아남아라. 그것만이 부모에 대한 최고 효도다.

내일은 안 올지 모른다. 오늘 기를 쓰고 먹어라.

Epilogue

그 후 밝혀진 정보들

웃기는 암캐 제니. 그녀가 나 몰래 또 다녀갔다.

아카시 나뭇가지에 쥐포 세 마리를 걸어놓고 갔다.

3일에 한 번꼴로 맛있는 것을 살짝 갖다 놓고 사라진다.

그렇게 부끄럼쟁이면 그냥 할머니랑 놀지 웬 스파이 흉내?

나랑 사귀고 싶으면 숨지 말고 당당하게 모습을 드러내야지!

혹시 얼굴에 화상자국이 있냐? 나는 그런 거 안 따지는데.

쥐포는 혼자 먹는 것보다 둘이 이야기하면서 뜯어 먹는 게 훨씬 더 맛있는데.

마포 강변 토박이 개들이 지리산 사는 쪼쪼를 두 번이나 봤단다. 자기 엄마 무덤에 돼지 뼈랑 소시지를 물어다 놓고 끄잉 끄잉 울다가 가더란다. 쪼쪼 녀석 진짜 효자다.

찌그러진 콜라 깡통과 담배꽁초가 뒹구는 모래더미 속에 진짜로 자기 엄마가 누워있다고 생각하는 것일까?

트럭을 훔쳐 탄다고 하지만 지리산에서 서울까지 사람도 아닌 개가 성묘를 오다니 참 놀라운 일이다. 사람보다 훨씬 낫다.

효자 효부라는 사람도 조상을 산속 깊이 파라오처럼 모셔놓고 골프 치러 가느라 해외여행 가느라 가물에 콩 나듯 찾아가는데….

암만 그래도 그렇지 쪼쪼 이 나쁜 놈!

혼자만 가지 말고 나랑 같이 가지, 그러면 무덤 속 엄마도 친구랑 같이 왔냐며 더 좋아할 텐데….

한 가지 궁금한 것은 쪼쪼가 엄마 산소에 갈 때 지 마누라랑 새끼 일곱 마리를 다 데리고 갔을까? 그 먼 데서 서울 마포강까지 강아지 일곱 마리 쉽지 않을 텐데, 진짜 궁금하다.

그래도 쪼쪼 놈이 한없이 부럽다. 예쁜 암캐를 만나 새끼를 낳아서가 아니다.

얼굴도 제대로 본 적 없는 우리 엄마는 내 작은 가슴에 애타는 그리움만 심어놓았다. 나는 가슴 미어지는 그 형벌을 달게 받으며 살아간다.

전설의 싸움 개 사자가 아침 식사를 하다가 호흡곤란 증세로 쓰러져 세상을 떠났단다.

강변의 들개들이 모두 모여 하늘을 향해 늑대처럼 울었다고 한다. 뒤늦게 소식을 듣고 지혜로운 전사 할아버지 명복을 빌어드렸다.

숲속의 황제가 죽어 곧 피 터지는 서열 싸움이 일어나겠구나 걱정했는데 아직 조용하다. 서열 2 왕할머니가 왕권을 승계하게 될까? 제발 권력 암투만은 벌어지지 않기를 신령님께 두 손 모아 기도한다.

인간들한테 배울 것이 많지만 제발 그런 개 같은 개싸움만은 따라 배우지 말기를!

신이 주신 재능으로 사람의 운명을 읽는다는 할아버지.

나를 앉혀놓고 개 사주를 봐주신 그 도사님이 감정사업을 접고 산골 암자로 들어가 버렸다. 깜짝 놀란 광팬 아줌마들이 도사님 찾아 삼만리란다.

할아버지가 서울을 떠나면서 마지막으로 남긴 말이 인터넷에 떴다고 한다.

'복채 몇 푼을 벌겠다고 전문지식도 없는 가짜들이 혹세무민하고 있다. 태권도로 치면 검은띠도 못 딴 초짜들이 태권도를 가르치는 격이다. 반드시 신의 노여움이 따를 것이다.'

할아버지는 내 생명의 은인이면서 내게 밥의 소중함을 가르쳐 주셨다. 언제 한번 인사를 드리러 가고 싶었는데… 우리는 다시 또 만날 수 있을까.

다시 만날 수 있고 없고는 도사님만이 알고 계실까?

막장 드라마만 보던 출판사 아가씨가 놀라운 일을 벌였다.

막장 드라마를 보는 게 아니고 그것을 직접 쓰는 드라마작가

296

가 됐다.

밤을 꼴딱꼴딱 새우면서 TV 드라마를 쓴다는 소문이 들려왔고 끊었다는 술을 다시 고래처럼 마신단다.

잠도 안 자고 글을 쓰고 고래처럼 술 먹고, 다시 글 쓰고 술 먹고…. 자기 몸을 유기견처럼 혹사시킨다니 많이 걱정된다.

그 와중에 신문인터뷰도 했는데. 기자가 작업이 힘들지 않은가? 고충이 뭐냐고 묻자 "막장도 제약이 너무 많다"고 하더란다.

제약이 뭘까? 방송국에서 "술 작작 마셔라. 죽고 싶냐?" 했을까. 아니면 "너무 나간다. 막장 수위를 낮춰라" 그것도 아니면 "'아니다. 더 나가라. 아예 선을 넘어라" 그런 얘기였을까.

시청자들도 짐작은 하지만, TV 방송국도, 작가도, 떠돌이 유기견만큼 먹고살기 힘들어 보인다.

그렇더라도 제발 몸 좀 아끼세요, 작가님.

자기가 가장 행복한 고소득 유기견이라던 땡큐 선배.

그토록 동경하던 압구정 번화가에서 잡혀갈 줄 스스로도 몰랐을 것이다.

그 후로 어떻게 됐을까. 여러 개들을 통해 알아봤는데 예상했던 대로 나이도 있고 시력이 너무 나쁜 탓일까. 분양이 전혀 안 됐다.

날짜가 흘러가고 안락사 명단에 오를 수밖에 없었다. 그런데 그 땡큐가 천운을 만났다. 어느 날 아침 갑자기 분양이 됐단다.

땡큐를 구해낸 사람은 너무나 뜻밖에도 안과의사! 그야말로 땡큐 땡큐다. 땡큐 눈 상태를 본 안과의사께서 쉽지는 않지만 눈부신 현대의술로 충분히 개선될 수 있다고 했단다.

땡큐는 새 주인 덕분에 환한 광명을 다시 찾을 수 있을까?

그래서 다시 땡큐를 연발할 수 있을까? 가슴 졸이며 빈다.

땡큐 선배 파이팅!

밤이다. 다운타운 네온이 번득이기 시작했다.

도시의 유기견들을 호화 만찬에 초대하는 유혹의 시그널이다.

"어서 빨리 맛집 식당 골목 먹거리 동산으로 오세요."

주방장 누나, 삼촌, 아줌마들이 땅땅땅 국솥을 두드린다.

아. 저 소리! 지글지글 저 냄새! 노릇노릇 구워지는 삼겹살 냄새! 빨리 뒤집지 않으면 타버린다.

저 등심, 저 양꼬치, 저 목살! 하지만 닭발은 조금 탄 게 맛있다. 쥐포, 오징어도 똑같지요.

황태채는 질긴 것 같아도 씹다 보면 그윽한 바다향이 있다.

그냥 두세요. 타게 내버려 두세요! 타면 어때요!

굽다가 타서 손님상에 못 나가면 버리면 되지! 모두 개 몫이다.

등심, 막창, 곱창, 갈매기살도 다 태우세요!

고기 타는 냄새, 기름 끓는 소리, 고기 펄떡 뒤집히는 소리!

개 침 넘어가는 소리! 마룻바닥에 개 침 떨어지는 소리!

유기견들 가슴이 콩을 볶아대듯 마구 뛴답니다.

바스락바스락… 사각사각! 다시 바스락! 저 소리는 나뭇잎이 바람에 부딪히는 소리가 아니다. 부끄럼쟁이 제니가 맛있는 음식을 가지고 오는 소리다. 오늘은 아주 가까이까지 왔다.

제니야, 나를 사랑하든 사랑하지 않든 그건 크게 중요하지 않다. 내가 꼭 하고 싶은 한마디.

제니야, 이 험한 세상 어떡하든 오래오래 살아남아라. 악착같이 살아남아라.

Fin.

좋은 **원고**나 **출판 기획**이 있으신 분은 언제든지 **행복에너지**의 문을 두드려 주시기 바랍니
ksbdata@hanmail.net www.happybook.or.kr 문의 ☎ 010-3267-6277

'행복에너지'의 해피 대한민국 프로젝트!

<모교 책 보내기 운동> <군부대 책 보내기 운동>

한 권의 책은 한 사람의 인생을 바꾸는 힘을 가지고 있습니다. 한 사람의 인생이 바뀌면 한 나라의 국운이 바뀝니다. 그럼에도 불구하고 많은 학교의 도서관이 가난하며 나라를 지키는 군인들은 사회와 단절되어 자기계발을 하기 어렵습니다. 저희 행복에너지에서는 베스트셀러와 각종 기관에서 우수도서로 선정된 도서를 중심으로 <모교 책 보내기 운동>과 <군부대 책 보내기 운동>을 펼치고 있습니다. 책을 제공해 주시면 수요기관에서 감사장과 함께 기부금 영수증을 받을 수 있어 좋은 일에 따르는 적절한 세액 공제의 혜택도 뒤따르게 됩니다. 대한민국의 미래, 젊은이들에게 좋은 책을 보내주십시오. 독자 여러분의 자랑스러운 모교와 군부대에 보내진 한 권의 책은 더 크게 성장할 대한민국의 발판이 될 것입니다.

도서출판 **행복에너지**

'긍정훈련' 당신의 삶을 행복으로 인도할 최고의, 최후의 '멘토'

하루 5분, 나를 바꾸는 긍정훈련

행복에너지

권선복 지음

행복을 위해, 성공을 위해
'하루 5분 긍정'을 훈련하라!

NAVER 선정
베스트셀러

NAVER 선정
베스트셀러

동의보감에서 쏙쏙 뽑은

허준할매 건강 솔루션

최정원 지음

YouTube 스타, 33만 구독자
최정원 한의학박사
약초, 뜸, 지압

YouTube
구독자
65만명

제 3 호

감사장

도서출판 행복에너지
대표 권 선 복

귀하께서는 평소 군에 대한 깊은 애정과 관심을 보내주셨으며, 특히 육군사관학교 장병 및 사관생도 정서 함양을 위해 귀중한 도서를 기증해 주셨기에 학교 全 장병의 마음을 담아 이 감사장을 드립니다.

2022년 1월 28일

육군사관학교장

중장 강창